Arena-Taschenbuch
Band 51171

Ebenfalls von der Autorin beim Arena Verlag erschienen:
Mein Leben voller Feenstaub und Konfetti (schön wär's!)

Emma Flint,
geboren 1975, arbeitete schon als Hausbotin, als Bademeisterin, als Basketballtrainerin, als Regaleinräumerin im Supermarkt und als Fernseh- und Radioreporterin, bevor sie anfing, Bücher zu schreiben. Wobei ihr Letzteres eindeutig am meisten Spaß macht. Emma Flint lebt mit ihrer Familie in Köln.

Petra Hämmerleinova
wurde in Prag geboren und kam im Alter von 12 Jahren nach Deutschland. Heute lebt sie mit ihrer Familie in Bayern. Bereits als Kind zeichnete sie viel, träumte aber nie von einer Künstlerkarriere. Eher hatte es ihr das Modedesign angetan. Schließlich designte sie Schuhe, bevor sie Illustratorin wurde. In ihrer Freizeit liebt sie ausgedehnte Waldspaziergänge, Tee mit Apfelkuchen und das Gesellschaftsspiel »Carcassonne«.

Emma Flint

JUNGS verstehen das nicht!

Mit Illustrationen von Petra Hämmerleinova

Arena

FSC
www.fsc.org
MIX
Papier aus verantwortungsvollen Quellen
FSC® C110508

3. Auflage im Arena-Taschenbuch 2020

Rottendorfer Str. 16, 97074 Würzburg

Umschlaggestaltung und Innenillustrationen: Petra Hämmerleinova
Umschlagtypografie: Sibylle Bader
Gesamtherstellung: Westermann Druck Zwickau GmbH
ISSN 0518-4002
ISBN 978-3-401-51171-9

Besuche uns unter:
www.arena-verlag.de
www.twitter.com/arenaverlag
www.facebook.com/arenaverlagfans

Dienstag, 1. September - Der Tag des neuen Tagebuchs

Ich finde, wenn man sich Lebensziele setzt, sollte man nicht übertreiben und irgendwas Idiotisches sagen. Wie zum Beispiel: »Ich möchte eine Rakete erfinden, die einen in zwei Sekunden zur Schule bringt« (wie Patrice aus meiner Klasse). Oder: »Ich lasse mir ein zweites Paar Arme wachsen, damit ich den Lego-Technik Bagger *und* den Radlader gleichzeitig aufbauen kann« (wie mein Zwillingsbruder Tobi, der alte Streber). Nee. Ich finde, Lebensziele sollten realistisch, vernünftig und umsetzbar sein. Dem Alter eines fast zwölfjährigen Mädchens angemessen. Und deswegen hier ganz offiziell die total realistischen, vernünftigen und umsetzbaren Lebensziele von Katinka Peters:

1. Niemals verlieben.
2. Nie mehr blamieren. Schon gar nicht in der Schule. Und auf gar keinen Fall bei der Projektwoche! Und überhaupt: nie mehr!
3. Nur schöne Sachen in dieses neue Tagebuch schreiben, das ich von meiner Oma geschenkt bekommen habe.

(Natürlich habe ich noch mehr Lebensziele, wie zum Beispiel: herausfinden, warum ich als Einzige in der Familie rote Haare habe, Dad im Schokokuss-Wettessen besiegen und ein chinesisches Essstäbchen auf der Nase balancieren. Aber ich konzentriere mich auf die drei wichtigsten. Es soll ja einfach und unkompliziert bleiben!)

Mittwoch, 2. September

Habe ich wirklich geglaubt, meine Lebensziele wären leicht umzusetzen? Habe ich wirklich gedacht, es wäre einfacher, als *vier Arme* zu bekommen?! Okay, nur damit das klar ist: Ich spreche nicht von der Niemals-verlieben-Sache, die ist für mich gebongt. Ich rede natürlich von dem Nicht-Blamieren. Ich hätte doch wissen müssen, dass es da ein Problem gibt.

Nämlich *mich*.

Denn leider, leider bin ich ein besonderes Mädchen. »Besonders« wie in *»besonders peinlich«*. (Irgendwie hatte ich gehofft, mit dem neuen Schuljahr wäre ich selbst zu einer neuen Katinka geworden. Schließlich war mir seit Beginn der sechsten Klasse noch nichts Peinliches passiert – abgesehen davon, dass ich mir in der Mensa Joghurt auf die Hose gekleckert habe. Aber zum Glück war es Erdbeerjoghurt und meine hellrote Lieblingshose, weswegen die Flecken gar nicht so auffielen. Hat niemand bemerkt außer meinem besten Freund Mats, aber vor dem ist mir gar nichts peinlich.) Heute dagegen haben *alle* mitbekommen, was passiert ist. War ja auch kein bisschen zu übersehen. Und zu überhören auch nicht, weil unsere Englischlehrerin angefangen hat zu kreischen wie diese verrückte Opernsängerin auf der Lieblings-CD meiner Oma. Und deswegen erkläre ich den heutigen Tag zu meinem persönlichen Tag des Desasters.

Mittwoch, 2. September, auch bekannt als der Tag des Desasters

Und schon muss ich mich gleich von *zweien* meiner drei Lebensziele verabschieden. Ist das zu fassen? Ich

wollte mich nie mehr blamieren und außerdem in dieses Tagebuch nur schöne Dinge notieren, weil ich es ja aufheben soll, bis ich alt und schrumpelig bin, um dann nachzulesen, was ich für eine unbeschwerte Kindheit hatte (hat meine Oma Irene gesagt, als sie es mir überreicht hat). Aber mal ehrlich: Manchmal sagen Erwachsene so seltsame Sachen, dass ich mich frage, ob sie überhaupt eine Ahnung davon haben, was Kinder in meinem Alter alles durchmachen! Von wegen *unbeschwert!*

Und deswegen (und weil es ja sowieso alle mitbekommen haben), werfe ich jetzt auch den Plan mit dem Nur-schöne-Erinnerungen-Aufschreiben über Bord und erzähle schonungslos, was passiert ist:

Ich habe unsere Englischlehrerin Miss Hattonfield mit Sonnenmilch abgeschossen und bin schuld an ihrer vorübergehenden Erblindung.

Auweia. Jetzt, wo das hier **SCHWARZ AUF WEISS** steht, wird mir schon wieder schlecht. Viel lieber hätte ich so was geschrieben wie: Liebes Tagebuch, unsere Klassenlehrerin hat mich heute für mein gutes Benehmen so gelobt, dass sogar Madison die Schleimerin blass vor Neid geworden ist. Oder: Liebes Tagebuch, heute bekomme ich das Bundesverdienstkreuz verliehen, weil ich meinem Zwillingsbruder Tobi *nicht* seinen Schokopudding weggegessen habe, obwohl er mir meinen gestohlen hat. Ja! *So* ein heldenhafter Satz sollte hier stehen! Der würde hier auch garantiert stehen, wenn ich jemand anders wäre. Bin ich aber nicht. *Leider.*

Wobei ich direkt klarstellen muss, dass ich Miss Hattonfield nicht absichtlich abgeschossen habe. Erstens konnte ich nicht ahnen, dass die Sonnenmilch so weit spritzen würde. Ich meine, wer erfindet solche Dinge, die als

harmlose Sprühflasche daherkommen und sich dann als gemeingefährliche Waffe entpuppen? Zweitens ist es Mats gewesen, der »Los, erschieß mich!« und »Du triffst mich nicht, du triffst mich nicht!« gerufen hat. Leider hat sich meine lebendige Zielscheibe namens Mats im allerletzten Moment geduckt – und Volltreffer! Mitten in Miss Hattonfields Gesicht. Und drittens ist es doch nun wirklich nicht meine Schuld, dass Miss Hattonfield neuerdings Kontaktlinsen trägt. Seit sie die hat, rollt sie immer so die Augen herum und kneift die Lider dabei auf und zu, als ob sie irgendwelche Morsezeichen machen würde. *Ich* habe ihren Augenblink-Code natürlich längst entschlüsselt. Er heißt: I-c-h b-i-n v-e-r-k-n-a-l-l-t u-n-d m-a-c-h-e m-i-c-h l-ä-c-h-e-r-l-i-c-h. Miss Hattonfield hat sich nämlich in Herrn Lechner, den Mathelehrer, verknallt und nur deshalb macht sie jetzt einen auf Klimperauge. Das mit dem Lächerlichmachen, weil man sich verknallt hat, kommt übrigens gerade richtig groß in Mode in meiner Klasse, nicht nur bei den Lehrern. (Mats meint ja, das wäre Quatsch. Aber das liegt nur daran, dass er neuerdings in der Fünf-Minuten-Pause dauernd irgendeinen Blödsinn mit Joshua, Niklas und den anderen Jungs macht und dann die wesentlichen Dinge nicht mitbekommt. Wie zum Beispiel, dass Greta immer knallrot wird und anfängt, Herzchen in ihr Heft zu kritzeln, wenn dieser neue Referendar reinkommt.)

Jedenfalls: Hätte Miss Hattonfield ihre große Hornbrille getragen wie bisher, dann wäre die Sonnenmilch aufs Glas gespritzt und nicht in ihr Auge und dann hätte sie nicht so rumgeschrien.

Mats setzte sich schnell auf seinen Platz und tat so, als hätte er mit der ganzen Sache nichts zu tun. Ich glaube, er winkte mir hektisch zu, dass ich mich hinsetzen sollte, aber ich war irgendwie gelähmt und stand einfach da. Mit der Sprühflasche in der Hand. Was Miss Hattonfield mit ihrem einen Auge *trotzdem* noch erkennen konnte.

Madison sprang sofort auf, um ihr zu helfen. »Kommen Sie, Sie müssen es mit Wasser auswaschen«, kommandierte sie und wollte die kreischende Miss Hattonfield Richtung Tür führen. Doch die blieb wie angewurzelt stehen und keuchte zwischen zwei Kreischern wutentbrannt: »Katinka, zum Direktor!« Dann setzte sie sich in Bewegung nach draußen. Madison warf mir einen strafenden Blick zu, weswegen sie abgelenkt war und nicht verhindern konnte, dass Miss Hattonfield mit ihrer eingeschränkten Sehfähigkeit gegen den Türrahmen knallte. Dann war Miss Hattonfield weg und einen Moment lang war es ruhig. Eine beunruhigende Ruhe, wie vor einem richtig heftigen Gewitter. Und dann sagte Fabian: »Wie eine Speikobra hast du sie fertiggemacht. Die spritzen ihren Gegnern auch das Gift ins Auge.«

Und dann brach es los. »Krass, Alter, krass!«, schrie Vincent und gab sofort eine Parodie zum Besten, hielt sich ein Auge zu und taumelte durch den Klassenraum. Die anderen Jungs fingen an, ihn johlend mit Papierkugeln zu bewerfen, was Vincent zum Anlass nahm, noch lauter zu kreischen. Ich stand in dem Tumult immer noch da, mit der Sprühflasche in der Hand, und als ich eine Bewegung machte, um sie wegzustellen, schrie Emil: »Alle in Deckung! Die Kobra greift an!« Die Jungs grölten im Chor: »Die Kobra! Haut schnell ab!«

Benommen setzte ich mich auf meinen Platz an dem Vierertisch, den ich mir mit Mats, Greta und Jule teilte. Die beiden Mädchen starrten mich an, als hätte ich irgendeinen ansteckenden Ausschlag. Ich könnte schwören, dass sie ein Stück von mir weggerückt sind. Auch Mats sah nicht gerade glücklich aus. Besonders als Emil schrie: »Hey, Mats. Hast du ein Gegengift geschluckt oder wie hältst du es neben der Kobra aus, ohne tot umzufallen?«

Mats warf ihm einen leicht gequälten Blick zu, dann wandte er sich an mich. »Am besten gehst du sofort«, stieß er hervor, »*bevor* Miss Hattonfield beim Direktor petzen kann.«

»Stimmt«, sagte ich und musste schlucken bei dem Gedanken daran, dass Miss Hattonfield aus der kleinen Sache garantiert einen gemeingefährlichen Anschlag machen würde.

»Soll ich mitkommen?«, fragte er mit flackerndem Blick.

»Nee, schon gut«, sagte ich tapfer. »Du hast ja nicht geschossen.« Er nickte erleichtert und ich atmete tief durch und machte mich durch das Kobra-Geschrei auf zum Direktor.

Immer noch der Tag des Desasters

Musste eine kurze Schreibpause einlegen. (Wusste gar nicht, dass Tagebuchschreiben so anstrengend ist! Wenn man es gründlich und schonungslos machen möchte, jedenfalls.) Weiter geht's: Ich ging also zum Direktorzimmer und klopfte zögerlich. Die Sekretärin sagte mir, der Direktor würde mich reinrufen. Also setzte ich mich auf den Stuhl, der seltsam verloren dort rumstand. Vermutlich hat der Direktor ihn hierhingestellt, damit man beim Warten auf die Vitrine mit den goldenen Pokalen der Rudermannschaft und des Mathe-Teams und des Schachklubs schauen muss, und einem klar wird, *wie viel* einen von den beliebten und erfolgreichen und großartigen Schülern dieser Schule trennt.

KOBRA! Geht's noch? Ich meine, *Keulen-Kati* ist doch als Spitzname schon schlimm genug, aber *Kobra-Kati?* Ich stöhnte leise auf und nahm mir vor, die Liste meiner Lebensziele sofort neu zu schreiben. (Weil ich heute mein Tagebuch nicht mit in die Schule genommen hatte, musste ich mir meine neuen Lebensziele merken – und schreibe sie also jetzt endlich auf.)

Katinka Peters' *neue Lebensziele*, die zwar etwas weniger realistisch, aber dafür extrem VERNÜNFTIG sind:

1. Eine Liste mit Ländern aufstellen, in die ich auswandern kann.
2. Lernen, im Erdboden zu versinken.
3. Ein Vergessens-Elixier entwickeln, das ich in eine Wasserpistole fülle. Alle, die ich damit treffe, werden sofort vergessen, was ich wieder Peinliches angestellt habe.

Am besten fange ich sofort damit an, diese neue Liste umzusetzen. Auf jeden Fall sollte ich sie noch *vor* der Projektwoche abgearbeitet haben. Ich meine: Wenn ich es schon schaffe, mich an einem stinknormalen Schultag derart zu blamieren, was kann da alles bei der Projektwoche passieren! (Ich weiß es natürlich. So einiges kann passieren! Siehe letztes Jahr!)

Bei der Projektwoche denken sich die Lehrer immer so einen Blödsinn aus, den wir Schüler machen

und am Tag der offenen Tür präsentieren müssen, und das Ganze halten sie auch noch für unheimlich kreativ und fördernd für den Teamgeist und das Zusammengehörigkeitsgefühl der Schüler. (Lehrer! Wirklich. Ich frage mich, ob die überhaupt einen blassen Schimmer haben, wie schmal der Grat ist zwischen kreativ und peinlich.)

In dem Moment ging die Tür vom Direktorzimmer auf und Miss Hattonfield kam heraus. Sie funkelte mich aus rot unterlaufenen Augen an und zischte: »Der Direktor erwartet dich.«

Ich schluckte und stand auf. »Es tut mir leid«, stammelte ich.

»Das sollte es auch«, sagte Miss Hattonfield eisig und dann wäre sie beinahe in die Vitrine mit den Pokalen gelaufen. Sie bremste gerade noch rechtzeitig, warf mir noch einen wütenden Blick zu und stakste davon.

Dann ging ich ins Direktorzimmer. »Äh, hallo.«

Herr von Grünfeld verzog keine Miene und deutete nur knapp mit der Hand auf den Stuhl vor seinem mächtigen Schreibtisch. (Wirklich, der Schreibtisch ist fast so groß wie unsere Tischtennisplatte und man fühlt sich ganz klein, wenn man auf dem Stuhl davorsitzt.) Man nennt unseren Direktor auch »die Sphinx von Köln«. Jedenfalls die Schüler, die Sphinx richtig aussprechen können und auch wissen, was das ist, nämlich diese riesige ägyptische Statue mit der Löwenmähne und ohne Nase. Die anderen bevorzugen den Spitznamen *Diktator*. Und die meisten meinen damit nicht nur seine Vorliebe für unangemeldete Diktate.

Egal – jedenfalls weiß man bei ihm nie, was er denkt, bis er dann auf einmal mit einer

Strafpredigt loslegt und einen total zur Schnecke macht oder den Eltern einen unangenehmen Brief schreibt. Aber davor – einfach ewig langes Schweigen. Wie so eine steinerne Statue eben. Und das macht mich total nervös. Das ist wahrscheinlich seine Taktik, denn so schaffe ich es nicht, einfach den Mund zu halten und zu warten, bis *er* was sagt.

»Es war wirklich keine Absicht«, fing ich also an. Er rührte sich kein bisschen. »Ja, es war meine Sonnenmilch«, erklärte ich eifrig, obwohl er gar keine Frage gestellt hatte. »Sie sehen ja meine helle Haut und auch meine Haare«, ich deutete auf meinen Karottenkopf, »ich bin nun mal sehr sonnenempfindlich, einmal zu lange draußen und *schwupps!*, habe ich einen Sonnenbrand, selbst bei bewölktem Himmel, und meine Mutter liegt mir jeden Tag damit in den Ohren, dass ich mich eincremen soll, und da hat sie mir diese neue Milch gekauft in der praktischen Sprühflasche, aber dass die so verdammt flüssig ist, das wusste ich nicht.«

Aber warum hast du damit auf Miss Hattonfield gezielt, stellte ich mir vor, dass er gefragt hätte.

Auch das konnte ich überzeugend erklären: »Miss Hattonfield ist mir einfach zufällig in die Schussbahn geraten.«

Jetzt änderte sich seine Miene doch, seine Augen verengten sich und er musterte mich argwöhnisch.

Und da wurde ich **KNALLROT,** weil mir einfiel, dass ich exakt dieselbe Ausrede schon mal benutzt hatte. Als ich schon mal hier war. Wegen eines Unfalls. Mit ... ähem ... Miss Hattonfield. Aber der Vorfall im Winter war nun wirklich *überhaupt* keine Absicht gewesen. Miss Hattonfield war telefonierend vom Parkplatz gekommen und hatte gar nicht bemerkt, dass wir gerade den einzigen Schnee des Winters zusammenkratzten, um zu erfahren, wie sich eine Schneeballschlacht überhaupt *anfühlt.* Und ich, ich hatte auch nur einen einzigen Schneeball geworfen. Natürlich sind Schneeballschlachten streng verboten an unserer Schule. Aber du meine Güte, Schnee ist so eine Rarität geworden, da flippen wir Schüler nun mal aus, wenn es ein paar Flocken schneit. Und da kann man im Eifer des Gefechts doch mal die eine oder andere Schulregel vergessen, oder?

Offensichtlich erinnerte sich Herr von Grünfeld auch an meine winterliche Attacke auf Miss Hattonfield, der mein Schneeball *paff!* voll ins Gesicht geklatscht war. Eigentlich hatte ich Joshua abwerfen wollen, den albernsten Angeber aus meiner Klasse, der nämlich gerade versucht hatte, *mich* zu treffen. Was ihm auch gelungen war, weswegen *ich* ziemlich genau wusste, wie es sich anfühlt, wenn einem Schnee in den Kragen rutscht. (Für alle, die es wegen des Schneemangels auch vergessen haben: **MIES!** Es fühlt sich so richtig mies an und nass *und* eisig.) Aber weil Joshua fünf Meter weit entfernt von Miss Hattonfield gestanden hatte, musste sie ja denken, dass ich tatsächlich *sie* hatte treffen wollen. (Dabei hatte ich einfach nur zu wenig Erfahrung mit den Flugeigenschaften von Schneebällen!)

Auch Herr von Grünfeld hatte offensichtlich beschlossen, dass alles gegen mich sprach. »Ich kann mich des Eindrucks nicht erwehren, dass du es auf Miss Hattonfield abgesehen hast«, schlussfolgerte er, als er sich alles bis zum Ende angehört hatte.

»Aber nein!«, rief ich und meinte es wirklich ernst. »Ich meine, wieso sollte ich es ausgerechnet auf Miss Hattonfield abgesehen haben? Da gäbe es doch *ganz andere Lehrer*, die es viel mehr verdient ...«

An dieser Stelle änderte sich abermals seine Miene, er senkte das Kinn noch etwas mehr und funkelte mich von unten an wie ein Pitbull. Da stutzte ich, klappte endlich den Mund zu und biss mir auf die Lippen. Verdammt. Irgendwann wenn ich groß bin, werde ich nur noch Dinge sagen, die ich vorher gut durchdacht habe. Die ich nach reiflicher Überlegung ganz in Ruhe vorbringe. Und nicht diesen Schwachsinn, der einfach aus meinem Mund schwappt, ohne dass ich es verhindern kann. »Nein, so war das nicht gemeint«, versuchte ich mich rauszureden.

Aber er stierte mich weiter böse an und fragte: »Hat deine ... Attacke ... etwas damit zu tun, dass ihr heute eine Englischarbeit schreiben solltet?«

»Was? Nein! Natürlich nicht!«, rief ich schnell. Wobei der Verdacht nicht von ungefähr kam: Die Englischarbeiten von Miss Hattonfield sind von allen gefürchtet, und das schon Wochen vorher.

»Wie gesagt«, versicherte ich noch einmal, »es war einfach ein Unfall. Sie wissen schon, zur falschen Zeit am falschen Ort.« Ich versuchte mich an einem treuherzigen Lächeln.

Er kniff seine hellgrauen Augen zusammen und holte dann Luft – und weit aus. Er schwafelte was von »mangelndem Respekt vor dem Lehrkörper« und »wiederholter Störung des Unterrichts« und »so was darf nicht wieder vorkommen« und dann verdonnerte er mich »als Gedankenstütze für zukünftiges Verhalten« zu einem vierseitigen Aufsatz mit dem Thema »Private Schusswaffen in den USA«, als ob ich irgendwie ein bekloppter Waffennarr wäre, der geläutert werden müsste. Also wirklich!

Ich hätte ihm gerne gesagt, dass der Spott meiner Klassenkameraden an Bestrafung für alle Zeiten ausreichen würde, da bräuchte er mir nicht noch mit Aufsätzen kommen, aber vor lauter Erleichterung, die Standpauke überstanden zu haben, unterdrückte ich jeden Protest und schlich zurück zu unserem Klassenraum. Eilig hatte ich es nicht. Ganz im Gegenteil. Am liebsten wäre ich sofort nach Hause gegangen. Mir tat richtig der Bauch weh bei der Vorstellung, wie sich wieder alle über mich lustig machen würden, weil so ein Mist *einfach immer mir* passierte! (Ist »Peinlichkeitsschmerz« eigentlich eine Krankheit, die man auf eine Entschuldigung schreiben kann? *Meine Tochter hat sich so blamiert, dass sie für ein paar Tage zu Hause bleiben muss, bis sie nicht mehr ausgelacht wird.*)

Ich konnte nur hoffen, dass die Sonnenmilch-Attacke nicht zufällig jemand mit dem Handy aufgenommen hatte und überall rumschickte, sodass sie wochenlang ein Thema blieb. (Vergleiche mein Auftritt beim Abschluss der Projektwoche im letzten Jahr.) Ich musste Mats sofort fragen, ob er davon was mitbekommen hatte. Mats war auch der einzige Grund, warum für mich nicht infrage kam, einfach abzuhauen und zu schwänzen. Nicht nur, dass er mich niemals auslachen würde. Er würde auch erleichtert sein, dass ich natürlich nicht verraten habe, dass er mich angestiftet hatte. Und dann würde er mir versichern, dass alles halb so wild war, und dann würden wir vielleicht schon heute Nachmittag drüber lachen. Für so was sind beste Freunde doch da. Bei dieser Vorstellung ging es mir schon wieder etwas besser.

Natürlich immer noch der Tag des Desasters

Passend zu dem Namen dieses Tages hat mein Stift gerade

eben den Geist aufgegeben und ich musste mir einen neuen leihen. (Tobi hat so viele säuberlich aufgereihte Bleistifte und Kugelschreiber auf seinem Schreibtisch, dass er ja wohl einen davon entbehren kann!)

Wo war ich stehen geblieben? Ach so: vor der geschlossenen Tür des Klassenraums. An dem Krach dahinter hörte ich natürlich sofort, dass kein Lehrer drin war. Ich wusste nicht, was besser gewesen wäre: Der biestigen Miss Hattonfield unter die blutunterlaufenen Augen zu treten oder mich ins Chaos einer unbeaufsichtigten Schülerhorde zu wagen, die nur darauf wartete, sich auf *mich* zu stürzen: **KOBRA-KATI MIT PEINLICHKEITSBAUCHSCHMERZEN.**

Ich nahm all meinen Mut zusammen, dann stieß ich die Tür auf und heftete sofort meinen Blick auf unseren Tisch, in der Hoffnung, dass mich Mats aufmunternd angucken würde. Aber sein Platz war leer. Er hing nämlich bei Niklas und Joshua rum. Die drei schauten sich auf dem Handy ein Video an. Eine Schrecksekunde lang dachte ich, es wäre die Aufnahme meiner Sonnenmilch-Attacke. Aber in dem Moment rief Joshua bewundernd: »Das ist so ein geiler Typ.«

Und dann passierte etwas Seltsames: Es wurde plötzlich still und alle Augen wanderten zu mir in der Tür. Paul fing an zu grölen: »Englischarbeit fällt aus!«

»Dank deines aufopfernden Einsatzes«, rief Vincent. Und dann fingen alle an zu applaudieren und zu johlen. Joshua pfiff auf zwei Fingern und Emil, Niklas und Patrice lachten erleichtert. Sogar die eingebildete Yvi grinste und daher grinsten auch ihre Freundinnen, die sie umringten. Ich verstand erst nicht, was los war, aber dann erzählte mir Mats begeistert, dass Miss Hattonfield von Herrn Lechner nach Hause gebracht worden war, weil sie die sonnenmilchgetränkte Kontaktlinse hatte wegschmeißen müssen, weswegen sie nicht mehr erkennen konnte, ob wer abschreibt oder nicht, und überhaupt konnte sie so nicht unterrichten, weil ihr Auge höllisch brannte. Eine Vertretung hatte so schnell nicht organisiert werden können und so hatten wir eine Freistunde – und ich ... ich war auf einmal der Held der Klasse!

»Wie krass, Mann!«, dröhnte Paul bewundernd. »Ich habe genau gesehen, wie du auf sie gezielt hast.«

»Na ja«, sagte ich bescheiden. »Das war ja mehr ein Unfall gewesen.«

»Hey, Katinka«, rief Niklas. »Kannst du bitte in der nächsten Stunde auch den Heini abschießen? Habe nämlich meine Physikhausaufgaben vergessen.« Der Heini war Herr Heinrich, unser Physiklehrer, ein Griesgram der griesgrämigsten Sorte.

»Mal sehen«, sagte ich und war ziemlich geschmeichelt, dass sogar einer von den coolen Jungs das Wort an mich richtete (Niklas und Joshua sind BMX-Fahrer und bilden sich ziemlich was drauf ein). Auch Greta und Jule waren wieder ganz normal nett und zeigten mir ihre neuen Freundschaftsarmbänder, die sie aus Baumwollfäden und Perlen selbst geknüpft hatten und die sie jetzt als *Beste Freundinnen für immer* auszeichneten.

Ich war unfassbar erleichtert. Das schien ja gerade noch mal gut gegangen zu sein für mich. (Mal abgesehen von dem blöden Aufsatz.) Was für ein Glück für mich, dass dieser Tag doch noch schön endet! Erstaunlicherweise hat mich die Sonnenmilch-Aktion sogar ... *beliebt* gemacht. Ein bisschen jedenfalls. Ist das zu fassen? Und deswegen ist der 2. September ab jetzt vielleicht doch nicht der Tag des

Desasters, sondern der Tag, der als Desaster anfing und sich dann wundersamerweise in den Tag des Beifalls verwandelte.

Donnerstag, 3. September

Wenn ich die letzten Sätze lese, kann ich nur lachen. Von wegen *Glück!* Von wegen *Beifall!* Von wegen *beliebt!* **SCHLAMASSELIG** ohne Ende ist mein Leben! Noch schlamasseliger geht es gar nicht! (Da kann Mats noch so sehr behaupten, dass es das Wort gar nicht gibt! Dieser Tag heute beweist doch, dass es das Wort *schlamasselig* geben muss!) Und weil er eben so schlamasselig ist, streiche ich ihn hiermit offiziell aus dem Kalender. Und aus meinem Tagebuch sowieso. Zack!

Der aus dem Kalender gestrichene Tag

Eigentlich müsste ich dann auch den gestrigen Tag streichen, weil da das ganze Schlamassel ja angefangen hat. Hm. Wenn man Tage im Nachhinein streichen kann, dann streiche ich am besten gleich auch noch den 6. Oktober vom letzten Jahr, ich sage nur: oberpeinlich! Projektwochenabschluss! Tag der offenen Tür! Damit wäre dann auch der Spitzname Keulen-Kati gestrichen und die Tatsache, dass Rocco Schmitz, der Muskelberg aus der Achten, mir den Hals umdrehen will. Ja genau. Der Tag wird auch gestrichen. Ha!

Immer noch der aus dem Kalender gestrichene Tag

Wenn ich es mir recht überlege, wird bei meinem Hang zu Fettnäpfchen mein Kalender auf Dauer ziemlich löchrig.

Außerdem funktioniert das irgendwie nicht. Ich kann den Tag vielleicht aus meinem Tagebuch streichen, aber leider nicht aus meinem Leben. Denn ich fühle mich immer noch supermies! Und ich weiß nicht, ob ich zu Mats rübergehen soll. Wir haben uns nämlich in der Schule gestritten. Zum allerersten Mal haben wir uns richtig *gestritten!* Und seitdem kein Wort mehr miteinander geredet. Ausgerechnet heute! Wo ich ein echt dickes Problem habe. Zusätzlich zu denen, die ich sowieso schon hatte. Und das sind auch nicht gerade wenig!

Wenn ich mir das ebenfalls recht überlege, türmen sich gerade so viele Probleme vor mir auf, dass ich langsam den Überblick verliere. Deswegen liste ich sie mal auf. Hier also die aktuellen Charts meiner Probleme:

1. Mats und ich haben uns gestritten und ich weiß nicht, was mit ihm los ist. Wobei es natürlich mit Punkt zwei zu tun hat. (Aber nicht nur!)

2. Miss Hattonfield hat uns heute die Nachhol-Klassenarbeit schreiben lassen, in der sie ganz fiese Grammatik abgefragt hat.

3. *Alle* in meiner Klasse geben mir die Schuld an der hammerschweren Englischarbeit, wegen der Sache mit der Sonnenmilch. Und jetzt sind *alle* total sauer auf mich. (Auch Mats!!!)

4. Mein Zwillingsbruder Tobi. Da brauche ich gar keine Einzelheiten aufzulisten – der Typ an sich ist ein Problem! (Auch wenn er in eine andere Klasse geht! Die siebte! Der Streber hat nämlich in der Grundschule eine Klasse übersprungen.)

5. Mein großer Bruder Oskar hat jetzt eine Freundin. Er ist zwar immer noch nett, aber das nützt mir nichts, weil

ich ihn so gut wie nie mehr zu Gesicht bekomme. (Und ihn deswegen jetzt auch nicht um Rat fragen kann.)
6. Rocco Schmitz, der Muskelberg aus der Achten, der mir den Hals umdrehen will. Bisher konnte mich Oskar vor ihm beschützen, aber der ist ja jetzt *beschäftigt.*
7. Bald ist wieder Tag der offenen Tür und ich muss mir dringend einen Plan machen, wie ich neue peinliche Auftritte verhindern kann. Und ein Aufeinandertreffen mit Rocco Schmitz.
8. Ich habe rote Haare und eine Million Sommersprossen. Das wäre ja an sich auszuhalten, wenn *irgendjemand* in meiner Familie auch rote Haare hätte. Hat aber keiner! Nicht mal Großcousine Roberta aus Bristol. Oder sonst *irgendeiner* der englischen Familie von Dad. Oder Tobi, mein Zwillingsbruder.
9. Ich habe noch ein rotes Haar entdeckt. Und zwar nicht am Kopf.

Ich finde absolut, dass das mindestens acht Probleme zu viel sind für ein elfjähriges Mädchen. (Auch wenn ich schon bald zwölf werde, es sind *zu viele!)*

Und ist es nicht total mies, dass gestern mein Leben noch in Ordnung schien und heute alles so unfassbar blöd ist?

Miss Hattonfield hat nämlich in der Arbeit Grammatik abgefragt, die wir nur ganz oberflächlich durchgenommen haben, mit Zeitformen wie Present Perfect und Present Progressive und Present Perfect Progressive ... und ja, das ist so kompliziert, wie es sich anhört. Zudem hat sie wie ein Schießhund durch ihre dicken Brillengläser gestarrt und bei jedem Stuhlwackeln oder Durch-die-Gegend-Gucken hat sie einen fast mit ihrem Hornbrillenblick aufgespießt.

»Danke, Katinka«, zischte Paul, nachdem wir abgegeben hatten.

Ich habe erst überhaupt nicht kapiert, was er meinte, und starrte ihn nur verwirrt an. Greta und Jule warfen mir hasserfüllte Blicke zu, Madison streckte mir die Zunge raus, Jill sah aus, als ob sie gleich anfangen würde zu heulen, Vincent brabbelte irgendwas von der »Rache der Lehrerin« und Emil streckte mir den Mittelfinger entgegen. Zu der Clique von Yvi am anderen Ende der Klasse wagte ich erst gar nicht mehr zu schauen. »Was ist denn mit denen los?«, fragte ich Mats leise.

Er zischte: »Ist doch klar. Die sind sauer auf dich, weil wegen dir Miss Hattonfield die Klassenarbeit extra schwer gemacht hat.«

Klar war ich da ziemlich baff und in meinem Magen brannte es auf einmal, als hätte ich Säure getrunken. »Wie *wegen mir?«*, fragte ich. »Du meinst, wegen der Sache mit der Sonnenmilch?«

Er verdrehte die Augen. »Wegen was sonst?«

»Aber *du* hast doch gesagt, ich solle schießen.«

»Das war doch nur Spaß! Ich habe nicht damit gerechnet, dass du es auch machst.«

»Aber …«, stammelte ich und wusste nicht weiter. Mats holte sein Pausenbrot raus und stand auf. »Warte«, rief ich und fing an, in meinem Schulrucksack zu kramen, »wir gehen doch zusammen in die Bücherei.«

Er seufzte und guckte irgendwie ertappt.

»Ey, Alter, was ist? Willste Wurzeln schlagen?«, rief Niklas von der Tür, und weil Mats sofort zu ihm schaute, wusste ich, dass er gemeint war.

»Nee, tut mir leid, heute nicht«, sagte Mats zu mir und sah mich dabei nicht an. »Ich will mit Joshua und Niklas Basketball spielen.« Er deutete auf die beiden Jungs, die am Eingang warteten.

Da fiel mir aber bald die Kinnlade runter. »Aber freitags sind wir immer in der Bücherei«, stammelte ich verwirrt. Er druckste ein bisschen rum und sagte dann: »Komm doch mit zum Freiplatz.«

Ich überlegte einen Moment, aber erstens hatte ich echt nicht den Eindruck, als ob er sich freuen würde, wenn ich mitkäme. Und Joshua und Niklas würden sich sowieso bedanken, wenn sie mich am Hals hätten. Zweitens ist Basketball so gar nicht mein Fall. Und drittens konnten wir auf dem Freiplatz sowieso nicht reden. »Nee«, sagte ich deswegen und schob als Grund noch schnell hinterher: »Ich muss ein Buch abgeben.«

Und da schien er tatsächlich erleichtert zu sein, denn er war schneller durch die Tür, als ich »Bis später« sagen konnte. Und dann war Mats also weg und ich stand alleine da. Mich alleine stehen zu lassen, hatte er erst zweimal gemacht. Einmal im dritten Schuljahr, weil uns eine Zeit lang dauernd irgendwer auf dem Schulhof hinterherrief:

Mats und Katinka sind verlie-hiebt, Mats und Katinka sind verlie-hiebt. Da waren Mats und ich ein paar Tage in der Pause getrennte Wege gegangen, um allen zu beweisen, dass es nicht so ist. In der Grundschule war es ohne Mats in der Pause aber nicht so schlimm, weil es genug Mädchen gab, die *Schlümpfefangen* oder *1,2,3 das Telefon* gespielt haben, wo ich einfach mitmachen konnte.

Aber jetzt in der Gesamtschule ist die ganze Sache schwieriger, weil der Schulhof viel größer und unübersichtlicher ist. Und wenn man da nicht genau weiß, zu wem man gehört, irrt man ziemlich blöd herum. Das habe ich im letzten Schuljahr gemerkt, nach der Sache mit Mister Ed. Das ist Mats Lieblingsstofftier. Das war das zweite Mal gewesen, dass Mats mich in der Pause allein gelassen hatte, um mit Joshua und Niklas bei den Tischtennisplatten abzuhängen. Er war nämlich sauer auf mich, weil ich beim Klassenausflug in den Zoo erzählt habe, dass Mister Ed immer noch bei Mats im Bett schläft. Das hatte ihn total aufgeregt! Aber woher hatte ich denn wissen sollen, dass seine Kuscheltiere auf einmal nicht mehr in der Öffentlichkeit erwähnt werden dürfen? Dass seine Kuscheltiere plötzlich *TOP SECRET* sind? Von mir kann jeder wissen, dass meine Kuscheltiere ihren Platz in meinem Bett haben. Ich finde das völlig normal! Und schön!

Aber Mats hatte mir erklärt, dass es für Mädchen vielleicht normal wäre, aber für Jungs natürlich nicht. Und obwohl ich mich entschuldigt habe, war er ein paar Tage eingeschnappt gewesen, weswegen er auch nicht mit mir zusammen zur Schule gefahren und in die Pause gegangen war. Und das Ohr von Mister Ed hatte ich in der Woche drauf aus der Mülltonne der Poggendorfs raushängen sehen. (Mats wohnt ja ein paar Häuser weiter in unserer Straße.)

Seit diesem Streit weiß ich jedenfalls: Von den Sachen, die wirklich richtig blöd sind, steht *Alleine in die Pause gehen* ganz weit oben. Noch vor Lauchsuppe und Bettenabziehen. Man muss dringend noch im Klassenraum jemanden finden, dem man sich anschließen kann. Das Gefühl, alleine auf den Schulhof zu treten, ist schrecklich. Man fühlt sich von tausend Augen beobachtet. Und wenn irgendwo einer lacht, dann meint man sofort, man selbst würde ausgelacht. (Ich weiß nicht, ob es anderen auch so geht, aber mir geht es jedenfalls so!) Deswegen passte es mir gar nicht, dass Mats mich einfach stehen ließ. Gerade heute nicht! Ich meine, alle waren sauer – zu wem sollte ich mich denn hinstellen?!

So blieb mir nichts anderes übrig, als alleine in die Bücherei zu schleichen (mit Buch unter dem Arm, damit jeder sehen konnte, dass ich was Dringendes zu tun hatte). In der Bücherei lieh ich mir ein neues Buch und hockte mich in die Ecke und tat so, als ob ich total vertieft wäre (damit jeder sehen konnte, dass ich was Dringendes zu tun hatte). Dabei dachte ich darüber nach, warum Mats sich so abweisend verhalten hatte. Ich meine, nur an der Klassenarbeit kann es ja nicht gelegen haben, denn offensichtlich hatte er sich schon *vorher* mit Joshua und Niklas verabredet. Aber warum hatte er mir das denn nicht auch *vorher* gesagt? Dann hätte ich mich um andere Pausengesellschaft kümmern können.

Und wie ich da so auf dem Boden saß, fühlte ich mich auf einmal total einsam und allein. Und traurig. Da fiel mir das neue Mädchen aus meiner Klasse auf, diese seltsame Florentina. Sie war auch da und saß mit einem Buch auf einem der begehrten Sofas. Neben ihr war der Platz frei, aber das ist auch kein Wunder. Sie ist nicht besonders beliebt. Ein paar Mädchen aus meiner Klasse behaupten sogar, sie wäre eine Satansanhängerin. Oder ein Rabe in Menschengestalt. Wegen ihrer schwarzen Fransenfrisur und den schwarzen Klamotten, die sie immer trägt.

Ich habe noch kein Wort mit ihr geredet. Wobei das Schuljahr auch erst vor zwei Wochen begonnen hat. Als ich mich weiter umschaute, stellte ich fest, dass nur Mädchen hier waren. War mir vorher gar nicht so aufgefallen! Aber nur zwei waren alleine: Florentina und ich. Die anderen Mädchen waren alle mindestens zu zweit oder zu dritt.

Greta und Jule aus meiner Klasse hockten dicht nebeneinander auf einem Sofa und hatten die Englischarbeit offensichtlich schon vergessen, jedenfalls blätterten sie zusammen irgendein Buch durch und kicherten wie verrückt. Mal wieder! Die beiden hängen immer aufeinander und quatschen ununterbrochen und im Unterricht schieben sie sich Zettelchen hin und her. Ich kann das immer genau beobachten, weil sie schließlich mit bei uns am Tisch sitzen. Mats nennt sie die »Turtelhühner« und verdreht dabei genervt die Augen. Ich hätte aber jetzt auch gerne jemanden gehabt, mit dem ich zusammen hätte lachen können.

Ich habe ein furchtbar schlechtes Gewissen wegen der Englischarbeit, immer noch, während ich das hier schreibe. Sogar Mats war offensichtlich auch der Meinung, dass ich daran schuld war. Das war das Blödeste daran. Deswegen nahm ich mir vor, das gleich in der nächsten Stunde wieder aufzuklären. Wie sagt Mama immer: »Streiten ist nicht schlimm, solange man sich wieder verträgt.« Und obwohl sie jede Menge unterirdische Sprichwörter auf Lager hat (bei Gelegenheit schreibe ich mal die Top Ten ihrer beknacktesten Sprüche auf), ist das ausnahmsweise mal ein weiser Satz!

Immer noch der Tag, den ich am liebsten aus meinem Leben streichen würde (was aber leider nicht funktioniert)

Wenn man sich noch nie gestritten hat, hat man sich logischerweise auch noch nie versöhnt. (Damals nach der Sache mit Mister Ed hat sich Mats nach ein paar Tagen einfach eingekriegt und dann war alles wieder okay. Aber dieses Mal wollte ich nicht abwarten, ob das wieder so funktioniert!) Ich habe also keine Übung darin, einen Streit mit Mats beizulegen. Das mal als Rechtfertigung für meinen verunglückten ersten Versöhnungsversuch heute in der Schule, der es leider nur schlimmer gemacht hat. Dabei habe ich mir echt Mühe gegeben.

Direkt in der nächsten Stunde nach der Pause startete ich mein Projekt »Mit Mats vertragen«. Wir hatten Mathe und Herr Lechner erklärte uns gerade, wie man Brüche ausrechnet und das Ergebnis auf einem Zahlenstrahl einträgt. Dazu kritzelte er auf der Tafel rum. Und weil er uns so schön den Rücken zudrehte, riss ich aus meinem karierten Collegeblock eine Seite raus und schrieb darauf mit meinem Glitzerstift und in schönster Schrift:

Bitte ankreuzen
Bist du noch sauer auf mich?
Ja [] Nein []

Anstelle der i-Punkte malte ich Blümchen, damit es noch freundlicher aussah. Ich faltete den Zettel und schob ihn zu Mats rüber. Aber Mats lauschte tatsächlich ganz aufmerksam dem Geschwafel von Herrn Lechner und beachtete den Zettel gar nicht. Ließ ihn einfach auf dem Tisch liegen! Ich schob ihn noch ein paar Zentimeter weiter zu Mats. Da streckte er die Hand nach dem Zettel aus. Endlich! Doch was machte er? Er steckte ihn einfach in die Hosentasche. Ohne auch nur einen Blick drauf zu werfen!

Und als ich ihm zuflüsterte: »Lies den Zettel«, schüttelte er nur ganz kurz den Kopf und starrte weiter gebannt nach vorne zu Herrn Lechner, der wiederum genau in dem Moment zu uns guckte. Genauer gesagt zu mir. Und zwar ziemlich streng. Vermutlich hat ihn seine Liebste, Miss Hattonfield, schon gegen mich aufgehetzt. Jedenfalls merkte ich, dass er mich auf dem Kieker hatte, und verhielt mich bis zum Ende der Stunde still, was mir außerordentlich schwerfiel. Doch kaum hatte es geklingelt, fragte ich Mats: »Warum hast du den Zettel nicht gelesen?« Ich gebe zu, dass es auch in meinen Ohren etwas vorwurfsvoll klang.

»Weil es Leute gibt, denen der Unterricht wichtiger ist als blöder Zettelkram«, gab er patzig zurück. »Und ausgerechnet du solltest dich etwas mehr auf den Unterricht konzentrieren.«

»Boah, was ist denn mit dir los?«, platzte es da aus mir heraus. »Du redest ja schon wie der Diktator!«

»Es ist halt nicht jedem egal, welche Noten er schreibt!«, zischte Mats.

Das fand ich echt unfair, weil es mir natürlich auch nicht egal ist, welche Noten ich habe. Und deswegen giftete ich zurück: »Wusste ja gar nicht, dass du unter die Streber gegangen bist!«

»Und ich wusste nicht, dass du unter die Tussis gegangen bist!«, knurrte Mats, packte seine Sachen und zog ab zu den Jungs, ohne mich noch eines Blickes zu würdigen.

Danach hatten wir Sport und auch da bekam ich keine Gelegenheit, mich mit Mats zu vertragen. Es war nämlich mal wieder eine Sternstunde des Chaos. Das fing schon damit an, dass unsere Sportlehrerin einen CD-Spieler mit in die Halle brachte, woraufhin die Jungs anfingen zu schreien, als hätte ihnen jemand gesagt, sie müssten nackt über den Schulhof laufen. Dabei stand einfach nur Tanzen auf dem Programm. Was für Jungs offensichtlich genauso schlimm ist, wie nackt über den Schulhof zu laufen. Mindestens.

Als die Musik anfing und Frau Schnabel eine einfache Drehung vormachte, zappelten die Jungs rum, als ob sie Zwangsjacken anhätten und gleich in die Gummizelle gebracht werden müssten. Alle Versuche von Frau Schnabel, sie zum vernünftigen Mitmachen zu bewegen, scheiterten. Sie sagten so Sachen wie: »Tanzen sieht behindert aus.« Und »Wer tanzt, ist total bescheuert«. Aber als Emil sagte: »Ich tanz auf keinen Fall, ich bin doch kein Spasti!«, reagierte Frau Schnabel ziemlich gereizt und hielt den Jungs einen Vortrag über ihre unmögliche Wortwahl und dass sie gute Lust hätte, ihre Eltern einzubestellen.

Selbst danach war ein normaler Unterricht nicht möglich. Irgendwann fand einer von den Jungs (ich glaube, es war Emil) einen vergessenen Ball hinter einer Bank und schoss ihn quer durch die Halle, und alle Jungs stürzten sich darauf, als würde jeder, der den Ball auch nur berührte, reich und berühmt. Frau Schnabel sah aus, als ob sie gleich ausrasten würde. Und das tat sie dann auch. »Ihr kriegt alle eine Sechs wegen Arbeitsverweigerung«, schrie sie, aber selbst das konnte die Jungs nicht überzeugen, mitzumachen.

»Ich dachte, deine Noten wären dir so wichtig«, sagte ich zu Mats, der gerade den Ball zu Joshua zurückgeschossen hatte.

»Aber doch nicht fürs *Tanzen!*«, schnaubte Mats und rannte zu Joshua und klatschte sich mit ihm ab. Irgendwann seufzte Frau Schnabel, stellte die Musik aus und ließ uns Zombieball spielen, woraufhin wir Mädchen ziemlich enttäuscht waren. »Nur weil die Jungs nicht mitmachen, müssen wir jetzt Zombieball spielen«, beschwerte sich Alenka, unsere stellvertretende Klassensprecherin.

Frau Schnabel seufzte und sagte, im nächsten Schuljahr würde das alles einfacher, da hätten Jungs und Mädchen getrennten Sportunterricht. Aber jetzt wäre es so und basta. Also wirklich. Was ist am Tanzen so schlimm, dass man sich derart anstellen muss? Jungs spinnen, so viel steht mal fest.

Ich meine, im Prinzip ist mir das ja egal. Nur eben bei Mats nicht. Und normalerweise spinnt er auch gar nicht, sondern ist total nett! Und mein bester Freund!

Mittlerweile ist schon Nachmittag und ich habe mich immer noch nicht mit ihm vertragen. Er hat sich nach der Schule noch so lange mit Joshua und Niklas unterhalten, dass es mir irgendwann zu blöd war, auf ihn zu warten. Da bin ich alleine mit dem Rad nach Hause. Aber jetzt ist er sicher daheim. Deswegen gehe ich rüber und rede mit ihm. Das geht einfacher, wo die anderen Jungs nicht mehr um ihn herum sind. Ich hoffe sehr, dass wir uns wieder vertragen!

Noch später an dem Tag, den ich am liebsten aus meinem Leben streichen würde

Geht doch. Mats und ich sind wieder Freunde. Ich bin sooo froh und total erleichtert.

Wenn da nur nicht diese eine Sache wäre, die er gesagt hat.

Die liegt mir nämlich quer im Magen wie die Buttercreme-Torte, die Großtante Gwendolyn uns beim letzten Englandbesuch aufgezwungen hat. (Die sah zwar lecker aus mit ihren Marzipanrosen und den Cremekringeln obendrauf, aber schon nach der dritten Gabel fühlte ich mich, als hätte ich Steine im Bauch.) Und so geht es mir jetzt auch. Deswegen muss es einfach raus. Ich schreibe es auf, dann geht es mir **HOFFENTLICH** besser.

Es war so: Ich habe bei Poggendorfs geklingelt. Zweimal kurz hintereinander. Das mache ich immer, dann weiß jeder, dass ich es bin. Aber Mats hat nicht selbst aufgemacht, sondern seine Mutter. Mats hing in seinem Zimmer rum, mit seinem Handy, natürlich.

»Hi«, sagte ich.

»Hi«, machte er und daddelte weiter. Er spielte *Slither,* das ist so ein Spiel mit einem Wurm, der durch so eine Art Würmer-Weltraum saust und immer länger wird, indem er andere Würmer frisst. »Ich spiele mit Niklas und Joshua«, informierte mich Mats. »Es gibt eigentlich noch keinen Multiplayer-Modus, aber Joshua hat es trotzdem hingekriegt.«

Ich guckte ihm eine Weile über die Schulter. Dann sah ich meinen zusammengefalteten Zettel, der auf Mats' Schreibtisch lag. »Du hast meinen Zettel immer noch nicht gelesen!«, stellte ich etwas beleidigt fest.

»Welchen ... ach so, den«, meinte Mats, ließ aber nicht von seinem Weltraum-Wurm ab. »Was steht denn drin?«

»Hab nur gefragt, ob wir noch Streit haben«, sagte ich.

Und er antwortete bloß: »Nö.«

Da war ich überrascht. Und freute mich! So einfach war

das also unter besten Freunden! »Meinst du denn echt, ich bin schuld an der schweren Englischarbeit?«, fragte ich.

Er zuckte, immer noch spielend, mit den Schultern. »Weiß nicht.«

»Jedenfalls sind alle sauer auf mich!«, stieß ich hervor und erwartete, dass er mir irgendwie gut zuredete. Und mir sagte, dass das gar nicht stimmen würde. Oder irgendwas anderes, was mich beruhigen würde. Stattdessen rief er: »Ha! Hab ich dich!« Er grinste zufrieden, weil sein Wurm gerade noch rechtzeitig einen Rivalen verschluckt hatte.

»Haben Joshua und Niklas noch irgendwas dazu gesagt?«, wollte ich wissen.

»Wozu?«, fragte er abgelenkt.

»Jetzt leg doch mal das Ding weg!«, rief ich, langsam etwas genervt. Ich hatte hier ein echtes Problem und er interessierte sich nur für seinen Weltraum-Wurm.

»Och Mann«, maulte er. »Jetzt hast du mich abgelenkt.« Die kurze Melodie zum Ende des Spiels ertönte. »Fast hätte ich den Rekord gehabt. Mist.« Er schrieb schnell im Chat, dass er sich jetzt abmelden würde. Endlich konnte ich mit ihm reden. »Also, haben Joshua und Niklas noch irgendwas über mich gesagt? Wegen der Englischarbeit?«

Er schaute mich einen Augenblick komisch an, dann sagte er: »Nö.« Aber es klang irgendwie, als ob er mir was verheimlichen würde.

»Echt nicht?«

»Nei-hen«, sagte er gedehnt.

Ich biss mir auf die Lippen. »Ach, ich fühle mich so mies«, jammerte ich. »Ich habe echt ein schlechtes Gewissen.«

Mats verdrehte die Augen.

»Was ist?«, fragte ich.

»Können wir jetzt mal das Thema wechseln? Hey, hör mal, ich bin jetzt in der Musikschule.« Er wischte auf seinem Handy rum, schaute mich erwartungsvoll an und spielte dann *Alle meine Entchen*, nur dass die Töne aus Fürzen bestanden, und lachte sich kringelig. Ich musste widerwillig auch grinsen. Das war total albern, aber eben auch lustig. Zumindest beim ersten Hören. Beim zweiten und dritten Mal fing es an, mir auf die Nerven zu gehen. Mats allerdings war so begeistert, dass er offensichtlich gar nicht mehr damit aufhören wollte. Dabei wollte ich immer noch seine Meinung wissen, ob ich ein schlechtes Gewissen haben musste oder nicht! Ich brauchte Aufmerksamkeit für mein Problem, und zwar sofort! Daher schnappte ich mir den Zettel von seinem Schreibtisch, faltete ihn auf und strich ihn glatt. »Hast du gesehen?«, fragte ich eifrig. »Ich habe extra Blümchen als i-Punkte gemacht, guck mal!«

Er zuckte mit den Achseln, ließ aber endlich sein Handy sinken und hörte auf mit dem Getröte.

»Herzchen finde ich auch süß«, erklärte ich. »Vielleicht mache ich auch mal kleine Käfer als i-Punkte. Das habe ich noch bei keinem gesehen! Mit dem Glitzerstift.«

Aber irgendwie schien ihn das Was-kann-man-alles-anstatt-eines-langweiligen-i-Punktes-malen-Thema nicht wirklich zu interessieren. Er starrte mich irgendwie merkwürdig an, zog eine Grimasse und fing schon wieder an, auf seinem Handy rumzuspielen. Und eigentlich wollte ich ja auch gar nicht wissen, ob er Herzchen als i-Punkte toll fand, sondern was ganz anderes. »Also bist du wirklich nicht mehr sauer auf mich?«, fragte ich seufzend.

»Hab ich doch schon gesagt«, antwortete er etwas patzig. »Nein. Ich bin nicht sauer auf dich.«

»Oder bist du *ein bisschen* sauer auf mich? Ich meine, warum hast du mich sonst in der Pause alleine gelassen?«

Jetzt stöhnte er genervt. Genervt, von mir! »Du bist manchmal echt eine ganz schöne Dramaqueen, Katinka.«

»Wie bitte?« Ich sprang auf wie ein Flummi, den man feste auf den Boden schleudert, und rief: »Ich bin doch keine Dramaqueen!«

OMG

»Aber so was von!«, sagte Mats und dann verzog sich sein Mund zu einem Grinsen. Ich war ganz verwirrt, weil ich nicht wusste, ob er es ernst meinte oder nicht.

»Los, jetzt lass uns auf der Playstation eine Runde *Street Fighter* spielen«, sagte er, plötzlich wieder gut gelaunt. »Ich mach dich nämlich total fertig.«

Und ich, ich war erleichtert, dass er wieder normal war, aber irgendwie war ich auch noch verwirrt, weil er mich eine Dramaqueen genannt hatte und ich das Gefühl nicht loswurde, dass da noch was war, das Mats mir nicht sagen wollte. War er also doch sauer?! Wenn er mich Dramaqueen nannte, hieß das doch bestimmt, dass er irgendwie sauer auf mich war?! So was hatte er noch nie zu mir gesagt! Wie kam er darauf? Und warum? So viele Fragen kullerten durch meinen Kopf und auch jetzt noch beim Aufschreiben purzeln sie wie von selbst aufs Papier.

Vorhin wollte ich ihn nicht mehr löchern, weil ich das starke Gefühl hatte, dass ich ihm damit ziemlich auf die Nerven gehen würde. »Playstation ist super«, sagte ich deswegen. »Aber lass uns was anderes spielen als *Street Fighter*. Das hatten wir doch letztens erst!«

»Dann *Dragonball.*«

»Ich hätte eher Lust auf *Singstar!*«

»Auf keinen Fall *Singstar.*« Er verzog das Gesicht, als

ob ich ihn gefragt hätte, ob er mal an meiner Schuhsohle lecken will.

»Wieso nicht?«

»Singen ist doch total scheiße.«

»Ist es gar nicht.«

»Wohl!«

»Als wir noch im Chor waren, fandest du das aber nicht.«

»Na und? Das war in der *Grundschule!*« Er tat so, als ob das so lange her wäre wie die letzte Eiszeit. Am Ende spielten wir dann doch eine paar Runden *Street Fighter*, weil ich ihm beweisen wollte, dass ich keine Dramaqueen bin. Aber richtig Spaß gemacht hat es mir nicht, und deswegen bin ich schon wieder zu Hause. Jetzt liege ich auf meinem Bett und denke über alles nach. Na ja. Nicht über alles. Eigentlich nur über Mats' blöden Kommentar mit der Dramaqueen.

ICH. BIN. KEINE. DRAMAQUEEN!

Oder doch?

Ich muss mir dringend eine dritte Meinung einholen.

Auf dem Flur bin ich eben Tobi begegnet. Er blieb mitten vor mir stehen. Ich überlegte gerade, ob ich ihn fragen soll, was er dazu meint, aber da rollte er seine Augen ganz langsam von links nach rechts und riss seinen Mund grässlich auf, machte ein gurgelndes Geräusch und taumelte mit ausgestreckten Armen auf mich zu. Diesen Blödsinn kenne ich schon. Soll einen Zombie darstellen. Und einem Zombie kann man keine Fragen stellen, auf die man eine vernünftige Antwort

erwartet. Also drängelte mich an ihm vorbei und ging runter zu Mama. Sie saß in der Küche und las Zeitung. »Mama«, fing ich an. »Ich muss dich was fragen.«

»Was ist denn los, Tinka Bell?«

Ich gab mir einen Ruck. »Mats meint, ich wäre eine Dramaqueen. Findest du das auch?« Ich biss mir auf die Lippen, so gespannt war ich auf ihre Antwort.

Mama lächelte mich an. »Du bist ein ganz tolles Mädchen, das bist du«, sagte sie ausweichend.

»Aber das sagst du immer.« Außer, wenn ich mal wieder vergessen habe, das Eisfach richtig zu schließen. Oder die Zimmerpflanzen in Gießwasser ertränkt habe.

»Weil es stimmt!« Na toll!

Sie stand auf und legte die Zeitung weg, kam auf mich zu und musterte mich nachdenklich. Für einen kurzen Moment dachte ich, jetzt geht ihr ein Licht auf und ihr fällt wieder ein, dass ich *natürlich* eine totale Dramaqueen bin!

Aber sie sagte: »Ach herrje, ich habe ganz vergessen, Tante Susanne anzurufen.«

Kurz: Immer noch keine dritte Meinung. Und es ist niemand da, den ich fragen könnte. Also habe ich zur Aufheiterung meine Lieblingsszenen aus *Ostwind* geguckt. Tobi kam kurz ins Wohnzimmer, hat einen Blick auf den Fernseher geworfen und gesagt: »Ich frage mich, ob alle Mädchen von Geburt an einen genetischen Defekt haben oder ob sie erst im Laufe der Zeit dämlich genug werden, um Pferdefilme toll zu finden.«

Ich habe mit voller Wucht das Kissen nach ihm geworfen und »Du Idiot!« geschrien. Tobi ist leider lachend ausgewichen. Und ich? Ich bin so wütend, dass ich heulen könnte.

Immer noch der Tag, den ich am liebsten aus meinem Leben streichen würde und der scheinbar niiieeee endet

Tobi ist soooo gemein! Eben sind wir uns auf dem Flur begegnet, da hat er so laut gewiehert, als wäre er ein bekloopptes Pony, und hat sich kaputtgelacht. Und ich war immer noch zu schlecht drauf, um ihm einen Spruch reinzudrücken. Hatte gerade kein Kissen zur Hand oder meinetwegen Sonnenmilch, mit der ich ihn hätte attackieren können. Und jetzt kommt er gerade rein und sagt, ich soll ihm den Stift wiedergeben, den ich ihm angeblich geklaut habe.

»Ich habe ihn bloß geliehen«, sage ich zu ihm, »du kriegst ihn morg——

Freitag, 4. September, morgens

Mir geht es schon besser. Erstens habe ich ganz unten in meinem Rucksack, unter einem ziemlich verklebten Blatt aus Kunst noch einen Superkuli gefunden (Tobi hat mir doch gestern tatsächlich einfach den Stift aus der Hand gerissen!) und zweitens hatte ich im Halbschlaf eine tolle Idee. Für eine Überraschung für Mats. Als Entschuldigung für die Englischarbeit. Wie sagt Mama immer: »Kleine Geschenke erhalten die Freundschaft.« (Ja, ich weiß! Ich dachte auch immer, was für ein blöder Spruch, aber jetzt finde ich ihn auf einmal gar nicht mehr so schlecht.)

Ich bin extra früh aufgestanden und habe mich gleich ans Werk gemacht. Weil ich nicht so viel Übung in so was habe, brauche ich nur leider etwas länger, um es fertig zu kriegen. Mist. Schon halb acht! In der Internetanleitung sah es viel einfacher aus. Und irgendwie ... *schöner.* Aber was soll's. Es ist die Geste, die zählt. Und selbst gemachte Geschenke kommen immer von Herzen, hat Mama mir erklärt. Die sind unbezahlbar! Und deswegen hoffe ich, dass heute mit Mats alles wieder gut wird. Na ja. Eigentlich *weiß* ich sogar, dass alles wieder gut wird. Wir sind so lange super befreundet, da machen ein paar kleine Streitigkeiten nichts aus.

Der Morgen der ~~Hoffnung~~ zerstörten Hoffnung

Der heutige Morgen der Hoffnung ist auch der Morgen der Hektik, stelle ich fest. Vor lauter Bastelei verpasse ich das Frühstück und den Zeitpunkt, an dem ich mit dem Rad pünktlich komme! (Gut, könnte auch dran liegen, dass ich gerade eine kleine Tagebuch-Sucht entwickele und zwischendurch immer mal wieder aufschreiben muss, was gerade passiert!) Habe notgedrungen Dad gefragt, der eigentlich gerne in Ruhe die Zeitung liest, bevor er in die Werbeagentur fährt, ob er mich zur Schule bringt. Der guckte mich über seine neue Lesebrille (die irgendwie so gar nicht zu ihm passt, weil er noch kein bisschen Grau in seinen kurzen mittelblonden Haaren hat) streng an, klappte die Zeitung zusammen und sagte: »Dass mir so was nicht einreißt.« (Er sagt das auf Englisch, weil er ja Engländer ist und ich mit ihm also Englisch spreche.) Also war das ein Ja. Hatte ich mir fast gedacht. Dad tut zwar manchmal streng, aber eigentlich ist er es nicht wirklich. Er hat fast immer gute Laune (außer, wenn sein Chef mal wieder durchdreht) und ist ansonsten auch manchmal ein bisschen ... nun ja ... verrückt. (Sorry, Dad, ich meine das als Kompliment. Na ja. So ungefähr.)

Auf der Fahrt zur Schule spielt er mir wieder ein paar von seinen alten Lieblings-CDs vor, meistens ist das Punkrock, wo Leute unheimlich schnell auf ihren Gitarren schrammeln und wild ins Mikro schreien. Und dann er erklärt mir, welche Bands ich mir *unbedingt* merken muss und dass englische Musiker die besten der Welt sind, und als die Musik besonders schnell wird, wackelt er mit dem Kopf und seufzt: »Ah, die guten alten Pogo-Zeiten.« Keine Ahnung, was er damit meint. Ich kann nur hoffen, dass er das mit dem Kopfwackeln nie macht, wenn mal Freunde von mir mit im Auto sind. (Außer Mats natürlich. Der kennt das schon.) »Danke fürs Fahren, Dad«, unterbreche ich seine Ausführungen über den großartigen Sound einer Band namens *The Libertines*, renne zum Klassenraum und schlüpfe gerade noch vor unserer Geschichtslehrerin Frau Sonnen hinein. Uff. Gerade noch mal geschafft!

Der Mittag der zerstörten Hoffnung

Inzwischen denke ich: Wäre ich doch bloß zu spät gekommen! Wäre ich doch bloß überhaupt nicht gekommen, sondern hätte nicht nur den Bus, sondern auch sonst alles verpasst und nichts von dem hinbekommen, was heute Morgen passiert ist! Wie habe ich nur denken können, dass meine Überraschung für Mats gut sein könnte – es war doch wieder nur einen Blamage hoch fünf!!

Aber der Reihe nach. Ich kam also in die Klasse und die Dinge nahmen ihren Lauf. »Was war denn los?«, fragt Mats leise, der zunächst wieder total normal und nett zu mir zu sein schien.

»Musste noch was fertig machen«, antwortete ich und freute mich schon auf sein Gesicht, wenn ich ihm mein Geschenk überreichen würde. Pah! Wenn ich jetzt nur daran denke, glühen meine Wangen schon wieder auf ...

In dieser Stunde sollten wir Gruppenarbeit machen und jede Gruppe am Ende der Stunde ihr Thema über das Leben im alten Griechenland in einem kurzen Vortrag zusammenfassen. Und weil Frau Sonnen noch ein paar Kopien machen musste, beauftragte sie Emil und Vincent, die Themen zu verteilen. Die beiden Jungs fanden natürlich großartig, dass sie die Chefs waren, und plusterten sich mächtig auf. Zur Auswahl standen Politik, Sport, Kriege, Alltag und Mode, Religion, Philosophen und Architektur. Alle schrien durcheinander, bis Emil auf den Lehrertisch sprang und ganz laut »Ruhe!« brüllte. »Wir gehen der Reihe nach vor«, bestimmte Vincent.

»Wir machen Kriege«, preschte Niklas vor.

»Nee, die machen wir schon«, sagte Emil.

»Du kannst uns mal«, protestierte Joshua. »Ihr sollt verteilen und nicht die besten Themen zuerst schnappen. Wir machen Kriege.«

Vincent grinste. »Na gut. Dann kriegt ihr die Kriege!« Dann gab er dem Jungstisch einen Packen Zettel.

»Was? So viel Text?«, maulte Niklas.

»Haben halt viel gekämpft, die alten Griechen«, kommentierte Vincent zufrieden.

»Was macht der Weibertisch?«, fragte Emil und deutete auf uns. »Mode«, sagte Greta und gleichzeitig sagte Mats: »Sport!«

»Sport«, beeilte ich mich, Mats beizustehen – schließlich wollte ich Mats beweisen, wie super wir befreundet waren (und das nicht nur mit dem Geschenk!) –, dabei hätte ich auch gerne Alltag und Mode gemacht. »Mode«, wiederholte

Greta. Aber Yvi rief mit einer Stimme, die keinen Widerspruch duldete: »Nee, wir machen Mode.«

»Und Sport ist auch schon weg«, sagte Emil siegessicher.

»Dann nehmen wir Religion«, meldete sich Jule und erklärte an uns gewandt: »Die Götter waren ja so was wie die Promis des alten Griechenland.«

»Au ja«, freute sich Greta.

»Okay, Weibertisch eins: Mode«, bestimmte Vincent und reichte Yvi den entsprechenden Blätterstapel. Dann kam er zu uns und verkündete: »Weibertisch zwei: Reli.« Er gab uns die passenden Zettel, während Mats sein Mäppchen hochriss und nach ihm warf. »Ich geb dir Weibertisch, du Arsch.«

Vincent wich dem Mäppchen lachend aus, schnappte es sich und schleuderte es zurück, wobei er aber Jule an der Schulter traf, die mit Greta schon in die Lektüre vertieft war. »Aua«, schrie sie. »Was soll das?«

»Genau! Was soll der Mist!«, rief Greta empört. Aber die Jungs beachteten sie gar nicht. Mats saß neben mir und machte eine ziemlich finstere Miene. »Mach dir nichts draus«, meinte ich tröstend. »Vincent spinnt halt.«

Und da die anderen gerade beschäftigt waren mit dem Verteilen der Texte und Frau Sonnen noch nicht wieder da war, dachte ich, *jetzt* ist der richtige Moment, um Mats zur Aufmunterung mein Geschenk zu geben.

»Hey«, sagte ich fröhlich. (Ja, noch war ich fröhlich. Weil ich ja keine Ahnung hatte ...)

»Ich habe was für dich.« Ich zog stolz die beiden Freundschaftsarmbänder raus, die ich heute Morgen selbst geknüpft habe. »Oder für uns, besser gesagt.«

Er starrte auf die beiden Armbänder, die ich aus blauen und grünen Baumwollfäden geflochten und mit zwei großen roten Knöpfen geschmückt habe. Und Mats? Mein sogenannter bester Freund? Der glotzte sie an, als hätte ich ihm einen erwürgten Weltraumwurm zum Essen angeboten. »Was soll das sein?«, fragte er verwirrt.

»Na, Freundschaftsarmbänder natürlich«, erklärte ich stolz. »Damit jeder sieht, dass wir beste Freunde sind.« Er starrte weiterhin ziemlich entgeistert und machte keine Anstalten, es zu nehmen. »Ich weiß, dass sie nicht ganz so toll geworden sind«, sagte ich schnell. »Aber es war mein erster Versuch. Hier, zieh es mal an, ob es passt.«

Da flüsterte er empört: »Ich zieh kein Armband an. Ich bin doch kein *Mädchen.«*

»Aber ...«, stammelte ich verwirrt. »Du hast doch sonst auch öfter Armbänder an.«

»Das sind keine *Armbänder*, das sind *Einlassbänder* fürs Fußballstadion.«

»Ach so«, stammelte ich weiter, »das heißt, du willst es gar nicht haben?« Enttäuscht ließ ich die Bändchen sinken.

»Nein«, zischte Mats heftig. »Dann denken die anderen doch, du wärst in mich verknallt!«

Diese Vorstellung fand ich so absurd (finde ich immer noch!), dass ich nicht mal mitbekam, dass genau in dem Moment Frau Sonnen wieder reinkam und alle aufhörten zu quatschen. »Ich bin aber nicht in dich verknallt«, rief ich und wedelte entrüstet mit den Freundschaftsbändern. »Das ist doch voll lächerlich. Ich? Verknallt in dich?!«

Und da erst merkte ich, dass es total leise im Klassenraum war und natürlich alle, aber wirklich *alle*, mitbekommen hatten, was ich gerade gesagt hatte.

Man könnte vielleicht meinen, es wäre trotzdem übertrieben, diesen Tag den

TAG DER ZERSTÖRTEN HOFFNUNG

zu taufen. Ist es aber nicht. Denn es ist heute noch was passiert. Etwas Supermegaoberpeinliches. Ein weiterer Tiefpunkt meines Lebens. Vielleicht sogar der tiefste Tiefpunkt meines Lebens!!!! Dabei hatte ich doch mein Tagebuch eigentlich nur mitgenommen, um genau zu protokollieren, wie meine Freundschaft mit Mats erneuert und alles wieder gut wird. Aber jetzt ... ist alles AUS!

Später am Tag der zerstörten Hoffnung

1. ~~Italien. In Italien ist es warm und es gibt leckeres Eis. Leider kann ich bis auf »Grazie« kein Italienisch.~~
2. ~~Spanien. In Spanien ist es auch warm. Und ich mag Paella. Bis auf die Muscheln. Aber in Spanien machen sie Stierkampf. Das finde ich richtig blöd. Nee, Spanien geht nicht.~~

3. ~~Schweden. Wir waren mal in Schweden und das war schön. Allerdings gab es dort viele Mücken. Und teuer war es auch.~~

4. England. Ich kann Englisch. Meine halbe Familie lebt in England, Großtante Gwendolyn und Großcousine Roberta und da ist noch dieser Stanley mit der roten Nase, von dem ich immer vergesse, wie wir jetzt genau verwandt sind (und hoffe, dass wir es doch nicht sind!). Ich müsste zwar vermutlich einen Haufen Buttercremetorte essen, aber daran gewöhne ich mich bestimmt. Außerdem könnte ich mir dann einen richtig

schicken Regenschirm kaufen, so einen durchsichtigen mit Schmetterlingen drauf. Beschlossene Sache! Ich wandere nach England aus.

Am Abend des Tages der zerstörten Hoffnung

Ha! Heute ist so was von »Der Tag der zerstörten Hoffnung«! Mama hat gesagt, wir ziehen nicht nach England.

Auf mein »Warum?« hat sie nur geantwortet: »Weil wir *hier* wohnen, deswegen.«

»Aber genau deswegen müssen wir doch weg«, habe ich geschrien und bin in mein Zimmer gerannt, weil ich gemerkt habe, dass ich anfangen musste zu heulen. Als sie kurz darauf klopfte, sagte ich nur: »Lass mich in Ruhe!«

»Wir können doch drüber reden, Tinka Bell.«

»Das bringt nichts«, sagte ich mürrisch. »Wegziehen bringt was. Reden nicht.«

Da seufzte sie. »Ich bin immer für dich da, Schätzchen, das weißt du.«

»Ja«, brummelte ich widerwillig.

»Und denk immer dran«, sagte sie noch, bevor sie endlich ging, »auf Regen folgt Sonnenschein.«

BLÖDER SPRUCH NR. 6
„Auf Regen folgt Sonnenschein."
VON WEGEN!!!

Platz sechs ihrer bescheuerten Sprüche! Ich meine, wie soll es jemals wieder gut werden? Ich brauche nur an Mats' Gesicht zu denken, als alle anfingen zu lachen, und dann weiß ich, dass es NIEMALS wieder gut wird.

Ich habe nämlich heute einen Blamagenrekord aufgestellt und nicht nur mich, sondern auch Mats blamiert. Und das ist ja wohl das Allerallerschrecklichste! Mich selbst zu blamieren, ist eine Sache. Eine ganz andere ist es, andere Leute bloßzustellen. Und dann auch noch Mats! *Meinen besten Freund!* Das kann echt nicht sein! Immerhin verstehe ich jetzt, warum er sich in letzter Zeit manchmal seltsam verhält. Ganz einfach: Er s c h ä m t sich für mich! Dabei war ich ihm noch nie peinlich!!!

Nicht mal, als ich damals an Karneval als Möhre in die Schule gegangen war, weil Mama das Kostüm so niedlich fand (und das bei meiner Karotten-Haarfarbe!). Alle hatten mich ausgelacht und die FBI-Agenten und Darth Vaders und Ritter hatten sich einen Spaß draus gemacht, mich »auszureißen«. Mats hatte mich als Spiderman heldenhaft verteidigt und nicht zugelassen, dass mir einer das Grünzeug auf meinem Kopf krümmte. Aber jetzt s c h ä m t er sich für mich! Und zwar so sehr, dass er ... dass er ... Mir zittern richtig die Finger, so sehr verkrampfe ich bei dem Gedanken. (Ganz ruhig, einmal den Arm ausschütteln ... und dann einfach weiter.)

ABER ACHTUNG! Weiterlesen auf eigene Gefahr!

Wer nämlich schlimme Wahrheiten nicht verträgt, hört jetzt besser auf zu lesen und macht sich einen schönen Bananen-Milchshake. Oder kratzt sich ausgiebig an der rechten Wade. Oder versucht, ein chinesisches Essstäbchen auf der Nase zu balancieren. Ja, mir fallen eine Menge Dinge ein, die schöner sind als das, was jetzt kommt. Aber es nützt ja nichts. Also, hier ist die schlimme, die furchtbare und grauenerregende Wahrheit:

MATS SCHÄMT SICH SO, DASS ER SICH VON MIR WEGGESETZT HAT! ER SITZT NICHT MEHR NEBEN MIR!!!

Dabei sitzen wir seit der ersten Klasse nebeneinander! Das ist der Tiefpunkt meines Lebens, wirklich tiefer geht es doch gar nicht! Ich meine, wenn der BESTE FREUND nicht mehr neben einem sitzen will, dann steht es doch wirklich ganz schlimm!

Es war so: In der letzten Stunde am Freitag haben wir immer »Klassensitzung«, in der wir mit unserer Klassenlehrerin aktuelle Probleme besprechen können. Und da hat unsere Klassensprecherin Alenka aufgezeigt und gesagt, die Schüler wollen die Sitzordnung ändern. Frau Klein war damit einverstanden – und Mats hat sofort die Gelegenheit ergriffen und sich an einen Tisch mit Joshua, Niklas und Vincent gesetzt. Und ich, ich bin am Loser-Tisch gelandet. Echt – geht es noch schlimmer?

Schlafenszeit am Tag der zerstörten Hoffnung

Ich kann nicht schlafen. Ich meine, wie soll ich denn jemals wieder in die Schule gehen? Jetzt, wo Mats nicht mehr neben mir sitzt. Und ich an einem Tisch gelandet bin mit der seltsamen Florentina, der durchgeknallten Indira und Spagathe. (Sie heißt eigentlich Agathe, aber sie kann Spagat, führt das auch andauernd vor und bildet sich mächtig was drauf ein! Ich meine, ich will natürlich auch Spagat können, aber das hat bisher nicht geklappt. Wobei ich es ehrlich gesagt auch noch nicht oft probiert habe. Es tut nämlich weh! Zumindest bin ich froh, dass ich nicht so einen Spitznamen wie Spagathe habe. Kobra und Keulen-Kati reichen mir vollkommen!)

Ich war einfach so überrumpelt, dass Mats zu den Jungs gegangen ist, als sie ihn gerufen haben, ja, ich war sogar richtig *geschockt*, dass er nicht mehr neben mir sitzen wollte, dass ich gar nicht reagieren konnte, als es darum ging, für mich neue Tischpartner zu finden. Abgesehen davon war ja klar, dass sich niemand darum reißen würde, neben so einer Peinlichkeitsbombe wie mir zu sitzen. Also bin ich am Loser-Tisch gelandet. Wo ich ja auch hingehöre.

Zum Glück war die Schule nach der Klassensitzung zu Ende und ich bin ganz schnell raus und zu Fuß nach Hause und nicht mit dem Bus gefahren, weil ich niemandem begegnen wollte. Joshua hat mir noch »Schönes Wochenende« hinterhergerufen, aber ich habe nicht darauf reagiert. Ich war einfach nur froh wegzukommen. Ich will da NIE WIEDER hin! Schon gar nicht nächste Woche. Da bekommen wir unter Garantie die Englischarbeit wieder. Vielleicht sogar schon am Montag! Miss Hattonfield ist leider von der schnellen Sorte und gibt die Arbeiten meistens im Handumdrehen zurück.

Und wenn es dann schlechte Noten hagelt, dann sind alle *noch* wütender auf mich. Schade, dass ich keine Großmutter mit einem Pferdegestüt habe, auf dem ich mich in ein Pferd verlieben und mich als geniale Pferdeflüsterin entpuppen kann, die fortan nur noch unter Pferden lebt. Dabei brauche ich dringend ein neues Leben. Jetzt! Soll ich Mama doch noch mal England schmackhaft machen? Ich meine, immerhin ist sie doch mit einem Engländer verheiratet, so schlimm kann sie es bei denen auf der Insel doch gar nicht finden!

Ich wälze mich im Bett rum, versuche es mit Schäfchenzählen, aber irgendwie tauchen zwischen den Schafen immer Mats, Tobi und Miss Hattonfield auf und funkeln mich böse an.

Samstag, 5. September, morgens

(Keine Ahnung, wie dieser Tag bald heißen wird. Es wäre zur Abwechslung auch mal schön, wenn er einfach ein stinknormaler Samstag bleiben würde!)

Jedenfalls: Irgendwie bin ich gestern doch noch eingeschlafen, träumte aber einen Haufen Unsinn und wälzte mich herum. Als ich aufwachte, war für einen kleinen Moment noch alles bestens, dann fiel es mir wieder ein: die neue Sitzordnung und Mats' Flucht vor der peinlichen Katinka Peters.

Noch beim Frühstück fühlte ich mich, als hätte mir heute Nacht einer mit dem Hammer auf den Kopf gehauen. Ich konnte noch nicht mal lachen, als Dad aus dem Brötchenknuddel einen Hund knetete, der aussah wie eine Schildkröte. (Brötchenknuddel heißt bei uns das weiche weiße Innere, das man aus der Brötchenhälfte rauspulen kann. Was wir alle sehr gerne machen. Na ja. Bis auf Mama, die rümpft darüber die Nase, und Tobi, natürlich, der es sich zum Sport gemacht hat, das Brötchen superexakt in der Mitte und schnurgerade durchzusäbeln, wozu er immer nervtötend lange braucht – und genauso lange prahlt er damit, dass man sich in seinen Brötchenhälften spiegeln könnte!) Natürlich blieb meine **GRUMMELLAUNE** nicht lange unentdeckt. Meine Eltern warfen sich Blicke zu, als sie die Kaffeekanne rumreichten. »Was ist los, Tinka Bell?«, fragte mein Dad.

»Nichts«, behauptete ich und mümmelte an meinem Marmeladenbrötchen herum. Ich konnte ihnen nicht erzählen, dass Mats sich weggesetzt hatte. Ich würde wahrscheinlich anfangen zu heulen. Und das wäre mir ziemlich peinlich. Besonders vor Tobi.

»Gib mal Fleischsalat«, brummte Oskar, der auch eher zu den Morgenmuffeln gehört. Was nur daran liegt, dass er immer viel zu lange aufbleibt, wie Mama sagt. Dad nahm die Packung und hielt ihn demonstrativ in der Hand, bis Oskar guckte, die Augen verdrehte und sagte: »*Please.*«

Mit einem Nicken reichte ihm Dad den Fleischsalat. (Er macht immer eine große Sache aus dem »Bitte«. Ohne das »Zauberwort« läuft bei ihm nichts.) Als wir alle beim letzten Brötchen angelangt waren, machte sich Mama daran, die Arbeiten zu verteilen, die am Wochenende erledigt werden müssen. Und Tobi hatte mal wieder einen Auftritt als doofster Zwillingsbruder aller Zeiten. Mama beauftragte meine Brüder, mit dem Bollerwagen das Altglas wegzubringen. Dann wollte sie mir aufs Auge drücken, den Rasen zu mähen, aber da sagte ich, das ginge nicht, ich müsse einen Aufsatz schreiben über das Waffenrecht in den USA.

»Sind das Hausaufgaben?«, fragte Dad. Ich schüttelte den Kopf.

Mama guckte erstaunt. »Du hast dich freiwillig für ein Referat gemeldet?«, fragte sie. Weil es einfacher war, als die ganze Geschichte zu erklären, nickte ich. Gerade wollten meine Eltern anfangen, mich für meinen Fleiß zu loben (was sonst immer Tobi vorbehalten ist), da fragte mein Blödbruder auch schon hinterhältig grinsend: »Ist das nicht die Strafe für die Sache mit Miss Hattonfield?«

»Welche Sache mit Miss Hattonfield?«, fragte Mama alarmiert. »Das mit dem Schneeball ist doch lange abgehakt.«

Ich meine, *natürlich* hätte ich es ihnen auch so erzählt. Aber ohne dass Tobi es mitkriegt und sich noch toller fühlen kann als sowieso schon. Und vor allem wollte ich gar keine große Sache draus machen. Was aber nicht soooo gut funktionierte. Sogar Oskar wusste es schon. Es hatte sich nämlich in Windeseile bis in die Zehnte rumgesprochen, dass Keulen-Kati Miss Hattonfield mit Sonnenmilch außer Gefecht gesetzt hat. Oskar zwinkerte mir zu und ich wusste, dass zumindest er stolz auf mich ist. Wobei *ich* absolut kein bisschen stolz auf mich bin, dass muss ich hier noch mal betonen. Meine Eltern guckten ziemlich verschreckt, also erzählte ich im Detail, wie es passiert war, und war ein bisschen erleichtert, weil Dad sich fast an seinem Brötchen verschluckte vor Lachen.

Als er sich wieder einigermaßen eingekriegt hatte, sagte er zu Mama: »Siehst du, das sind die Risiken von übertriebener Sonnenbrandvorsorge.«

»Eincremen ist wichtig. Gerade für Tinka«, rechtfertigte sich Mama prompt.

»Und ich habe mich auch bei Miss Hattonfield entschuldigt«, versicherte ich schnell, »aber sie war trotzdem ziemlich sauer.«

»Kein Wunder«, spottete Tobi.

Mama beschwichtigte, dass es ein Unfall gewesen sei und dass ich meine Strafe ja bekommen hätte, aber dann schaute sie mich streng an und sagte: »Aber das mir so was nicht noch mal vorkommt. Irgendwann zählt die Ausrede mit dem Unfall nämlich nicht mehr.«

»Kommt nicht wieder vor«, versprach ich und biss mir auf die Lippen. Auf jeden Fall wurde ich vom Rasenmähen befreit, was Tobi ziemlich wurmte. Er wollte eine Diskussion anfangen über den Sinn von Strafen, wenn ich dafür andere Pflichten nicht erledigen musste, aber Dad bügelte das ab und meinte, er solle sich raushalten. Da war Tobi ziemlich sauer.

Dad hat mir dann noch ein paar Tipps für die Recherche am Computer gegeben, aber pfft! Natürlich habe ich gar nicht vor, den Aufsatz über das Waffenrecht der USA zu schreiben (jedenfalls nicht jetzt sofort). Mein Plan ist: nachdenken. Über Jungs und ihr seltsames Verhalten. Und über Mats. Und mein Leben so ganz allgemein.

Samstag, 5. September, immer noch weitgehend katastrophenfrei

Eltern wären keine Eltern, wenn sie nicht die Pläne ihrer Kinder durchkreuzten, wann immer es ihnen passt. Kaum hatte ich mich aufs Bett geschmissen, klopfte Mama, um noch mal nach mir zu sehen. Was natürlich nicht stimmt, denn sie wollte mich vielmehr *ausquetschen.* Wie es mir ginge. Und ob die Sache mit Miss Hattonfield der Grund dafür ist, dass ich wegziehen wollte, oder ob da was anderes dahinterstecke. Und als ich nicht sofort geantwortet habe, bekam sie diesen feierlichen Gesichtsausdruck, an dem ich gleich erkenne: Jetzt wird's ernst. Denn dann kriegt sie immer diese weiche Stimme, mit der sie mir, wenn ich krank bin, auch immer Hühnersuppe serviert. Sie meinte irgendwas davon, dass das Leben in einem *gewissen Alter* unheimlich kompliziert würde und dass das *ganz normal* wäre und ich mir nicht solche Gedanken machen müsste.

Und da habe ich sie aber mal unterbrochen, bevor sie noch mehr Unsinn redete. »Bei mir ist gar nichts normal«, stieß ich hervor. »Dauernd blamiere ich mich bis auf die Unterhose. Ich bin wirklich die Queen of Fettnäpfchen. Schlimmer geht es nicht.«

Mama lächelte nur weise. »Ach, Tinka Bell. Meistens

denkt man nur, dass die anderen einen auslachen, aber in Wirklichkeit ...«

Da platzte es aus mir raus: »Mats hat sich von mir weggesetzt, weil ich ihm zu peinlich bin!«

»Echt?«, fragte sie überrascht. Ich habe heftig genickt und einen Kloß im Hals gespürt, weil ich auf einmal schon wieder das Gefühl hatte, ich müsste heulen. Und da seufzte sie und behauptete, es wäre auch *ganz normal*, dass sich Mädchen und Jungs in einem *gewissen Alter* nicht mehr verstehen.

»Was soll dieses ganze Gerede von dem gewissen Alter?«, fuhr ich sie an. »Was soll das überhaupt heißen?«

Und da seufzte sie und sagte: »Na, in der Pubertät.« Und dabei hat sie mich so merkwürdig angesehen, als ob sie sich irgendwie Sorgen um mich machen würde.

Und dann wurde ich so richtig pampig. Ich meine, geht's noch?! »Und was hat das mit mir zu tun?«, motzte ich sie an. Da hat sie mir über die Schulter gestreichelt und nach einer Pause gesagt, es wäre *ganz normal*, dass ich mich merkwürdig fühlen würde und dass sie immer für mich da sei. Und dann ist sie zum Glück endlich gegangen!!!

Also echt! In welchem Universum Mütter manchmal leben! Die haben ja wohl gar keine Ahnung! Was für sie *ganz normal* ist, ist für mich eine echte Katastrophe! Und wenn das wirklich *stinknormal* sein soll, dass mein Leben eine Katastrophe ist, dann macht es das doch nicht besser! Im Gegenteil! Dann würde das ja bedeuten, dass es so weitergeht!! Pfff! Aber da mache ich nicht mit. Ich meine, wer bestimmt überhaupt, was normal ist?! Erwachsene? Eltern?!

Ganz sicher nicht! Die regen sich nämlich zum Beispiel darüber auf, wenn man mal ein bisschen kreativ aufräumt, und nennen es *»nicht mehr normal«*, nur weil man alles in dem großen Koffer versteckt, der eigentlich erst in den nächsten Sommerferien wieder gebraucht wird. (Ich meine, welcher »normale« Mensch kommt auf die Idee, da nachzuschauen? Aber Mama meinte damals triumphierend, sie kenne eben schon all meine Unordnungsverstecke, und weil die so verdächtig aufgeräumt waren, musste der ganze Kram ja irgendwo sein. Eines muss man ihr lassen: Sie kann auch kreativ sein.) Aber ich schweife mal wieder ab: Ich bin entschieden anderer Meinung als Mama. Ich finde es überhaupt *nicht normal*, wie sich gerade alles entwickelt. Und ich bin auch total dagegen. Und damit das auch alle mitkriegen, jetzt ganz offiziell: Ich lege PROTEST gegen mein Leben ein.

Samstag, 5. September, später am weitgehend katastrophenfreien Tag (langsam werde ich misstrauisch!)

Jetzt habe ich hier eine Viertelstunde protestiert, aber leider interessiert das niemanden. Da kommt keiner und sagt: Dann ändere ich jetzt zack, zack dein Leben. Es taucht auch keine Fee auf, die mit ihrem Zauberstab wedelt und mir Wünsche erfüllt. Nee. Das ist ja das Doofe: Wenn man sein Leben voll daneben findet, dann muss man es wohl oder übel selbst in die Hand nehmen. Ich meine, ich hätte ja eine Lösung für alle Probleme. *Ich* würde ja auswandern. Aber meine Eltern machen da leider nicht mit. Also muss ich mir was anderes ausdenken und nicht mal mein bester Freund hilft mir. Weil ich ihm ja zu peinlich bin.

Hey, jetzt fällt mir gerade ein, dass die Sache vielleicht ja doch leicht zu lösen ist. Na klar!

Ha!

Bin eine Weile in meinem Zimmer auf und ab gelaufen (regt die Denkfabrik an, sagt mein Dad immer) und habe meine Idee mal so richtig durchdacht (also mindestens fünf Minuten!). Und jetzt bin ich mir sicher: Die Lösung liegt total auf der Hand! Und hier kommt sie, die Superlösung für mein schlamasseliges Leben:

Wenn ich Mats peinlich bin, darf ich eben keine Sachen mehr machen, mit denen ich ihn bloßstelle!

Das ist so genial und so einfach, dass ich mich jetzt schon frage, warum ich nicht sofort drauf gekommen bin!

Verblüfft starre ich an die Wand auf das Ostwind-Poster und reiße es aus einem Impuls heraus einfach runter, zerknülle es und werfe es in den Mülleimer. Und genauso mache ich es mit meinen schlechten Gedanken. Die stopfe ich gleich hinterher in den Mülleimer. Und auf einmal fühle ich mich schon deutlich besser. Das ist es doch! Ich meine, ich werde vermutlich nicht verhindern können, dass ich *mich* blamiere. Da habe ich offensichtlich ein besonderes Talent für. Aber ich werde ab sofort verhindern, dass ich Mats blamiere. Genau! Und dann können wir Freunde bleiben! Juchhu!!

(Bin vor Begeisterung ein paar Mal auf und ab gehüpft und wollte schon Mats anrufen, um ihm meinen Plan brühwarm mitzuteilen. Was natürlich Blödsinn wäre! Ich muss ihn mit Taten überzeugen!)

Deswegen überlege ich jetzt, welche Sachen es sind, die Jungs *besonders* peinlich finden. Ich meine, natürlich habe ich mitbekommen, dass es Dinge gibt, die Mädchen total gut finden und Jungs eben nicht. Und vielleicht hat Mama ja auch ein bisschen recht damit, dass Jungs und Mädchen sich *in einem gewissen Alter* nicht verstehen. (Vielleicht ist das aber auch nur wieder so ein Quatsch, genau wie, dass sie angeblich *sehen* kann, ob man müde ist. Was für ein Blödsinn! Sie ist doch keine Hellseherin oder so was. Ich *weiß*, wann ich müde bin – und das ist ganz bestimmt nicht dann, wenn Mama angeblich *sieht*, dass ich es bin!)

Ich werde mich jedenfalls mit Mats weiterhin super verstehen, weil ich herausfinden werde, was er an mir peinlich findet. Und das werde ich dann einfach sein lassen. Und dann ist er wieder mein bester Freund. Ich bin sofort Feuer und Flamme! Natürlich darf ich nichts dem Zufall überlassen, dafür ist mir die Freundschaft zu Mats zu wichtig.

Deswegen werde ich das sauber und ordentlich angehen. Ein richtiges Projekt daraus machen. Wissenschaftliches Arbeiten nennt man das und Frau Klein liegt uns in der Schule immer in den Ohren damit, dass wir das lernen müssen, falls wir jemals studieren wollen! Und deswegen werde ich hier drin alles fein säuberlich, geheim und wissenschaftlich aufschreiben.

PROJEKT:

Jungs verstehen das nicht!!!

Katinka Peters' Liste von den Sachen, die Jungs nicht verstehen:

1. Freundschaftsbänder sind eine tolle Sache.

2. Im Unterricht Zettelchen schreiben ist manchmal lebensnotwendig.

3. Man ist keine Dramaqueen, nur weil man ein schlechtes Gewissen hat, weil einen die ganze Klasse hasst.

4. Tanzen macht Spaß.

5. Singen macht Spaß.

6. Furzmelodien sind keine Musik.
7. Pferde sind schön und edel und klug.
8. Pferdefilme sind super.
9. Es gibt keinen Grund, sich für Kuscheltiere zu schämen.
10. Kuscheltiere gehören nicht in die Mülltonne! (Und eines Tages wird Mats das auch einsehen. Und dann wird er sich freuen, dass ich Mister Ed gerettet habe. Jawohl! Ich habe ihn heimlich aus seinem stinkigen Grab gezogen und ihn in die Badewanne gesteckt und dann noch ein bisschen von dem Parfüm von Mama draufgesprüht, weil er neben irgendeinem ziemlich vergammelten Lappen gelegen hatte. Und jetzt sitzt er gut duftend in meinem Schrank und wartet darauf, dass sein Herrchen wieder vernünftig wird. Ich habe Schorsch, den Jodelbär, als Gesellschaft neben ihn gesetzt. Die beiden verstehen sich prächtig.)
11. Herzchen als i-Punkte sind süß.
12. Blümchen als i-Punkte sind süß.
13. Sternchen als i-Punkte sind süß.
14. Käfer als i-Punkte sind süß. (Hab's ausprobiert!)
15. Das Wort »süß« ist kein Grund, einen Brechanfall zu kriegen.

Ich betrachte meine Liste und fasse es nicht, wie lang sie schon ist, obwohl ich doch gerade erst mit meinem Projekt angefangen habe. Aber ich bin zufrieden. Das ist ein guter Anfang. All das werde ich einfach nicht mehr machen, weil Jungs es sowieso nicht verstehen. Umgekehrt ist es vielleicht hilfreich, wenn ich mehr Sachen mache, die Jungs klasse finden.

Liste von Sachen, die Jungs gut finden:

1. Cool sein

2. Fußball spielen

3. Basketball spielen

4. Blaue Klamotten (aber nur Dunkelblau und Mittelblau. Hellblau eher nicht.)

5. Mit Papierkügelchen werfen

6. Mit Mäppchen werfen

7. Mit Linealen werfen

8. Mit Kreide werfen

9. Mit Tannenzapfen werfen

10. Mit Plastikflaschen werfen

Okay. Die Liste könnte ich jetzt ewig so weiterschreiben, weil sie wirklich andauernd mit irgendwas werfen. Emil wirft auch dauernd Stifte aus dem Fenster, keine Ahnung, warum. Jedenfalls scheint Werfen eine große Sache für Jungs zu sein. Aber ich werde mich jetzt erst mal auf die beiden ersten Punkte konzentrieren. Irgendwas zu werfen werde ich immer finden, wenn es darauf ankommt. Aber vorher werde ich cool sein. Und Basketball spielen.

(Praktisch: Denn da wirft man ja auch.)

Immer noch Samstag, der Tag, der tatsächlich vielleicht ein guter wird

Mats ist dieses Wochenende bei seiner Oma in der Eifel. Diese Zeit werde ich nutzen, um für unsere Freundschaft zu trainieren. Ich werde auf den Freiplatz gehen und Basketball spielen.

Ich bin richtig aufgeregt, weil Basketball ist echt nicht so mein Fall. *Bisher.* Ich habe es nämlich noch nicht oft gespielt. Und deswegen kann ich es natürlich auch nicht so gut. Weswegen ich bisher auch nicht unbedingt Lust hatte, es zu spielen. Ein Teufelskreis!

Aber den werde ich durchbrechen und eine coole Basketballspielerin werden. Zum Glück hat mein Bruder Oskar einen Ball, den ich mir borgen werde. Und dann frage ich ihn auch noch nach einem dunkelblauen Pullover, davon hat Oskar eine Menge (Jungs halt!).

Puh! Mein großer Bruder ist echt der Beste! Und mein anderer Bruder leider total bescheuert. Aber das ist ja nichts Neues.

Oskar war wirklich so nett, mir einen Kapuzenpulli zu schenken, der ihm zu klein geworden ist. Er ist dunkelblau und hat eine Aufschrift URBN STREETSTYLES. Die Ärmel schlabbern ein bisschen, aber die krempele ich einfach hoch. Als ich Oskar nach dem Ball gefragt habe, hat er mich merkwürdig angesehen. Vielleicht war es aber auch nur die Überraschung, mich mal wieder live und in Farbe zu sehen, wo er sonst nur an seinem Handy klebt und mit seiner Freundin Finnja chattet. »Warum willst du denn Basketball spielen?«, fragte er erstaunt.

»Na, wegen Mats«, meinte ich. »Er benimmt sich neuerdings so seltsam und ich weiß nicht, ob wir noch Freunde bleiben können. Deswegen werde ich jetzt Basketball spielen lernen, damit ich in der Pause mit ihm abhängen kann.«

Oskar darauf, achselzuckend: »Wenn er nicht mit dir befreundet sein will, ist er ein Idiot. Du bist nämlich mit Abstand das coolste Mädchen in eurer Klasse. Ob mit oder ohne Basketball.« Ich bin zwar ein bisschen rot geworden (diesmal vor Freude!), aber richtig helfen tut mir das natürlich nicht. Weil mein Bruder keine Ahnung hat, was in der sechsten Klasse so los ist. Kann ja sein, dass man in der Zehnten mit Mädchen einfach so befreundet sein kann, aber bei uns geht das offensichtlich eben nicht. Darauf wollte ich ihn hinweisen, kam aber nicht mehr dazu, denn dann plingte sein Handy und er stürzte sich darauf, als ob es ihn vor dem Ertrinken retten könnte.

Auf dem Flur habe ich noch Tobi getroffen, der mich wegen des zu großen Pullis mit hochgezogenen Augenbrauen musterte. »Was wird denn das?«, fragte er so doof wie immer und zeigte auf den Ball, den ich mir (ziemlich cool) unter den Arm geklemmt hatte.

»Da schlüpft bald ein Drachenbaby raus«, gab ich zurück.

»Ha. Ha. Du bist mal wieder sehr witzig«, sagte er. Ich wollte an ihm vorbei, aber er stellte sich mir in den Weg. »Musst du nicht deinen Aufsatz schreiben?«, bohrte er nach. Ich stöhnte. »Musst *du* nicht irgendjemand anderem auf die Nerven gehen?«

»Aktion derzeit nicht möglich«, sagte er in Roboterstimme. »Aktion derzeit nicht möglich.«

Wenn ich an Tobis blödes Gesicht dabei denke, koche ich fast noch mal über. Ich habe ihn jedenfalls richtig laut angeranzt: »Warum müssen Jungs eigentlich nur so bescheuert sein?! Warum kapieren Jungs nicht, dass sie sich total beknackt benehmen?!«

Da lachte Tobi überheblich und meinte: »Oh Mann. Bist du *blöd*. Jungs kapieren *alles!* Bei Mädchen dagegen wird das Hirn automatisch ausgeschaltet, wenn sie das Wort *Binomialkoeffizient* hören. Oder wenn sie irgendwas in Pink mit Glitzer sehen.« Und dann hat er gekreischt: »Ahhh, so süüüüüß!«, und hat aufgeregt mit den Händen rumgewedelt wie ein … wie ein völlig idiotischer Zwillingsbruder halt.

Aber ich bin gar nicht darauf eingestiegen und habe nur ganz ruhig erwidert: »Danke, dass du an meinem Testverfahren mitgewirkt hast.«

Er hörte sofort auf, so blöd zu kreischen, und machte ein dämliches Gesicht. Ich schob mich einfach an ihm vorbei. In der Hitliste der bescheuerten Jungs nehmen Zwillingsbrüder definitiv einen Platz ganz weit oben ein.

Auf zum Basketballspielen!

So und jetzt bin ich also beim Freiplatz. Und stelle fest, dass ich eine Sache nicht bedacht habe. Das Dumme an einem Freiplatz ist nämlich, dass er tatsächlich frei zugänglich ist. Und dass jeder da spielen kann, der will. Und natürlich sind da schon ein paar Jungs, die um den Korb herumdribbeln.

Sie sind ziemlich alt, noch älter als Oskar, und sie können das verdammt gut. Da kann ich mich doch jetzt unmöglich einmischen! Mit meinen äußerst begrenzten Fähigkeiten. Ich meine, immerhin bin ich so schlau, dieses gigantische **FETTNÄPFCHEN** vorher zu erkennen. Gefahr erkannt, Gefahr gebannt. (Ja, *natürlich* ein Spruch meiner Mutter!) Also. Solange die Jungs da spielen, bleibe ich schön auf der Bank sitzen. Und schreibe hier in aller Ruhe in mein Tagebuch, bis sie endlich aufhören.

Der Freiplatz ist so eine Art Spiel- und Jugendpark mit Sandkasten und Rutschen für die Kleinen, einem Basketballfeld, Tischtennisplatten und einer Skaterbahn, auf der aber schon ziemlich viel Unkraut aus dem Beton wächst. Aber weil es nicht so viele andere Möglichkeiten zum Skaten gibt, fahren da trotzdem viele mit Skateboards oder Inlinern rum. Neben der Anlage ist noch ein kleines Wäldchen, wo manchmal Jungs auf Mountainbikes durchheizen.

Damit ich überhaupt erst hier hinfahren durfte, habe ich Mama eben ein bisschen angeflunkert. Sie wunderte sich nämlich, als ich wegwollte, und fragte, ob ich den Aufsatz schon fertig hätte. Weil es einfacher war, die Wahrheit zu verbiegen, als die ganze Geschichte genau zu erklären (nämlich, dass es für mich momentan viiiel wichtiger ist, mein privates Jungs-Projekt durchzuführen und dazu eine coole Basketballspielerin zu werden, als die Strafarbeit für den Direktor zu erledigen), sagte ich: »Ja.«

»Das ging aber schnell«, rief Mama erstaunt. »Zeig ihn mir nachher! Ich bin gespannt, was du geschrieben hast.«

»Logo«, sagte ich und schwang mich aufs Rad.

Hm. Jetzt habe ich alles notiert und die Jungs spielen immer noch. Also relaxe ich einfach. Auf der Schaukel schaukelt ein kleines Kind. Im Sandkasten kloppen sich zwei Jungs um einen Eimer. Auf der Skaterbahn ziehen zwei Mädchen ihre Runden. Der Himmel ist blau. Die Bäume sind grün. Mein rechter Schuh hat einen hässlichen Fleck. Da liegt ein kleiner Stock vor meinem Fuß. Er hat genau die Länge und Dicke von einem chinesischen Essstäbchen. Und die Enden sind auch schön gerade und flach.

Noch viel später am Samstag, der Tag, der jetzt doch kein richtig guter geworden ist

Also. Bin von meinem Ausflug wieder zurück. Und bevor ich schreibe, was schon wieder Peinliches passiert ist, hier eine angebliche Boxer-Weisheit, die mein Dad (der ungefähr achthundert Boxkämpfe auf DVD besitzt) zu sagen pflegt: »Die gefährlichsten Schläge sind die, die

man nicht kommen sieht.« Mit Boxen kenne ich mich natürlich kein bisschen aus, deswegen weiß ich nicht, ob das stimmt. Aber mit Fettnäpfchen kenne ich mich aus. Und eines kann ich bestätigen: Mit Fettnäpfchen ist es genauso. Am gefährlichsten sind die, die man nicht kommen sieht.

Da hatte ich mich also extra hinter einen Busch zurückgezogen, um in aller Ruhe und ungesehen mit meinem Stock Nasenbalancieren zu üben, da hörte ich auf einmal etwas ganz schnell heranrauschen, drehte mich um, wobei mir natürlich mein Stock von der Nase kippte. Und da raste ein Radfahrer auf mich zu, er kam durch das Gestrüpp richtig angeschossen, mir blieb fast das Herz stehen und dann bremste er im letzten Moment quietschend und so stark, dass sein Hinterreifen seitlich abschmierte.

Es war Joshua, dieser Angeber. Auf seinem BMX-Rad. Natürlich war auch Niklas dabei, der hinter ihm aus dem Wald raste und anfing, um mich herum Kreise zu ziehen. Joshua blieb vor mir stehen. Er trug ein dunkelblaues T-Shirt (natürlich!) und Cargo-Shorts. Die dunklen Haare ragten aus seinem Helm heraus und hingen ihm vor den Augen. Was *ich* ziemlich unpraktisch finden würde. Aber anscheinend verstehen Jungs weder, dass man andere nicht so blöd erschrecken soll, noch, dass eine eingeschränkte Sicht im Straßenverkehr ziemlich gefährlich ist. Normalerweise hätte ich ihn jetzt ziemlich zur Sau gemacht, weil er mich so erschreckt hat und das gefährlich ist und so, aber weil ich ja mein Jungs-Projekt schon gestartet hatte, wusste ich, dass er das sowieso nicht kapieren würde, weil er ja leider ein *Junge* ist. Außerdem hatte es mir richtig die Sprache verschlagen vor Schreck, dass sie mir hier auflauerten, wo ich doch dachte, ich könnte in Ruhe ein bisschen

Stockbalancieren auf der Nase üben. Was sich, wenn ich das so aufschreibe, leider überhaupt nicht cool anhört. Und auch nicht cool ist, merke ich gerade. Ich meine, wie beknackt sah das wohl aus auf einer Skala von eins bis zehn? Vermutlich irgendwas mit dreitausendsiebenhundertfünfundneunzig!

Okay, ganz ruhig, Tinka, dachte ich mir, schließlich wusste ich nicht, ob sie überhaupt mitgekriegt hatten, dass ich da in dem Busch quasi einen Seehund auf dem Trockenen imitiert habe. Im Wald sieht man bekanntermaßen den Wald vor lauter Bäumen nicht. Und da würde man doch so ein kleines Stöckchen überhaupt nicht bemerken, dachte ich. *Dachte ich!*

Natürlich hatten sie mich längst gesehen. Als ob die einen sechsten Sinn für *meine* Fettnäpfchen haben!

»Übst du für die nächste Projektwoche?«, fragte Joshua und um seinen Mund zuckte ein spöttisches Grinsen. »Sah ziemlich ... *artistisch* aus.«

Ich versuchte mir nichts anmerken zu lassen, immerhin hatte ich ausnahmsweise mal wieder nur mich blamiert und niemand anderen. »Nasenbalancieren gehört zu meiner Clown-Grundausbildung«, behauptete ich und bemühte mich, nicht rot zu werden, als Joshua anfing zu lachen.

Bevor ich mich in weiteren Peinlichkeiten verhedderte, schlenderte ich zurück zu meinem Fahrrad. Doch Niklas fuhr weiter um mich herum und Joshua ließ sich offensichtlich auch nicht so leicht abschütteln.

»Eigentlich wollte ich Basketball spielen«, sagte ich betont lässig und hob den Ball auf, der neben meinem Rad lag. »Aber der Platz ist ja besetzt.« Ich hoffte, dass die beiden jetzt endlich weiterfahren würden, aber stattdessen sagte

Joshua: »Ich hätte auch Lust auf eine Runde Basketball. Hey, Nick, sollen wir mit der Kobra eine Runde klickern?« *Kobra!!* Das werde ich wohl nie wieder los!!

Niklas kreiste weiter mit diesem lächerlich kleinen Rad um uns herum. Das machte mich ganz nervös und schwindelig und wahrscheinlich lag es daran, dass ich auf einmal sagte: »Die Kobra macht euch fertig.« Und dann wurde es eigentlich erst richtig schlimm.

Denn weil ich von meiner vollmundigen Ankündigung selbst so überrascht war, prellte ich den Ball feste auf die Erde, aber weil er so doll aufgepumpt war, kam er viel schneller und höher wieder zurück, als ich erwartet hatte, und deswegen kriegte ich ihn auch nicht mehr zu packen. Der Ball schoss davon, flog dann auf Joshua zu und der pflückte ihn ganz lässig aus der Luft, während er noch auf dem Rad saß, und schmiss ihn ziemlich feste zurück.

Genau das ist ja das Blöde an Ballspielen: dass man nicht nur werfen, sondern auch fangen muss. Zum Glück kam der Ball genau auf mich zu, ich konnte also gar nicht anders, als ihn zu schnappen, wobei ich mir auch nur einen Finger umknickte. (Aua!) Ich biss mir auf die Lippen und versuchte, mir nichts anmerken zu lassen. »Komm, Alter, wir wollten doch cruisen«, sagte Niklas jetzt zu Joshua.

Endlich mal einer, der vernünftig war, dachte ich.

»Dann spielen wir am Montag in der Schule, okay, Kobra?«, sagte Joshua. Aus irgendeinem Grund machte ich das Peace-Zeichen und nickte. »Logo«, sagte ich. Er zwinkerte mir zu und fuhr davon. (Da sieht man mal, was Ponyfransen in den Augen für eine hirnrissige Idee sind. Man kann nicht nur weniger sehen, man muss auch dauernd zwinkern.) Aber ich war erst einmal einfach erleichtert, dass sie weg waren. Vor lauter Erleichterung dribbelte ich ein bisschen vor mich hin, wobei mir aber einfiel, was mich am Basketball am meisten stört – abgesehen vom Werfen und Fangen. Der Ball ist einfach zu groß! Und zu schwer. Basketball mit einem Tischtennisball, das wäre mal eine gute Idee. Da würden auch gleich viel mehr Leute Basketball spielen. Wetten?

Immer noch Samstag

Mir fällt gleich die Hand ab (vom krampfhaften Kritzeln dieses verdammten Waffenrecht-Aufsatzes). Ich habe Mama versprochen, ihn ihr gleich vorzulegen, nachdem ich ihn »noch mal überarbeitet« habe, weil es ja so wichtig ist, noch mal »alles zu kontrollieren«. Mama freute sich richtig, dass ich das mit dem Aufsatz so ernst nehme (anders als bei Klassenarbeiten, wo sie mir dasselbe predigt, aber ohne Erfolg). Das Blöde ist nur, dass ich also leider nicht mehr drum herum gekommen bin, den Aufsatz zu schreiben. Schade, dass ich nicht einfach ein paar Seiten aus meinem Tagebuch abgeben darf. (Allerdings nicht aus *diesem* Tagebuch, sondern natürlich aus dem, das ich *eigentlich* gerne geschrieben hätte und das voll wäre mit schönen und erfolgreichen Storys aus meinem Leben. »Das alternative Leben der Katinka Peters, wie es eigentlich hätte verlaufen sollen.« Oder so ähnlich.)

Immer noch Samstag, der Tag, der doch kein richtig guter geworden ist, aber auch kein total schlechter, sondern nur ein bisschen schlecht

Eigentlich sollte ich schon längst schlafen, aber wegen dieses blöden Waffenrecht-Aufsatzes bin ich immer noch wach. Dabei haben mir mein aufopfernder Fleiß und meine Strebsamkeit gar nichts gebracht! Kein bisschen Anerkennung und Dankbarkeit! Im Gegenteil, ich musste noch mal von vorne anfangen!!

Als ich eben meinen Aufsatz vorgezeigt habe, guckten meine Eltern Fernsehen. Das heißt, Dad guckte das Sportstudio und Mama blätterte in einer Zeitschrift.

»Tolle Überschrift«, lobte Mama, als ich ihr meinen Aufsatz in die Hand drückte. Dann las sie den Text darunter. »In den USA sind Waffeln ...«

»Waffen«, korrigierte ich.

»... sind Waffen ohne große Schwe... Schwa...«

»Schwierigkeiten«, sprang ich ihr eifrig bei.

»... Schwierigkeiten zu kaufen. In einigen Städten ...«

»Staaten.«

Sie ließ den Aufsatz sinken. »Mäuselein, das kann ich ja gar nicht lesen. Das ist total geschmiert. So geht das nicht.« Sie musterte mich argwöhnisch. »Ich dachte, du wolltest dir besonders Mühe geben.«

»Hab ich«, behauptete ich.

»Das sehe ich aber nicht«, sagte sie streng. »Das musst du noch mal machen. Aber nicht mehr heute. Jetzt wird geschlafen.«

Na toll. Mein Projekt dümpelt vor sich hin, der Aufsatz wartet immer noch auf mich und versaut mir das ganze Wochenende. Aber wie sagt Mama immer: »Morgen ist ja auch noch ein Tag.« (Dieses Sprichwort finde ich zur Abwechslung mal wirklich hilfreich.) Und jetzt lege ich endlich auch das Tagebuch weg und schlafe, ich bin wirklich **HUNDEMÜDE**.

Sonntag, 6. September, mittags

Ich habe ewig geschlafen. Irgendwie war ich so fertig von gestern, dass ich nicht aufstehen konnte. (Okay, vielleicht lag es auch daran, dass ich mir nach dem Tagebuchschreiben noch ein paar Basketball-Clips auf YouTube angeguckt habe. So als Vorbereitung auf Montag.) Irgendwann gegen zehn Uhr heute Morgen ist Dad reingekommen und wollte mich zum Frühstück holen, aber ich habe mich nur umgedreht und die Decke über die Ohren gezogen.

Nach dem Aufstehen habe ich mir in Windeseile ein Brötchen reingeschoben, damit ich den blöden Aufsatz noch schaffe, bevor wir zu Oma Irene fahren. Ich habe ihn jetzt an Dads Computer geschrieben, dann kann sich auch keiner über meine Sauklaue beschweren. Bevor wir gleich zu Oma aufbrechen, habe ich ihn schnell noch Mama gezeigt und sie war ganz beeindruckt. Auch Dad findet ihn toll. Dann hat sich **KLUGSCHEISSER** Tobi die Zettel geschnappt und überflog den Text. Er kniff dabei die Augen zusammen, als ob er irgendeinen Betrug wittern würde. Also habe ich ihm meinen Aufsatz aus den Händen gerissen und ihn in meinen Schulrucksack gesteckt. Wenigstens eine unangenehme Sache erledigt!

Sonntag, 6. September, nachmittags

Die Stimmung ist im Eimer. Wie fast immer, wenn wir bei Oma Irene waren. Oskar, der Glückliche, musste nicht mit, weil er mit Finnja verabredet war. Jetzt sind wir auf der Rückfahrt und ich schreibe im Auto ... sorry, falls die Schrift etwas ruckelt. Meine Eltern sitzen vorne im Auto und schweigen sich an, nachdem sie sich ein paar Mal so Sachen zugezischt haben wie »Du könntest wenigstens so tun, als ob du Mama leiden kannst« und »Sie kann mich doch auch nicht leiden« und »Du weißt doch, wie störrisch sie ist« und »Soll das eine Entschuldigung sein?«. Sie denken, wenn sie leise zischen, kriegen wir es hinten nicht mit.

Tobi liest in seiner Wissenschaftszeitschrift, als ob eine halbe Stunde ohne Informationszufuhr irgendwie schädlich für sein Gehirn wäre. Hoffentlich wird ihm schlecht. Er hat sich eben mal wieder von seiner miesesten Seite gezeigt. Mama war mit Oma Irene in der Küche verschwunden und ich hatte mir eigentlich ein Glas Wasser holen wollen, aber da bekam ich mit, dass sie sich irgendwie in die Haare gekriegt hatten.

Mama knetete ihr Ohrläppchen, was sie immer tat, wenn sie verlegen war, und faselte was von beruflichem Stress, weswegen sie sich in letzter Zeit so rar gemacht hätten, woraufhin Oma mit ihrer Kratzbürstenstimme antwortete: »Ja, aber wenn es ans Erben geht, dann seid ihr bestimmt als Erste da.«

Ich wunderte mich, weil Oma Irene dauernd zum Wandern in die Berge fährt und kein bisschen alt und klapprig wirkt. Und auch Mama schien irritiert zu sein, denn sie bekam dieses Ich-bin-obergenervt-aber-reiß-mich-zusammen-und-dann-merkt-es-keiner-Starren, mit dem sie immer oben rechts die Zimmerdecke fixiert, wenn ihr was auf den Senkel geht, sie aber aus welchen Gründen auch immer nicht sagt, was. Den Rest des Gesprächs konnte ich dann nicht mehr hören, weil Tobi mich von hinten anrempelte und, während ich in die Küche stolperte, rief: »Du sollst doch nicht lauschen.«

»Hab ich doch gar nicht«, protestierte ich. Aber er beachtete mich nicht weiter, sondern säuselte mit seiner zuckersüßen Stimme: »Oma Irene, hast du noch ein Stück von diesem köstlichen Apfelkuchen? Der ist dir ja mal wieder wunderbar gelungen!«, woraufhin Oma Irene entzückt erwiderte: »Ach, du guter Junge.« Brech.

Sorry, wir sind zu Hause, ich schreibe gleich weiter!

Sonntag, 6. September, am späten Nachmittag

Kann mir mal bitte jemand sagen, warum mein Zwillingsbruder eigentlich so kacke ist?!

Eben habe ich mit Dad *Das verrückte Labyrinth* gespielt, da kam Tobi rein. An seinem gemeinen Grinsen habe ich sofort erkannt, dass er wieder was ausgeheckt hat. Er klatschte einen frisch ausgedruckten Zeitungsartikel auf den Tisch. »Was ist das?«, fragte Dad. Aber ich wusste es schon.

Dieser Arsch.

Ich gebe es ja zu. Ich habe ein bisschen *geschummelt.* Der Aufsatz, den ich geschrieben habe, stammt von der Onlineausgabe der *ZEIT.* Jedenfalls zum allergrößten Teil.

Mit zufriedenem Gesicht schaute Tobi zu, wie meine Eltern mich in Dads Büro abführten, denn das ist für besonders ernste Standpauken reserviert. »Was hast du dazu zu sagen?«, fragte Dad mit dieser Stimme zwischen totaler Strenge und matter Enttäuschung.

»Es tut mir leid«, antwortete ich aufrichtig. Und zwar nicht nur, weil sich erwiesen hat, dass eine Entschuldigung gleich am Anfang die beste Taktik ist, sondern auch, weil es mir ehrlich leidtut. Ich bin eigentlich gar keine Schummlerin. Aber es war ja irgendwie ... *Notwehr.*

Wobei das meine Eltern nicht auf Anhieb überzeugte. Aber als ich ihnen erklärt habe, in welcher Notlage ich seit der Sache mit der Englischarbeit stecke und dass Mats mich in der Pause allein gelassen und sich von mir weggesetzt hat und ich gar nicht mehr weiß, ob wir noch beste Freunde sind, und ich niemanden habe, mit dem ich meine Sorgen teilen kann, sind ihre Gesichter etwas milder geworden. Was nicht heißt, dass das, was sie *sagten*, milde war. Im Gegenteil. Sie bläuten mir ein, dass Aufrichtigkeit und Sorgfalt beim Arbeiten superwichtig sind. (Mama formulierte das natürlich so: »Ehrlich währt am längsten« – Platz acht!) Und dass es keine Ausreden für Abschreiben gibt und dass das Kopieren von Texten eine Krankheit ist in der heutigen Gesellschaft wegen dem Internet und so. Und dann hat mich Mama in den Arm genommen, geseufzt und gesagt: »Das mit Mats wird sich schon wieder einrenken, das weiß ich.«

Und Dad sagte: »Du bist so ein tolles Mädchen, Tinka Bell!«

Ich habe zwar beinahe mal wieder angefangen zu heulen, aber ich fühle mich jetzt wieder besser. Es tut gut, mit meinen Eltern offen zu reden. Ab und zu jedenfalls. Aber dann wurde es wieder bleischwer in mir, als die beiden gesagt haben: »Und den Aufsatz musst du noch mal neu schreiben, das ist ja wohl klar.«

ÄCHZ!

Sonntag, 7. September, abends

Im dritten Anlauf habe ich also endlich den blöden Aufsatz fertig. Nicht geschmiert und nicht geschummelt. Ich habe ihn jetzt doch mit der Hand geschrieben, weil das mit dem Tippen bei mir noch viel länger dauert. (Und meine Eltern irgendwie meinten, ich solle es handschriftlich machen ...) Ich finde das schlimm, dass Kinder gezwungen werden, am Wochenende was für die Schule zu machen. Man sollte doch allen Schülern ihre Ruhe gönnen! Wo es doch morgen gleich wieder losgeht. Was mich auf einmal total nervös macht. Weil wir doch Englisch haben! Und

Miss Hattonfield vielleicht die Klassenarbeiten zurückgibt! Und mich dann wieder alle total hassen!

Oh Gott. Mein Magen macht ganz komische Sachen, ich glaube, er übt Purzelbaum.

Der vielleicht letzte glückliche Tag in meinem Leben (wenn man mal vom Aufsatzschreiben absieht)

Ich kann schon wieder nicht einschlafen. Liegt nicht nur an meinem Purzelbaum-Magen, sondern bestimmt auch daran, dass ich heute Morgen so ewig gepennt habe.

Noch später am vielleicht letzten glücklichen Tag in meinem Leben

Warum kann morgen nicht schon Dienstag sein? Oder Mittwoch? Oder irgendein anderer Tag außer *Montag?*

So spät am vielleicht letzten glücklichen Tag in meinem Leben, dass fast schon der Montag der Verdammnis angefangen hat

MONTAG

Lieber Gott,

ich bitte um Weisheit und Einsicht für Miss Hattonfield, damit sie erkennt, dass schlechte Noten niemandem nützen. Schon gar nicht den Schülern. Und falls das nicht geht, dann bitte ich darum, dass mich trotzdem nicht die ganze Klasse verabscheut.

Wenn du das für mich tust, gebe ich Tobi auch den Stein von seinem Lego-Technik-Bagger wieder, den ich mal aus Rache für eine gemeine Bemerkung über meine Sommersprossen entwendet habe (und der jetzt am Greifarm fehlt und ihn ziemlich nutzlos runterhängen lässt, ha!).

Amen.

P.S: Falls du es vergessen hast, lieber Gott, Tobi hatte gesagt, ich hätte halt die Sommersprossen abbekommen und er die Intelligenz, das nenne man gerechte Verteilung. Ich finde, dafür ist ein geklauter Legostein doch wirklich fair.

Morgengrauen (im wahrsten Sinne des Wortes!) am Tag der Verdammnis (auch bekannt als Montag, 8. September)

Nach dem Gebet bin ich dann doch irgendwann eingeschlafen, aber jetzt bin ich schon wieder wach. Denn mir ist aus heiterem Himmel eingefallen, dass Tobi mal vorgerechnet hat, dass die Wahrscheinlichkeit, dass ein Gebet hilft, bei unter zehn Prozent liegt. Und obwohl diese blödsinnige Statistik von meinem blödsinnigen Zwillingsbruder stammt, hat er ja leider auch recht. Was hilft das schon, wenn ein Tag der Verdammnis ansteht?!

Jedenfalls sollte ich mich besser nicht darauf verlassen, dass der liebe Gott mir hilft. Wie sagt Mama immer: »Hilf dir selbst, dann hilft dir Gott.« (Ich stelle langsam fest, dass diese Sprichwörter zu einer Art Sucht werden können. Muss ich mir unbedingt abgewöhnen! Sonst stecke ich damit irgendwann auch noch *meine* Kinder an.)

Tag der Verdammnis, nach dem Zähneputzen

Ich habe gerade festgestellt, dass ich wirklich am Durchdrehen bin und schon *jetzt* nicht mehr ganz richtig ticke. Weil ich das von *meinen Kindern* geschrieben habe. Es ist nämlich völlig ausgeschlossen, dass ich mal Kinder bekomme, weil ich mich ja dann *vorher* in einen Jungen verlieben müsste. Und dieser Gedanke ist ja wohl total *daneben!*

Ich weiß echt nicht, was an diesem Verknalltsein so toll

sein soll, wenn man sich dabei benimmt wie hirnamputiert. Was man zum Beispiel an meinen Klassenkameradinnen Johanna und Nele sieht: Die beiden kichern nämlich gar nicht über irgendwelche *Witze*, wie ich immer dachte, sondern sie kichern immer dann, wenn Vincent oder Niklas an die Tafel müssen. Oder wenn Vincent oder Niklas an ihnen vorbeigehen. Plötzlich wird mir so einiges klar: Die sind verliebt!

Aber zum Glück mache ich bei so was sowieso nicht mit. Denn sonst könnte ich es sowieso glatt vergessen, dass Mats jemals wieder mit mir befreundet sein will. (Von Verliebtsein will er nämlich auch gar nichts wissen! Und da haben wir endlich eine Sache, bei der wir *hundert Prozent* einer Meinung sind!)

Tag der Verdammnis, Henkersmahlzeit (auch bekannt als Frühstück)

Dieser Tag wäre schon um einiges weniger verdammt, wenn ich nicht meinen Zwillingsbruder hätte. Ich weiß, ich wiederhole mich – aber Tobi wiederholt sich auch: im Beknackter-Zwillingsbruder-Sein!!

»Du bist blass«, hat Mama scharfsinnig festgestellt.

»Ich glaube, ich werde krank«, habe ich matt erwidert.

»Echt?«, rief Mama erschrocken und legte die Hand auf meine Stirn. Ganz kurz stieg die Hoffnung in mir auf, dass ich Fieber haben könnte und sie mich zu Hause bleiben lässt.

»Du weißt doch, Schwesterherz«, mischte sich Tobi sofort ein und zog sein Besserwisser-Gesicht, »Schlaf ist die beste Medizin.«

»Platz vier der miesen Sprichwörter«, murmelte ich in meine Milch.

»Was?«

»Das heißt *wie bitte*«, korrigierte ich.

»*Wie bitte* sollst du heute fit sein, wenn du gestern bis elf noch Licht an hattest?«, fragte Tobi.

»Petze«, zischte ich und funkelte ihn böse an. Aber so was prallt ja immer sofort an ihm ab!

»Tinka!«, rief Mama prompt entsetzt. »Du warst wirklich bis elf noch wach?«

Ich zuckte nur mit den Schultern. »Weiß nicht so genau.«

»Ich aber«, verkündete Tobi triumphierend.

»Woher denn?«, fragte ich zurück. »Dann warst du also auch noch wach!« Da war er einen Moment still, Mister Oberschlau. Aber nicht lange.

»Ich schreibe nur Einsen, da kann ich auch mal länger aufbleiben. *Mir* schadet das offensichtlich nicht.«

»Angeber«, murmelte ich.

»Hört auf, Kinder«, bat Mama. Ich stöhnte, packte die Butterbrotdose und schleppte mich zu meinem Fahrrad. Irgendwie war alle Energie aus mir gewichen. Und ich konnte mich auch nicht mehr mit der Aussicht auf das Jungs-Projekt motivieren, das ich heute weiter bearbeiten möchte. Mir graute einfach so vor Englisch!

Oskar kam mir hinterher, er ist immer auf den letzten Drücker unterwegs und packt jeden Morgen im Gehen seinen Rucksack. Er fährt wie ich mit dem Rad zur Schule. Nur Tobi bevorzugt den Bus. Damit er sich auf der Fahrt »auf den Unterricht vorbereiten kann«. (Hab ich eigentlich schon mal erwähnt, dass er ein Streber ist?)

»Was ist los, Tinka Bell? Du siehst aus wie sieben Tage Süßigkeitenverbot«, fragte Oskar. Zum Glück habe ich wenigstens noch einen netten Bruder!

»Ach«, sagte ich und erklärte ihm, was los ist, nämlich dass wir vermutlich die Englischarbeit wiederbekommen, die wegen mir so furchtbar schwer war.

»Warte erst mal ab«, beruhigte mich Oskar, während er sich aufs Rad schwang, »vielleicht fällt die Klassenarbeit gar nicht so schlecht aus.«

»Doch, das wird sie«, sagte ich düster.

»Abgesehen davon«, sagte er, »wer seinen Frust über die eigene Doofheit an anderen auslässt, ist eh bescheuert.«

Und wie Oskar das so sagte, fiel mir etwas ein. Eine Idee, wie ich die Sache vielleicht noch geradebiegen könnte, ohne dass die ganze Klasse mich hasst. Ich habe jetzt eine Weile drüber nachgedacht und finde: Es ist gewagt, aber vielleicht meine einzige Chance!

Gerade als ich meinen Plan gefasst hatte, bog Mats zwanzig Meter vor uns aus der Einfahrt der Poggendorfs auf die Straße und drehte die Runde, um neben uns zu kommen. Da war ich so froh! Hätte ja sein können, dass er auch gar nicht mehr mit mir zur Schule fahren will! Das wertete ich schon mal als gutes Zeichen.

»Hey, Mats«, begrüßte ich ihn und straffte mich innerlich, um nur ja keinen Blödsinn zu reden, mit dem ich ihn gleich wieder verprellen würde. Bleib cool, Tinka, und sag was, was Jungs verstehen. »Ich habe am Wochenende ziemlich viel geworfen.«

Mats warf mir einen leicht verwirrten Seitenblick zu.

»Bälle«, fügte ich schnell hinzu, weil mir auffiel, wie dämlich dieser Satz klingen musste. »Und auch ein paar Steine. Am Rhein. Hab sie flitschen lassen.«

»Cool«, rief Mats. »Ich auch!« Er erzählte, dass sie eine Wanderung gemacht haben rund um den Rursee, wo er mit

seinen Cousins massig Steine geschmissen hat. Dann erzählte er noch, dass sie in einem Tümpel ganz viele Kaulquappen und Minifrösche gesehen haben. Ich war total erleichtert, weil sich unsere Unterhaltung so anfühlte wie immer. Und dann sagte ich ihm, dass ich in der Pause mit dabei bin, wenn sie auf den Freiplatz gehen. »Echt?«, fragte er überrascht.

»Ja«, sagte ich lässig, »habe mich mit Nick und Joshua da verabredet.«

»Oooookay«, erwiderte Mats und schob ein »Cool!« nach. Und darüber freute ich mich so, dass ich ihn fragte: »Sollen wir heute Nachmittag vielleicht mal wieder Erdnuss-Snickerdoodles backen?« Erdnuss-Snickerdoodles sind Mats' und meine Lieblingskekse, mit Erdnussbutter *und* Kakaopulver. In regelmäßigen Abständen müssen wir sie einfach backen, weil sie so lecker sind. Und dann futtern wir sie anschließend auf und hören dabei *Die drei Fragezeichen*-Hörspiele. Aber jetzt auf einmal dachte ich: Wer weiß, vielleicht findet Mats Backen auf einmal auch doof? Umso froher war ich, als er einfach antwortete: »Super Idee! Wir hatten viel zu lange keine Snickerdoodles mehr!«

»Finde ich auch«, stieß ich erleichtert aus. Na also! Wenigstens ein Lichtblick für diesen Tag! Und wenn ich jetzt auch noch das Problem mit der Englischarbeit löse, wird das vielleicht doch nicht der Tag der Verdammnis, sondern einfach ein stinknormaler Montag im Leben der katastrophenanfälligen Katinka Peters.

Wobei ... mein Plan mit Miss Hattonfield wird schwierig. Und kostet viel mehr Überwindung. Ob ich das durchziehen kann? Ich kriege schon eine ganz trockene Kehle, während ich das hier schreibe. Aber nichts zu tun, ist noch schlimmer.

Als wir eben vor der Schule ankamen, habe ich deswegen zu Mats gesagt, er soll schon mal vorgehen, ich müsse noch was erledigen. Und gleich postiere ich mich so im Flur, dass ich Miss Hattonfield auf jeden Fall vor Englisch abfangen kann. Mein Magen schlottert, als hinge er bei Sturm auf der Wäscheleine.

Da ist sie! Werde später berichten!

In Reli

(Vorerst kein Tag der Verdammnis, sondern einfach ein stinknormaler Montag im Leben der katastrophenanfälligen Katinka Peters – was ich schon als erheblichen Erfolg verbuche!)

Während Dr. Schnarch sich vorne wieder in Einzelheiten über irgendeine Bibelgeschichte verliert (gähn!), hier schnell das Allerwichtigste. Ich habe es gemacht. Ich habe mit Miss Hattonfield gesprochen. Ob es was gebracht hat – KEINE AHNUNG! Blöder Plan, wenn ich noch nicht mal weiß, ob er funktioniert hat.

Sie hatte jedenfalls eine echt große Tasche dabei, wie immer, wenn sie die Klassenarbeitshefte mitbringt. Sie ist mir schnurstracks entgegengerauscht und in meinen Ohren hat es vor lauter Aufregung gesummt. Fast haben mir die Beine versagt, als ich sie angesprochen habe. »Miss Hattonfield«, krächzte ich. Sie zuckte zusammen (!) und hob unwillkürlich eine Hand (!!), als ob sie wieder ein Geschoss abwehren müsste.

Na ja. Jedenfalls schaute Miss Hattonfield mich mit ihren

brillenlosen Kontaktlinsenaugen seltsam an, als ich mich ihr in den Weg stellte und verkündete, ich wolle ihr etwas sagen. Sie seufzte und blickte demonstrativ auf die Uhr. Also nahm ich all meinen Mut zusammen und stieß schnell hervor: »Bitte lassen Sie Ihre Wut nicht an der ganzen Klasse aus, sondern nur an mir. Geben Sie *mir* eine Fünf in der Arbeit, aber geben Sie den anderen gute Noten. *Bitte.*«

Sie starrte mich an, dann fing sie an, die Augen zu verdrehen. »Wieso sollte ich meine Wut an irgendwem auslassen?«, fragte sie schnippisch.

»Na, wegen ... dem kleinen Zwischenfall mit der ... äh ... Sonnenmilch. Da waren Sie ja ziemlich sauer und dann war die Klassenarbeit so schwer und ...«

»Und du denkst, ich würde mich bei meiner Arbeit von *Gefühlen* leiten lassen?«, unterbrach sie mich streng.

»Ja, weil die Grammatik, die Sie abgefragt haben, haben wir nur ganz kurz drangenommen, aber dazu haben Sie richtig viele Fragen gestellt. Und sonst waren die Klassenarbeiten nie *sooo* schwer. Also schon schwer, aber niemals soooo furchtbar. Und jetzt hassen mich alle, weil sie mir die Schuld daran geben, weil ich Sie doch mit der Sonnenmilch abgeschossen habe ... aus Versehen natürlich, was mir sehr leidtut.« Ich biss mir auf die Lippen und schielte sie zerknirscht von unten an. Sie starrte mich weiter an und stellte sogar vor lauter Überraschung das Augenrollen ein, sagte dann »Hallo, Vincent« und nickte ihm zu, als er hinter mir vorbei in den Klassenraum ging. Ich sah, wie er sich im Klassenraum noch mal zu uns umdrehte und mir einen fragenden Blick zuwarf. Mittlerweile hatte es zum Unterrichtsbeginn geklingelt und Miss Hattonfield seufzte und sagte: »Jetzt machen wir erst einmal Unterricht.«

Sie ging in den Klassenraum ... ohne mir eine Antwort gegeben zu haben! Was soll ich denn davon bitte schön halten? Den Rest der Stunde starrte ich auf die Tasche, die so unheilvoll neben ihrem Pult stand, und immer wenn sie sich ihr näherte, fing mein Herz an zu hämmern, aber dann bekamen wir die Klassenarbeit doch nicht zurück. Was mich ziemlich erleichtert hat. Fürs Erste.

Immer noch in Reli

In Religion hat man unheimlich viel Zeit. Jedes Mal komme ich mir vor wie Jesus, der vierzig Tage in der Wüste gesessen und einen Busch angestarrt hat. Oder so. Jedenfalls ist es wahnsinnig langweilig. Das gibt mir die Gelegenheit, meine neuen Tischnachbarinnen zu beobachten und mein Tagebuch weiterzuführen.

Links von mir sitzt die durchgeknallte Indira. Durchgeknallt deswegen, weil ich niemanden kenne, der so bunte Klamotten trägt. Wild gemusterte Leggings, übergroße Pullover mit Space-Katzen und Sonnenbrillen tragenden Eisbären drauf. In ihr langes blondes Haar flechtet sie oft farbige Bänder und sie hat eine Vorliebe für Stempel. Dauernd stempelt sie pinke Schneeflocken und Einhörner und Elfen in ihre Hefte. Zu ihrem farbenfrohen Outfit (und auch ein bisschen zu ihrer Durchgeknalltheit) passt ihr freundliches Lächeln, das sie ziemlich großzügig verteilt. Obwohl sie immer so viel lächelt, ist Indira aber nicht besonders beliebt. Besonders Yvi dreht sich immer demonstrativ weg, wenn Indira ankommt, weswegen Yvis Freundinnen mit ihr auch nichts zu tun haben wollen.

Und die Jungs schreien angesichts der bunten Outfits

schon mal so Sachen wie: »Ich werd farbenblind!« oder »Ich glaube, ich krieg Augenkrebs!« Obwohl Indira so durchgeknallt ist, ist sie ein ziemliches Mathe-Ass.

Ihr gegenüber sitzt Spagathe. Sie ist unheimlich dünn und groß, und wenn sie nach vorne an die Tafel geht, dann schreitet sie, als ob sie auf einer Bühne wäre. Und manchmal steht sie in Gedanken versunken da und schwingt ihre Arme wie Tücher, die im Wind wehen. Das kommt davon, dass sie Ballett macht. *Glaube* ich zumindest. Vielleicht ist sie aber auch in Wirklichkeit die Durchgeknallteste an unserem Tisch. Was schon eine ziemliche Leistung wäre.

Denn dann ist da ja noch Florentina, die Seltsame, mit ihren schwarzen Klamotten und der Fransenfrisur. Sie sitzt mir gegenüber. Ich habe sie noch nicht so oft beobachtet, weil sie das immer sofort bemerkt und dann zurückguckt mit ihren blauen Augen. Jetzt lasse ich vorsichtig meinen Blick zu ihr schweifen und bin erleichtert, dass sie vor sich auf ihren Schoß guckt. Und irgendwas mit ihren Händen macht. Die spielt im Unterricht mit ihrem Handy! Was absolut megaverboten ist, und wenn man erwischt wird, wird das Handy einkassiert und die Eltern müssen es sich (samt einem Vortrag über die Schulregeln) beim Direktor abholen.

Aua, mein Kopf. So ein Mist! Aber zumindest bin ich schlauer: Florentina spielt gar nicht auf dem Handy!! Weil ich kaum glauben konnte, dass sie sich das traut, habe ich eben mal meinen Stift vom Tisch geschubst und mich runtergebeugt, um ihn aufzuheben. Dabei hab ich zu ihr rübergespäht und da bin ich glatt erschrocken: Sie *stricht!*

Sie hat zwei Nadeln in der Hand und einen Knäuel hellgrüne Wolle und *strickt!* Beim Hochkommen habe ich mir dann vor Schreck volle Kanne den Kopf angeknallt. Zum Glück hat Dr. Schnarch nichts davon mitgekriegt, der schwafelt vorne weiter Richtung Koma. Aber kaum bin ich oben, wirft mir Florentina einen Blick zu.

Erst dachte ich, es ist ein total strenger Blick, weil sie sich ertappt fühlt und vielleicht Angst hat, dass ich sie verpetze, aber dann sehe ich, wie ihre Augenbrauen sich ein bisschen heben und sie einfach seelenruhig weiterstrickt. Leider ist aber Madison, die Streberin, aufmerksam geworden. Sie sitzt einen Tisch weiter und kann offenbar genau sehen, was Florentina da macht, und *schwupps!* ist ihr Finger oben und sie petzt: »Florentina strickt, Dr. Schachner!«

Dr. Schnarch hält in seinem Vortrag inne. Alle schauen zu unserem Tisch. Leises Kichern. Aber Florentina lässt sich gar nicht aus der Ruhe bringen, sondern strickt einfach weiter. Dr. Schnarch kann offensichtlich nicht so schnell was mit dieser Information anfangen. »Ja, äh«, macht er und schaut vor sich auf den Tisch, als ob da die Anleitung stehen würde, was Lehrer in diesem Fall zu unternehmen haben. »Was sagst du dazu, Florentina?«, fragt er schließlich.

»Stricken hilft mir bei der Konzentration. Ich kann dann besser zuhören«, antwortet Florentina mit fester Stimme. Das Lachen wird lauter. Es kommt besonders von Yvis Tisch. Und natürlich von Vincents und Emils, wobei das wohl eher auf ihre Papierkügelchen-Schlacht zurückzuführen ist, die sie mit Niklas, Mats und Joshua anzetteln.

»Okay«, sagt Dr. Schnarch. »Wenn das so ist, Florentina, mich stört es nicht.«

»Aber ...«, protestiert Madison, »wenn das jeder machen würde!«

»Ich kann es nur empfehlen«, meint Florentina. »Stricken entspannt nämlich. Und ein bisschen Entspannung könnte dir offensichtlich auch nicht schaden.« Da wird Madison rot und hält die Klappe. Und ich, ich muss ein bisschen grinsen.

So, noch ein paar Minuten, bis es klingelt. Dann ist große Pause. Und ich werde auf einmal nervös. Wegen meiner Verabredung zum Basketballspielen mit den Jungs. Auweia, wie das wohl wird?

Sorry, musste gerade unterbrechen, eben hat mich Indira angestupst. »Wollen wir in der Pause zusammen meine Zeitschrift durchblättern?«, raunte sie mir gerade zu und zog eine *Bravo Girl* aus ihrer Tasche.

Ich war total überrascht – und überrumpelt. Eigentlich interessieren mich diese Art Zeitschriften nicht wirklich. Andererseits finde ich es nett von ihr, mich zu fragen. Aber heute hatte ich eine Verabredung. »Geht nicht«, sagte ich entschuldigend. »Ein anderes Mal gerne.«

»Was machst du denn?«, fragte Indira neugierig.

»Ich ...« Ich deute auf Mats und die Jungs. »Ich gehe auf den Freiplatz.«

Jetzt klingelt es wirklich und ich muss schnell das Tagebuch

Nach der großen Pause an einem stinknormalen Montag

Da musste ich eben blitzschnell reagieren, weil die Jungs nicht den Eindruck machten, als ob sie auf mich warten würden. (Habe mein Tagebuch unten in meinen Rucksack gestopft, der die Pause über ja im Klassenraum bleibt. Wobei ich mir ernsthaft Gedanken machen muss über einen sicheren Aufenthaltsort in der Schule. Ich will ja nun wirklich nicht, dass es mal *zufällig* in fremde Hände fällt!)

Jedenfalls war die Pause eine von denen, die schmerzhaft enden. (Und eines ist wohl mal klar: *Wenn* ich eine Dramaqueen wäre, hätte ich eben auf dem Freiplatz das volle Programm abgeliefert und mich heulend auf dem Boden gewälzt und geschrien wie am Spieß!)

Erst war ich noch guter Dinge. Fühlte mich irgendwie besonders, dass ich mit den Jungs durch die Schule Richtung Freiplatz laufen durfte. »Ich hoffe, du hast deine Sonnenmilch dabei, um unsere Gegner auszuschalten«, meinte Joshua.

»Haha«, machte ich und war auf einmal aufgeregt. Ich meine, ich und *Basketball!* Eine ziemlich gewagte Kombination. Mindestens so gewagt wie Käse und Marmelade (und das würde ich auch nie probieren, da kann mein Dad noch so sehr behaupten, es wäre eine Delikatesse!). Aber ich hatte mir ja gestern noch die ganzen Clips angesehen. Und ein bisschen auf der Auffahrt gedribbelt. Weswegen ich mich einigermaßen vorbereitet fühlte. Außerdem hatte ich mir vorgenommen, mich einfach am Rand zu halten und nur als Passstation zu dienen. Das reichte. Fangen, werfen. Keine Finten, kein Gedribbel, keine Korbwürfe. (Nicht dass ich das könnte! Aber wenn ich es gar nicht erst versuchte, fiel bestimmt nicht so sehr auf, dass ich noch Anfängerin war!)

Auf dem Weg durch die Schule lästerte ich mit Mats ein bisschen über Dr. Schnarch und wir waren uns einig, dass wir beide fast eingeschlafen wären, und ich dachte erleichtert, dass es zwischen uns schon wieder fast normal war. Joshua und Niklas gingen einen Ball bei der Spieleausleihe holen, Mats und ich warteten. »Seit wann interessierst du dich eigentlich für Basketball?«, fragte Mats.

»Schon immer«, behauptete ich. »Und mal im Ernst. Was soll ich sonst in der Pause machen? Mir mit irgendwelchen *Mädchen* die *Bravo Girl* ansehen?« Ich schnaubte verächtlich und beobachtete ihn genau. Mats verzog kurz das Gesicht, als ich *Bravo Girl* sagte. Dabei fiel mir auf, dass er seinen Pony jetzt auch etwas länger trug. Er hing ihm auch schon fast in die Augen.

»Finde ich super, dass du dabei bist«, meinte er und nickte. Dann fragte er etwas verlegen: »War das eigentlich okay für dich, dass ich mich weggesetzt habe? Ich meine, das war gar nicht so wegen dir, aber Greta und Jule sind mir ziemlich auf die Nerven gegangen und ... die Jungs wollten schon die ganze Zeit, dass ich zu ihnen an den Tisch komme.« Er zuckte entschuldigend mit den Achseln.

»Kein Problem«, sagte ich schnell. »Ich meine, toll finde ich das natürlich nicht. Wenn man sieht, wo ich jetzt gelandet bin ...« Ich versuchte mich an einem Lachen, um ihm zu zeigen, dass ich taff genug war, das auszuhalten. »Vielleicht kannst du ja beim nächsten Umsetzen auch an unseren Tisch kommen«, sagte er vorsichtig.

»Das wäre super!«, rief ich begeistert.

»Ich meine, ich muss natürlich die anderen fragen, wie die das finden.«

»Na klar.« Ich biss mir auf die Lippen.

Er beobachtete mich einen Moment, dann sagte er: »Cool, dass du das so aufnimmst. Hätte ich nicht gedacht.«

»Natürlich. Doch klar«, sagte ich, als ob es weiter nichts wäre. Er sollte bloß nie wieder auf die Idee kommen, ich sei eine Dramaqueen.

Und auch nur deswegen habe ich mich echt zusammengerissen, als ich direkt zu Beginn des Spiels den Ball aufs Knie bekam und es sich anfühlte, als hätte mein armes Knie eins mit 'nem Eisenhammer übergezogen bekommen. Immerhin prallte der Ball so fest von meinem Knie ab, dass Niklas ihn schnappen und einen Korb werfen konnte. Weswegen die Jungs auch riefen: »Guter Pass, Katinka!« Was natürlich reine Verarsche war.

Meine Handinnenflächen brannten schon nach kürzester Zeit vom Fangen (ich meine, wieso muss man einen Ball eigentlich so *fest* werfen?!!), mein Daumen war schon zweimal umgeknickt und außerdem war dieses Spiel eindeutig zu schnell für mich. (Nicht, was das Rennen angeht. Rennen kann ich! Aber der Ball war einfach zu schnell!) *Wie* war ich noch mal auf die Idee gekommen, hier mitzumachen? Ach ja. Um Mats zu beeindrucken und ihn davon zu überzeugen, dass wir immer noch beste Freunde sind.

»Alles okay?«, rief Joshua, mit dem ich in einer Mannschaft war, als ich verwirrt dem Ball hinterherstarrte, der gerade schon wieder auf dem Weg auf die andere Seite war. Ich hatte noch nicht mal Anstalten gemacht, ihm hinterherzurennen, weil mein schmerzendes Bein dann vermutlich einfach weggeknickt wäre.

»Logo«, log ich.

Da sagte Mats: »Pass auf, Tinka, dein Schuh ist auf.« Ich guckte kurz irritiert auf meine Sneakers, deren Schnürsenkel zwar etwas schlackerten, die aber gar nicht wirklich offen waren. Trotzdem erkannte ich meine Chance und eierte vom Spielfeld, wobei ich versuchte, das Humpeln zu unterdrücken. Dann hockte ich mich hin, um die Schuhe zuzubinden. Was ziemlich lange dauert, wenn man eine ordentliche Schleife machen möchte. Und ich wollte die ordentlichste Schleife der Welt machen. Und meinen schmerzenden Körperteilen ein bisschen Ruhe gönnen. Die Jungs spielten einfach weiter, ein Typ aus der Siebten kam und fragte, ob er mitmachen kann. Dankbar sagte ich: »Du kannst für mich rein.«

Ich rief Mats zu, dass ich noch meine Hausaufgaben kontrollieren müsste, dann verdünnisierte ich mich. »Bis dann, Kobra!«, rief mir Joshua hinterher.

Ich eilte, so schnell es mit meinem schmerzenden Knie ging, Richtung Schuleingang. Bloß weg, bevor ich *noch* einen Ball abkriegte. Du meine Güte. Mein Plan, mit Mats befreundet zu bleiben, indem ich Jungssachen mit ihm machte, hat entscheidende Schwächen. Bevor ich da noch mal mitmachen würde, musste ich dringend Nachhilfe in Sachen Basketball haben.

Vor dem Eingang traf ich dann auf Indira. »Hast du wirklich Basketball gespielt?«, fragte sie mit großen Augen.

»Jep«, erwiderte ich möglichst lässig.

Sie grinste mir verschwörerisch zu. »Ich weiß, warum!«

»Echt?«, fragte ich verwundert.

»Na klar. Die Jungs sind doch *so süß!«* Sie stupste mich vertraulich in die Seite.

»Äh …« Mehr kriegte ich vor Staunen gar nicht raus.

»Wen von denen findest du am süßesten?«, fragte sie. Natürlich keinen, hätte ich am liebsten gesagt. Und: Ich finde Knollensellerie süßer als jeden Jungen.

Aber irgendwie war ich froh, dass sie ganz normal mit

mir redete. Nach der Sache mit der Englischarbeit und meinem allgemeinen Hang dazu, Dinge zu vermasseln, kann ich es mir echt nicht leisten, noch mehr Leute zu verprellen. Deswegen sagte ich: »Ich ... äh ... weiß nicht. Die sind alle so ... äh... *cool.*«

»Ich wette, es ist Mats, oder?«, bohrte sie nach.

»Nee, auf keinen Fall«, widersprach ich schnell. »Ich meine, er ist mein bester Freund.« Ich merkte, wie ich ein bisschen rot wurde. »Oder er war es zumindest.«

Aber Indira hatte mir eh nicht richtig zugehört. Sie bekam so einen verträumten Gesichtsausdruck. Dann meinte sie: »Ich finde diese Woche Fabian am süßesten, an zweiter Stelle Joshua. Mats finde ich auch süß. Und Niklas auch. Aber Fabian hat diesen süßen Hund, das finde ich auch ganz toll, Jungs mit Hunden sind noch mal extrasüß! Und Joshua, ja, der ist heiß.« Sie kicherte. Ich musste mich zusammenreißen, um nicht loszuprusten. *Heiß!* Ein Junge ist doch keine *Suppe!*

Aber da zeigte es sich mal wieder: Wenn man verknallt ist, benimmt man sich völlig verrückt. Wer so was freiwillig macht (also sich verlieben, meine ich), der spinnt total.

Aber meine Meinung behielt ich angesichts Indiras guter Laune für mich und blieb lieber sachlich. »Du bist also noch nicht auf einen Jungen festgelegt«, stellte ich fest.

»Hach«, seufzte sie. »Muss ich ja zum Glück auch noch nicht. Bis zu meiner Hochzeit sind es ja noch acht Jahre und vier Monate.«

»Bis zu deiner ... *was?*« Jetzt klappte mir aber doch die Kinnlade runter.

»Mit zwanzig heirate ich, das steht jetzt schon fest«, verkündete Indira feierlich. Ich weiß nur noch nicht, wen!«

»Ich hoffe, derjenige erfährt es noch früh genug«, murmelte ich.

Indira stutzte einen Moment, dann brach sie in gackerndes Lachen aus. »Ja«, kicherte sie. »Das wird er. Hey, hast du schon gehört? Frau Schnabel bietet jetzt eine Tanz-AG an. Wo die Jungs doch verhindert haben, dass wir in Sport tanzen. Ich geh heute Nachmittag auf jeden Fall hin. Kommst du mit?«

Ich freute mich total, dass sie mich fragte. Tanzen finde ich toll. Andererseits ist es eine von den Sachen, die Jungs absolut nicht verstehen. Außerdem bin ich heute Nachmittag schon verabredet, mit Mats und den Snickerdoodles. Das sagte ich ihr.

»Oh, schade«, fand Indira. »Ich hatte gehofft, dass wir uns weiter über Jungs unterhalten können!« Damit drehte sie sich um und ging Richtung Klassenraum. Wo ich jetzt auch wieder bin und die Zeit bis zu Deutsch nutze, das Tagebuch auf den neuesten Stand zu bringen. Und da kommt Frau Klein angehetzt und ich muss wieder aufhören zu schreiben.

Der Tag, der als stinknormaler Montag anfing und sich dann in den Nicht-schon-wieder-Rocco-Schmitz-Tag verwandelte

Es ist Nachmittag und ich bin wieder zu Hause. Das war vielleicht schon wieder ein Tag! Da ging es mal wieder drunter und drüber. (Tja. Typisch Katinka Peters, würde ich mal sagen.)

Es war so: Erst war ich total happy, weil Mats mich (trotz meines nicht wirklich gelungenen Basketballeinsatzes) gefragt hat, ob ich mit ihm und den anderen Jungs in der

Mittagspause in die Mensa gehe. Schnitzel mit Kartoffelbrei und Erbsen gab es, was offenbar ein Festessen für Jungs ist. Ich sagte natürlich »Ja«. Obwohl ich erstens seine Begeisterung für Schnitzel mit Kartoffelbrei und Erbsen nicht ganz nachvollziehen konnte (wenn es Pizza geben würde oder Kartoffelecken, dann würde ich es ja noch verstehen, aber Kartoffel*brei*?) und zweitens die Mensa bisher wirklich nicht zu meinen Lieblingsorten an der Schule zählte. Weil das so eine Riesenmensa ist, in die auch die Schüler des benachbarten Gymnasiums hingehen. Da drängeln dann unheimlich viele Schüler vor der Essensausgabe und die älteren rammen die jüngeren auch gerne mit ihren Tabletts weg, und dann muss man sehen, ob man überhaupt einen Platz findet.

Und selbst wenn man einen Tisch ergattert hat, kann es sein, dass ältere Schüler kommen und einen verscheuchen. Und mit ältere Schüler meine ich besonders: **ROCCO SCHMITZ.** Der hat sich nämlich im letzten Jahr zu so einer Art Schulschreck entwickelt, dem *jeder* aus dem Weg geht. Und *ich* natürlich ganz besonders. Alles in allem ist die Mensa also eine stressige Angelegenheit, die Mats und ich bisher meistens gemieden haben.

Aber heute war ich froh, dass die Jungs mich mitnahmen! Und mit Mats, Niklas, Joshua, Vincent und Emil zusammen fühlte ich mich auch sicher. *Einigermaßen* jedenfalls. Wenn man mal von der ständigen Gefahr absieht, von ihnen angerempelt zu werden. Rempeln scheint bei Jungs genauso eine große Sache zu sein wie Werfen. Andauernd schubsen sie sich oder drängen sich ab oder schlagen sich auf den Arm und lachen dann auch noch dabei, als wäre es ein großer Spaß. (Es gibt wirklich Verhaltensweisen von Jungs, die extrem seltsam sind. Und ich werde sie alle wissenschaftlich dokumentieren, um zur Expertin für merkwürdiges Verhalten von Jungs zu werden!!)

Die bestellten sich jedenfalls Schnitzel mit Kartoffelpüree und Erbsen und waren darüber total aus dem Häuschen. Ich habe laut überlegt, ob ich die vegetarische Lasagne nehmen soll, da dröhnte Niklas: »Vegetarische Lasagne? Igitt. Da ist doch bestimmt Tofu drin!«

»Oder Spinat!«, rief Emil.

»Stimmt«, sagte ich schnell und verzog angewidert das Gesicht.

Mats weiß natürlich, dass ich zu der seltenen Spezies von Kindern gehöre, die Spinat mögen. Und ich habe auch keine Angst vor Tofu (Mats übrigens auch nicht). Aber er ließ sich nichts anmerken. Alle nahmen Schnitzel. Ich beeilte mich, mich ihnen anzuschließen. Nur Joshua bestellte sich die vegetarische Lasagne, was die anderen mit »Du Loser« kommentierten. Auch so eine Bemerkung, aus der ich nicht wirklich schlau werde.

Joshua zuckte nur lässig mit den Achseln. Sobald wir einen Tisch gefunden hatten, wurde mir klar, warum die Jungs so aufgeregt waren wegen des Essens. Das lag nämlich weder an dem Schnitzel noch an dem Kartoffelbrei, sondern an den Erbsen. Und zwar natürlich nicht, weil die ihnen so super schmeckten. Sondern weil sie eine gewisse Ähnlichkeit mit Papierkügelchen haben. Und man noch eine Gabel dazu hat, die man als Katapult einsetzen kann.

Muss ich noch mehr sagen?

Jedenfalls kamen die Jungs kaum zum Essen vor lauter Erbsen-Geflitsche. (Bis auf Joshua, der saß einfach da und aß seine Lasagne. Die sah auch verdammt lecker aus im Gegensatz zu meinem blöden Schnitzel.) Die anderen versuchten, sich gegenseitig in die Gläser oder auf ihre Teller zu treffen, was jedes Mal ein großes Gejohle gab.

»Los, Kobra«, rief dann irgendwann Emil, nachdem er meinen Kartoffelbreiberg getroffen und eine Erbse darin versenkt hatte. »Zeig uns, was du draufhast!«

»Okay«, meinte ich. »Aber zieht euch warm an. Im Kirschkernweitspucken bin ich jedenfalls super!« Ich nahm eine Erbse auf meine Gabel und spannte sie in den Fingern. »Auf Joshuas Nase musst du zielen«, kommandierte Niklas.

»Du triffst ihn nicht, du triffst ihn nicht«, leierte Mats und lachte herausfordernd. Und weil ich auf einmal an das Unglück denken musste, das beim letzten Mal passiert war, als Mats das gesagt hatte, oder vielleicht auch, weil Joshua mich trotzdem anlächelte, war ich abgelenkt, als ich endlich das Katapult in Gang setzte. Die Erbse schoss hoch, zwischen Joshua und Niklas hindurch und sogar noch über den nächsten Tisch in den Gang, wo sich gerade ein Trupp Schüler durchschob.

Und einer der Schüler ...

... war ...

... Rocco Schmitz. Der hielt gerade Ausschau nach einem freien Platz oder wahlweise nach einem Opfer, das er vom Stuhl vertreiben konnte, aber dann stutzte er plötzlich und guckte auf sein Tablett und verzog das Gesicht.

»Hä?«, machte er laut und blieb stehen. »Wo kommt die Erbse her?«

Ich erstarrte. Niklas und Vincent unterdrückten ein Prusten, waren sich aber der Gefährlichkeit der Situation bewusst und wurden wirklich sehr leise. Wobei sie aber, weil sie mit dem Rücken zu Rocco Schmitz saßen, Grimassen zogen, um nicht laut lachen zu müssen. Normalerweise hätte ich mich darüber kaputtgelacht, aber nicht jetzt. Ich stand Todesängste aus!

Auch Mats war seltsam blass und starrte auf seinen Teller. Rocco Schmitz dagegen schaute sich um, ließ langsam den Blick schweifen auf der Suche nach dem Übeltäter und ich, ich versuchte mich mal wieder erfolglos in der Kunst des Im-Boden-Versinkens. Unsichtbar-Machen wäre auch gut gewesen.

Jedenfalls: So schnell kann sich bei einem katastrophenanfälligen Mädchen namens Katinka Peters ein stinknormaler Montag in einen Nicht-schon-wieder-Rocco-Schmitz-Tag verwandeln. (Das ist die Vorstufe zum Tag der Verdammnis!)

Bevor ich fortfahre, eine wichtige Anmerkung: Es gibt durchaus Momente, in denen **ROTE HAARE** ein Vorteil sind. Wenn man an Karneval als Pippi Langstrumpf gehen möchte. Oder wenn alle anderen Mädchen von ihren Müttern in grässliche quietschpinke Klamotten gesteckt werden (was mir immer erspart geblieben ist). Oder wenn die Werbeagentur, in der der eigene Vater arbeitet, ein rothaariges Mädchen für die Werbung für einen neuen Pudding sucht. (Ja! Ich bin das Zebra-Pudding-Mädchen!)

Aber dann gibt es natürlich einen Haufen Momente, in denen rote Haare *kein* Vorteil sind. Zum Beispiel, wenn man Erdbeeren vom Feld klaut und der Feldbesitzer einen natürlich zweifelsfrei identifizieren kann, obwohl er einen aus über fünfzig Meter Entfernung gesehen hat. Oder wenn irgendwer auf das Thema »Feuermelder« kommt.

Oder wenn man in der Mensa sitzt und Rocco Schmitz nach einem hinterhältigen Erbsenwerfer Ausschau hält. Es dauerte jedenfalls nicht lange, bis er mich entdeckte. Seine Gesichtszüge gefroren.

»Scheiße«, stöhnte Mats. »Er kommt wirklich hierher.« Ich war so geschockt, dass ich mich nicht bewegen konnte. Rocco Schmitz fixierte mich. Er schob sich an den Tischen vorbei und glotzte mich dabei unverwandt an. Und ich starrte zurück, konnte nicht weggucken, wie das dämliche Kaninchen vor der Schlange. Aus dem Augenwinkel bemerkte ich eine schnelle Bewegung auf unserem Tisch. Ansonsten herrschte totale Stille, selbst Emil und Vincent, die sonst zu den Lautesten gehören, verstummten.

Dann war Rocco Schmitz an unserem Tisch. »Ey, Keule, warst du das?«, fragte er drohend.

Ich räusperte mich, weil mir auf einmal ein Kloß im Hals steckte. »Was?«, fragte ich möglichst harmlos, merkte aber, wie ich knallrot wurde.

»Hast du mich mit 'ner Ladung Erbsen beschossen?«

»Ich ... äh ...«

»Wie soll sie das denn gemacht haben?«, fragte Joshua in dem Moment ziemlich ruhig. »Wo sie doch gar keine Erbsen hat.«

Da schaute ich auf meinen Teller und stellte fest, dass auf meinem Teller eine halb aufgegessene Lasagne lag. Rocco Schmitz glotzte auch auf meinen Teller und war offensichtlich so irritiert, dass er nicht weiterwusste. »Dein Glück«, schnaubte er nur und dann rief ihn einer seiner Muskelprotzfreunde und er dampfte ab.

Alle am Tisch atmeten auf, aber der Stein, der mir vom Herzen fiel, polterte richtig. Und dann sah ich, dass Joshua jetzt vor einem Teller mit einem von einer Erbse gekrönten Kartoffelbreiberg saß. Nämlich meinem.

»Danke«, murmelte ich Joshua zu.

Der zuckte nur mit den Schultern. »Gern geschehen.«

Ich war vor Schreck innerlich immer noch total erstarrt, als wir aus der Mensa stolperten und die Jungs sich für den Nachmittag auf dem Freiplatz verabredeten. »Wer nicht kommt, ist ein Loser«, bestimmte Niklas und alle nickten.

Mats warf mir einen komischen Blick zu und sagte dann zu Niklas: »Na klar komme ich.« Dann zog er eine Grimasse und stupste mich freundschaftlich in die Seite. »Was ist mit dir? Kommst du auch?«

Ich meine, ich kenne ihn gut, ich merkte natürlich, dass er zerknirscht war. Aber trotzdem fand ich das blöd. Ich meine, *wir* waren schon verabredet! Da konnte er sich nicht einfach mit jemand anderem verabreden! Ich überlegte, ob ich ihn auf unseren Snickerdoodle-Nachmittag ansprechen sollte, ließ es aber, weil mir im Kopf schon wieder mein Projekt *Jungs verstehen das nicht* herumspukte. Ich könnte mir vorstellen, dass Mats es nervig gefunden hätte, wenn ich ihn daran erinnerte. Kekse backen zählte anscheinend nicht zu den Dingen, die Jungs verstehen. Vor Mats und den anderen wollte ich einfach keine Dramaqueen sein, daher sagte ich nichts. Immerhin hatte er mich ja gefragt, ob ich auch mitkommen wollte. Aber ich hatte genug für heute von Kämpfen und Werfen und Fangen und deswegen sagte ich, dass ich noch ganz viel für Mathe machen müsste. Ich verdrehte sogar die Augen. »Ist einfach total schwer.«

»Stimmt«, sagte Emil. »Ich hab das auch noch nicht richtig kapiert.«

»Du drückst dich nicht, Alter«, bestimmte Niklas und warf eine zerknüllte Serviette nach ihm. »Mathe lernen kannste auch abends noch. Nachmittags wird geklickert.«

Es wird längst mal wieder Zeit, dass ich meine *Jungs verstehen das nicht*-Liste fortführe:

PROJEKT:

Jungs verstehen das nicht!!!

Katinka Peters' erweiterte Liste von Sachen, die Jungs nicht verstehen:
16. Nicht alles, was Ähnlichkeit mit einem Papierkügelchen hat, muss man herumwerfen.
17. Wenn man sich begrüßt, sagt man Hallo und fängt nicht an, sich zu hauen.
18. High Five bedeutet »sich abklatschen« und nicht »so feste zuschlagen, dass man dem anderen wehtut«.
19. Man kann nebeneinanderher gehen, ohne sich andauernd anrempeln zu müssen.
20. Wenn man sich verabredet hat, muss man es auch einhalten, selbst wenn es ums Backen geht.
21. Backen macht mehr Spaß als Basketball.

Ich betrachte meine Liste und überlege, ob ich einfach mal sauer sein soll auf Mats. Ich meine, ich hatte mich echt auf den Nachmittag gefreut! Natürlich könnte ich alleine Kekse backen, aber es ist einfach nicht dasselbe. Außerdem bekäme ich sicher Bauchweh, wenn ich den ganzen Teig alleine nasche. Mist. Ich stelle fest, dass ich ein bisschen frustriert bin.

Mein toller Plan, wie ich es schaffe, mit Mats befreundet zu bleiben, weist leider einige Lücken auf. Und Tücken auch, wenn ich es recht bedenke. Auf meinem Knie ist ein ziemlich fetter blauer Fleck. Und damit ist eines ja wohl klar: Basketball ist nicht die Lösung.

Montag, 8. September, nachmittags

(Keine Ahnung, wie ich diesen Tag vor lauter wechselnden Spitznamen nennen soll – ich bleib mal bei Montag!)

Habe noch mal nachgedacht: Wenn wir in der Schule schwierige Aufgaben haben, machen wir immer Gruppenarbeit. Was eine super Sache ist, weil man nachdenken *und* Quatsch machen *und* am Ende trotzdem was vorzeigen kann. Und deswegen bin ich zu dem Entschluss gekommen, dass *Jungs verstehen das nicht* eigentlich ein Gruppenprojekt sein müsste.

Weswegen es sinnvoll ist, mir eine Gruppe zu suchen, die Lust hat mitzumachen. Und schon wieder muss ich nachdenken! (Kann man eigentlich Muskelkater im Gehirn bekommen? Ich hoffe nicht!) Wer schon mal Gruppenarbeit gemacht hat, weiß, dass es Mitschüler gibt, die sich besser eignen als andere.

Manche quasseln nämlich einfach ununterbrochen und lassen keinen anderen zu Wort kommen, manche wollen immer der Chef sein und alles bestimmen, wieder andere meckern nur rum und haben an allen Vorschlägen was auszusetzen, noch andere sagen keinen Piep und essen heimlich stinkige Käsebrote. (Wobei sich das *heimlich* auf den Lehrer bezieht, denn die anderen in der Gruppe kriegen die volle Ladung Stinkerei ab samt Schwärmerei, was für ein superfranzösischer *Kammombär* das ist! Ich weiß, dass es Camembert geschrieben wird, aber Patrice spricht das so gestelzt aus, nur weil er immer in Frankreich Urlaub macht, dieser Angeber!)

Gut, dass Patrice eh nicht infrage kommt für dieses Projekt. Ich glaube nämlich nicht, dass Jungs überhaupt verstehen, dass Jungs so einige wichtige Dinge im Leben eben *nicht* verstehen. Sie finden ihr Verhalten offensichtlich total normal, weswegen ihnen auch gar nicht auffällt, wie beknackt es ist. (Habe gerade die beiden letzten Sätze noch mal gelesen und finde, sie klingen irgendwie kompliziert. Aber auch eben ... logisch! Hoffe ich jedenfalls.)

Nee. Ich brauche keine Jungs, für dieses Projekt brauche ich Mädchen. Und da fällt mir auf einmal Indira ein. Und dass sie sich mit mir über Jungs unterhalten wollte. Und deswegen werde ich jetzt die Chance nutzen, sie zu treffen. Ich weiß ja, dass sie heute beim Tanzen ist. Vielleicht bringt sie mich auf eine Idee!

Montag, 8. September, immer noch nachmittags

»Du gehst zur Tanz-AG?«, hat Mama mich eben erstaunt gefragt und mich angeguckt, als sähe sie mich zum ersten Mal. »Das finde ich ja toll, dass du auch mal was ... na ja ... was *anderes* machst.«

»Wie meinst du das?«, habe ich verwirrt gefragt.

»Na ja. Sonst machst du Leichtathletik und Fahrrad fahren und Basketball. Aber Tanzen ist doch so was ... *Schönes*. Es macht unheimlich viel Spaß!« Sie geriet richtig ins Schwärmen.

Ich nickte. »Weil die Jungs sich letztens total angestellt haben, als wir in Sport tanzen sollten, bietet unsere Sportlehrerin das jetzt als AG an.«

»Toll«, sagte Mama und wischte an der Küchenarbeitsplatte herum. »Dein Vater und ich wollten auch schon immer einen Tanzkurs machen, aber leider kommt ja bei ihm immer was dazwischen.« Sie seufzte.

»Aber verrat Tobi nichts«, bat ich sie. »Der lacht sonst wieder so doof.« (Und außerdem wäre er imstande, es Mats zu verraten, und ich habe echt keine Lust auf doofe Sprüche, weder von Tobi noch von Mats!)

»Wieso sollte er lachen?«, fragte Mama verwundert.

»Na, weil Jungs überhaupt nicht verstehen, dass Tanzen schön ist!«

»Ach Blödsinn.« Mama spülte den Lappen aus. »Es gibt genug Jungs, die auch gerne tanzen, da bin ich mir sicher.«

Manchmal frage ich mich, auf welchem Planeten Eltern eigentlich leben.

Immer noch Montag, 8. September, der sich als der Tag der Überraschung entpuppt (ausnahmsweise mal eine schöne Überraschung!)

Also wirklich. Ist das zu glauben?!? Ich muss es jetzt ganz schnell aufschreiben, bevor ich zum Tanzen gehe. Weil es mich wirklich total überrascht hat! Und gefreut! Es war so: Ich hatte gerade meine Tasche mit den Hallenschuhen und einer Flasche Wasser gepackt und wollte aus dem Haus, da stand Mats vor meiner Tür.

»Hi«, sagte er und streckte mir die Hand hin. Darin hatte er eine Packung Minisnickers.

saaaa-leck

»Was ist das?«, fragte ich, was wirklich eine beknackte Frage war, weil es ja nun nicht wirklich schwer zu erkennen war.

»Eine kleine Entschädigung«, sagte er. »Weil heute das Backen ausfällt.« Er sah ziemlich bedröppelt aus. So wie einmal im vierten Schuljahr, als er aus Versehen mein Plüschschaf Toto so hoch in den Baum geworfen hatte, dass wir es nicht mehr runterbekommen haben. (Wir haben gespielt, dass unsere Kuscheltiere auf Bäume klettern. Was sich im Nachhinein nicht als die beste Idee herausgestellt hat. Erst als Toto ein paar Tage später von einem Eichhörnchen attackiert wurde, ist er runtergefallen.)

»Danke«, sagte ich und freute mich wirklich. »Das ist echt lieb von dir.« Hatte ich wirklich überlegt, *sauer* auf ihn zu sein?

Dann fiel ihm mein sportliches Outfit auf. »Was machst du?«, fragte er erstaunt. »Wolltest du etwa doch mit auf den Freiplatz kommen?«

»Ach so. Nee. Ähm. Ich ... geh ...« Ich konnte ihm nicht sagen, dass ich tanzen gehe. »... Mathe lernen«, murmelte ich.

»Mit wem?«, fragte er.

»Äh«, stammelte ich, weil ich wusste, dass er Indira total seltsam findet. Trotzdem überwand ich mich, es zu sagen. »Mit ... Indira, die kann das echt gut. Und noch ein paar anderen«, fügte ich schnell hinzu.

Zum Glück machte er keine abfällige Bemerkung. Jedenfalls nicht über Indira. Stattdessen meinte er erstaunt: »Du gehst Mathe lernen in Sportklamotten?«

»Ja, weil wir uns zwischendurch ein bisschen ... dehnen. Das ... äh ... fördert die Denkfähigkeit. Hab ich gehört.« Ich lachte ein bisschen zu laut, um meine Unsicherheit zu überspielen. Es funktionierte.

Mats grinste. »Diese Theorie solltest du mal dem Lechner vortragen.«

»Der ist doch so steif wie eine Salzstange«, prustete ich,

»der würde glatt in der Mitte durchbrechen, wenn er sich dehnt.«

»Na dann«, schmunzelte Mats. »Viel Spaß. Bis morgen früh!« Damit drehte er sich um, sprang auf sein Rad und fuhr Richtung Freiplatz. Okay. Ich habe ihn ein bisschen angelogen. So was mache ich wirklich nicht gerne. Aber es ist ja für einen guten Zweck. Nämlich, um unsere Freundschaft nicht zu gefährden.

Am Abend des Tags der schönen Überraschungen

Wie sich herausgestellt hat, war Mats' kleiner Snickers-Besuch nicht die einzige schöne Überraschung an diesem Tag! Wer hätte das gedacht, dass dieser Tag doch noch so gut ausgeht – und so erkenntnisreich! Es war so: Die Tanz-AG hat echt Spaß gemacht. Aus unserer Klasse waren fast alle da. Indira. Yvi. Johanna und Nele. Spagathe. Madison die Streberin. Greta und Jule, die ein bisschen pummelig ist und Sport eigentlich hasst, weil die Jungs dann immer so doof kichern, wenn sie dran ist. Und sogar die stille Jill und Alenka, unsere Klassensprecherin.

Yvi trug die tollsten Klamotten, ein gewickeltes kurzes Shirt in glänzendem Weiß zur roten Shorts und Stulpen. So was würde ich mich ja nie trauen anzuziehen, weil ich mir albern vorkommen würde, aber bei ihr sah es klasse aus. Die anderen hatten normale Sportklamotten an, bis auf Indira, aber bei der ist eben nichts normal. Sie war in einer blau schillernden, knielangen Pumphose gekommen, mit passendem bauchfreien Oberteil dazu. Man hätte bei ihrem Aufzug an Karneval denken können, aber da sie immer extravagant auftritt, passte dieser orientalisch wirkende Dress gut zu ihr. Sie freute sich total, dass ich doch gekommen war, und *mich* freute es total, dass sie sich so über mein Erscheinen freute. Irgendwie war es auch schön, mal nicht über dieses Jungs-Ding nachzudenken und darüber, was denen gefällt, damit ich Mats nicht nerve oder bloßstelle.

Auch die anderen waren gut drauf. Es schien, als hätten sie die schwere Englischarbeit (und meinen Einfluss auf die Stimmung von Miss Hattonfield) schon vergessen – und ich war so froh, dass wir sie heute nicht zurückbekommen hatten. Jedenfalls war keiner biestig zu mir. (Was vielleicht auch daran lag, dass ich die Packung mit den Minisnickers großzügig an alle verteilte.) Es wurde viel gekichert und gelacht. Sowieso war die ganze Stimmung so … *befreit*. Selbst Yvi hatte keine spitzen Bemerkungen auf Lager und auch Johanna und Nele sprachen mit uns anderen wie mit normalen Menschen.

Ich kam erst gar nicht drauf, woran das lag, aber dann sagte Alenka: »Ach, ist das angenehm, wenn keine Jungs da sind.« Und es ist erstaunlich, aber es stimmte genau! Da ich noch nie in einem Kurs war, wo nur Mädchen waren, kannte ich das gar nicht. Aber jetzt, ohne die Jungs, waren tatsächlich alle lockerer.

Lag sicher daran, dass keiner affig rumschrie und mit Bällen herumdonnerte und sich über uns lustig machte. Sogar Frau Schnabel war besser gelaunt und freute sich, dass so viele mitmachten. (Auch aus anderen Klassen als unserer.) Zum Aufwärmen spielte sie eine wilde Musik, zu der wir rennen und zappeln sollten, wie wir wollten. Natürlich waren wir noch ein bisschen gehemmt, aber es dauerte nicht lange, da schüttelten wir alle Arme und Beine und überboten uns in Verrenkungen.

Dann legte Frau Schnabel einen Shakira-Song auf und

zeigte uns ein paar Tanzschritte. Zum Glück ziemlich langsam und immer dieselben, damit wir sie uns merken konnten. Indira hatte es ziemlich schnell drauf und mit ihrem orientalischen Outfit wirkte sie schon bald wie eine professionelle Tänzerin. Sie machte das wirklich gut! Bei Spagathe sah alles total elegant aus, aber irgendwie passten ihre anmutigen Bewegungen gar nicht richtig zu der schnellen Musik. Yvi musste sich wie wir anderen ziemlich anstrengen, um mit der Choreografie mitzukommen, aber es machte uns allen zusammen Spaß.

Hinterher alberten wir in der Umkleidekabine herum. Alenka gab eine Parodie von Vincent, auf der Suche nach einem Ball, der aber dann keinen findet und gar nicht weiß, was er jetzt machen soll, wo er nichts hat zum Werfen oder Treten. Wir kringelten uns vor lachen. Selbst Yvi, Johanna und Nele lächelten amüsiert. Und dann fragte mich Indira, ob ich noch mit zu ihr nach Hause kommen wollte. Das fand ich richtig klasse!

Ich meine, es ist nicht so, dass ich noch nie Freundinnen hatte. In der Grundschule habe ich oft mit Sina gespielt, die hatte haufenweise Puppen. Das fand ich ziemlich beeindruckend. Besonders, weil sie mit ihren Puppen redete wie mit Babys und sie fütterte und Windeln wechselte. Ich weiß noch, dass ich sie immer ganz fasziniert beobachtete, während ich mit ihrem Hunderoboter namens Doggo spielte. Das war ein Plüschhund, der laufen und bellen und sich auf den Popo setzen konnte. Das war in der Zeit, als ich mir nichts sehnlicher gewünscht habe als einen Hund. Und wenn ich es mir jetzt recht überlege, endete unsere Freundschaft auch, kurz nachdem Doggo einen Kurzschluss erlitten hatte und nur noch stocksteif dastand. Aber wenn es darum ging, ob ich lieber mit Mats ein Baumhaus bauen oder mit Puppen oder Hündchen spielen wollte, dann war ich lieber beim Baumhausbauen dabei.

Wie auch immer. Vorhin saß ich dann also in Indiras Zimmer, das gepflastert ist mit Postern von indischen Filmstars. Indiras Mutter ist irgendwie ein totaler Indienfan. Und jetzt weiß ich auch, warum Indira rot-gelb-grün für eine gute Farbkombi hält – ihre Mutter ist nämlich auch ziemlich schräg angezogen. Außerdem hatte sie einen roten Punkt auf die Stirn gemalt, was zu ihren blonden Haaren und der hellen Haut ziemlich seltsam aussah. Ihre ganze Wohnung ist vollgestopft mit Souvenirs aus Goa und Mumbai und so. Sieht fast aus wie in einem Museum. Na ja. Und Indiras Name ist auch indisch und bedeutet Schönheit, erklärte mir ihre Mutter, als sie uns Capri-Sonne und Erdnussflips brachte. (So was gibt es bei uns nur bei Geburtstagen oder so! Oder ab und zu am Wochenende, weil Mama behauptet, das wäre ungesund. Was für ein Blödsinn! Es ist einfach total lecker!)

Wir lümmelten uns auf dicken Kissen und es war ziemlich gemütlich. Indira hatte einen Haufen Teenie-Zeitschriften (*Bravo Girl*, *Popcorn*, *Mädchen)* und blätterte sie jetzt mit mir durch. Da waren viele Modeseiten drin, aber auch eine Menge über Stars, von denen ich viele überhaupt nicht kannte. Und Schminktipps gab es auch! »Hier«, sagte Indira. »Das finde ich cool.« Sie zeigte auf eine Seite, wo man lernen konnte, zur *Party-Princess* zu werden, indem man nämlich Goldglitzer-Lidschatten aufträgt und dann wild und sensationell wirkt.

»Aber das tut doch bestimmt weh, wenn was von dem Glitzer in die Augen kommt, oder?«, fragte ich.

Indira zuckte mit den Schultern. »Wer schön sein will, muss leiden, sagt meine Mama immer.«

»Hat deine Mutter auch dauernd so beknackte Sprüche auf Lager?«, rief ich aufgeregt.

Indira zog die Stirn kraus. »Nee, eigentlich nicht.«

»Oh. Na ja. Egal. Hier«, sagte ich, um schnell vom Thema abzulenken, und deutete auf ein Mädchen mit dunkel umrandeten Augen. »Das sieht ziemlich ... äh ... cool aus.«

»Smokey Eyes«, erklärte Indira. »Wenn man wirklich lässig und geheimnisvoll wirken möchte.« Sie kannte sich auf jeden Fall super aus, wobei ich keinen blassen Schimmer habe, weder vom Schminken noch von den Stars – und schon gar nicht in Liebesdingen. Das ist nämlich auch ein großes Thema in diesen Zeitschriften.

Eigentlich wollte ich ja mit Indira mein Jungs-Projekt vorantreiben. Aber jetzt verzog sie gerade das Gesicht angesichts einer Schlagzeile, wo ein *Berlin Tag und Nacht*-Star »straffe Brüste vom Beauty-Doc« haben wollte. »Ihhh!«, riefen wir beide gleichzeitig.

»Hier«, sagte ich dann. »Das ist endlich mal ein Thema, mit dem ich was anfangen kann.« Es ging um eine Studie, die belegt, dass Erdnussbutter süchtig macht. Das konnte ich bestätigen. »Allerdings beschränkt sich meine Sucht auf stückige Erdnussbutter. Die cremige taugt meiner Meinung nach höchstens als Imitat von Hundekacke!«

»Zum Glück habe ich keine Erdnussallergie«, kommentierte Indira und schob sich eine Handvoll Flips in den Mund. »Welche Allergie findest du am blödesten?«

»Äh«, sagte ich. »Darüber habe ich noch nie nachgedacht.«

»Ich finde Erdnussallergie richtig blöd. Da darf man weder Flips essen noch Snickers noch jede Menge andere Sachen. Und Sonnenallergie finde ich auch doof. Da kann man überhaupt nicht mehr in den Urlaub fahren.«

»Ja«, sagte ich und überlegte, was ich dazu sagen könnte. »Fabian hat eine Petersilienallergie«, fiel mir ein.

»Echt?« Indira bekam kugelrunde Augen. »Der Arme«, hauchte sie. »Da kann er ja gar keine ... *Petersilie* essen!«

Ich musste kichern und auch Indira grinste. Aber dann verzog sie erschrocken das Gesicht. »Aber was passiert, wenn er aus Versehen Petersilie isst? Kriegt er dann keine Luft mehr?« Sie riss die Augen auf. »Der Arme. Auf ihn muss man wirklich gut aufpassen«, schlussfolgerte sie.

»Ich hoffe, du kannst Mund-zu-Mund-Beatmung«, alberte ich herum. »Dann wärst du die perfekte Freundin für ihn.« (Ich weiß auch nicht, wo das herkam, muss an den Zeitschriften liegen!)

Aber Indira lachte gar nicht, sondern säuselte: »Meinst du wirklich?« Sie schaute schwärmerisch in die Ferne, als ob sie da ihre Zukunft mit Petersilien-Fabian sehen könnte.

Obwohl diese Allergie-Sache ja durchaus ihre interessanten Seiten hatte, hatte ich mir unser Jungsgespräch anders vorgestellt. Ich gab mir einen Ruck und leitete dann ohne Umschweife auf mein Projekt über: »Sag mal, findest du nicht auch, dass Jungs sich manchmal unglaublich seltsam benehmen? Ich meine, warum tanzen sie zum Beispiel nicht gerne? Warum verstehen sie nicht, dass das Spaß macht?«

»Gute Frage«, sagte Indira und zuckte mit den Achseln. »Vielleicht weil kein Ball dabei ist?«, schlug sie vor und kicherte.

Da musste ich auch total lachen. »Stimmt«, prustete ich. »Tanzen mit Ball, das wäre eine Erfindung, die vielleicht sogar Jungs Spaß machen würde. Genau wie Pferdefilme ohne Pferde!«

Indira schrie: »Ja, genau!«

Wir lachten, bis mir richtig der Bauch wehtat. Dann sagte ich: »Mats zum Beispiel. Letztes Jahr hat er noch mit mir *Hände weg von Mississippi* geguckt.«

»Wo dieser fiese Typ das Pferd entführen will?«

»Ja genau. Mats fand den Film super. Und jetzt? Will er nichts mehr von Pferdefilmen wissen! Aber warum?«

»Haben Jungs vielleicht eine *Pferdeallergie?«*, meinte Indira. Wir kicherten wieder eine Weile vor uns hin, dann sagte sie: »Mama sagt, dass Jungs einfach langsamer sind als Mädchen. In ihrer *Entwicklung.«*

»Ich weiß nicht«, meinte ich. »Auf jeden Fall sind Jungs seltsam. Und ich, ich will unbedingt mit Mats befreundet bleiben, weil wir doch schon so lange beste Freunde sind. Aber ich weiß nicht, wie ich das anstellen soll.«

Indira schaute mich ratlos an.

»Was machst du, um Jungs zu beeindrucken?«, fragte ich.

»Na, mich hübsch machen!«, sagte sie. »Und ...« Sie druckste ein bisschen rum. »Und Mathenachhilfe anbieten.«

»Wirklich?«, staunte ich. »Für wen?«

»Paul«, verkündete sie stolz. »Hier!« Sie zeigte mir sein Heft und deutete auf die Seite mit den Hausaufgaben der Woche.

»Du machst für Paul die Mathehausaufgaben?«, fragte ich erstaunt.

Sie nickte stolz. »Vincent hat mich auch schon gefragt, ob ich seine mache. Jetzt warte ich nur drauf, dass Fabian mich fragt.«

»Äh«, machte ich ratlos. »Aber wie lernen die dann Mathe, wenn du ihnen die Hausaufgaben machst?«

Sie zuckte mit den Schultern. »Auf jeden Fall«, meinte sie, »finden die Jungs das super und sind viel netter zu mir als vorher.« Sie legte das Heft ehrfürchtig wieder auf ihren Schreibtisch. Ich wusste nicht so richtig, was ich dazu sagen sollte. Da drehte sich Indira auf einmal zu mir um und lächelte: »Ach, das macht so einen Spaß, mit dir über Jungs zu reden!« Und fragte dann ganz feierlich: »Katinka, möchtest du meine ABF sein?«

Wow, was für ein Tag, oder? Jetzt habe ich auch noch eine allerbeste Freundin. Ich meine, irgendwie weiß ich noch nicht so richtig, was ich davon halten soll. Im Internet steht, dass wir jetzt seelenverwandt sind. Aber was bedeutet das eigentlich?

Dienstag, 9. September, morgens

Seit gestern grübele ich über den Begriff Seelenverwandtschaft nach. Abends hatte ich noch Oskar dazu befragt und er bekam diesen komischen Glanz in seinen Augen und sagte, dass er und Finnja auf jeden Fall seelenverwandt seien.

»Aber woran merkst du das?«, wollte ich wissen.

»Weil wir total oft gleichzeitig das Gleiche denken. Und wir haben einen ziemlich ähnlichen Geschmack. Wir hassen zum Beispiel Jay-Z und lieben Salzlakritzbrezeln. Damit ist ja wohl alles klar.« Bevor ich noch weiterfragen konnte, kam eine Nachricht auf seinem Handy an und er las sie und lachte und war schon wieder total versunken.

Eben beim Frühstück habe ich dann Mama gefragt, was das bedeutet. Sie antwortete, dass man über Menschen, die sich besonders gut verstehen, sagt, dass ihre Seelen verwandt seien.

»Ist das so, wie ganz normal verwandt miteinander zu sein?«, fragte ich, weil ich an Onkel Stanley mit der roten Nase denken musste, der immer so keuchend lacht und den keiner leiden kann, seitdem er einmal rückwärts ins Büfett gefallen ist, der aber trotzdem immer dabei ist, wenn die Verwandtschaft meines Dads ein Fest feiert, weil er eben zur Familie gehört.

»Nein, natürlich nicht«, sagte Mama. »Wenn man seelenverwandt ist, dann macht man automatisch gerne Sachen zusammen, weil man sich einfach total wohlfühlt miteinander. Bei Verwandtschaft so ganz normal ...« Sie machte eine Pause. »... ist das etwas komplizierter. Da hält man zusammen, obwohl man sich vielleicht nicht so gut versteht.«

Bestimmt dachte sie wie ich an Onkel Stanley. Oder Oma Irene. »Muss man denn seelenverwandt sein, um mit jemandem befreundet zu sein?«, fragte ich weiter.

»Nein«, meinte Mama. »Natürlich nicht. Seelenverwandtschaft ist etwas äußerst Seltenes.«

Bei dem Satz kam Tobi rein, zog eine Grimasse, goss sich Milch ein und trank die Tasse aus, ohne abzusetzen. Dazu machte er unfassbar laute Trinkgeräusche, die mich immer total annerven. Leider weiß das Tobi ganz genau.

Gluck, gluck, gluck schallte es durch die Küche, dann setzte er das Glas ab, stöhnte theatralisch »Ahhhh!« und grinste mich mit seinem Milchbart-Grinsen herausfordernd an. Eines ist klar: Niemand auf der Welt kann mich so nerven wie mein Zwillingsbruder. Wir mögen zwar körperlich verwandt sein, aber seelisch ganz sicher nicht. Ach, ich war schon ganz verwirrt vor lauter Verwandtschaften! Diese ganze Sache ist ziemlich kompliziert, so viel ist sicher.

Ich packte meine Sachen und ging zu meinem Fahrrad. Mats kam schon angerollt, als ich noch meinen Rucksack auf dem Gepäckträger befestigte. »Hey«, rief er.

Ich fühlte mich sofort besser, als ich ihn sah. Und gleichzeitig war ich auf einmal traurig, weil ich dachte: Schade, dass Mats und ich nicht seelenverwandt sind! Dann wäre die Sache mit unserer Freundschaft ja wohl ganz einfach. Ich meine, ich unternehme total gerne was mit ihm und früher haben wir auch in fast allen Sachen den gleichen Geschmack gehabt, aber jetzt ist das irgendwie nicht mehr so. Genau das ist ja das Problem und das bedeutet dann ja wohl, dass wir *nicht* seelenverwandt sind. Aber zum Glück kann man auch befreundet sein ohne Seelenverwandtschaft!

Um ihm zu zeigen, dass ich nicht mehr sauer war wegen gestern, fragte ich ihn, ob wir in den Pausen was zusammen machen sollten. »Meinetwegen«, sagte er.

»Super«, sagte ich. Ich hatte nämlich das Haiquartett eingepackt, dass Mats und ich so gerne spielen. Bin ziemlich erleichtert. Mit einer Verabredung für die Pause fühle ich mich gleich besser!

Dienstag, 9. September, morgens

Langsam bin ich echt gut im Training, was das Schreiben angeht. Bin richtig schnell geworden! Und deswegen schreibe ich hier auch zwischen Deutsch und Bio mal eben auf, was gerade passiert ist: Indira hat mir ihr Freundebuch gegeben, damit ich hineinschreiben soll. Dabei ist mir eingefallen, dass ich meines auch schon lange nicht mehr gesehen habe. Ich habe es unserem Klassensprecher Fabian gegeben. Und zwar im letzten Schuljahr! Er hat es sicher vergessen. Ich fragte ihn danach. Er sagte, er hätte gedacht, dass er es weitergeben sollte. Ich meine, wie kommt man auf so eine doofe Idee? Wissen Jungs denn nicht, dass ein Freundebuch eine *heilige Sache* ist?

»Und wer hat es jetzt?«, habe ich Fabian verwirrt gefragt.

»Ich glaube Niklas. Oder Joshua? Einer von beiden.« Er zuckte nur mit den Achseln. Na toll. Jetzt weiß ich noch nicht mal mehr, wer mein Freundebuch hat.

Dienstag, 9. September, Ende der großen Pause

Es ist an der Zeit, mit einem weitverbreiteten Schülermythos aufzuräumen. Deswegen hier die neue und extrem wichtige Rubrik:

Katinka Peters' krasse Wahrheit über Schülermythen

Mythos: Die große Pause ist das Schönste am Schultag.
Wahrheit: FALSCH! Komplett falsch!
Richtig muss es heißen:
Die große Pause ist wie ein Sprung ins Haifischbecken. Nur wenn man Riesenglück hat, schafft man es lebend ans rettende Ufer.

Ich weiß, wovon ich rede. In der Hitliste der schrecklichsten großen Pausen hat die von heute jetzt schon einen Platz ganz weit vorne erobert. Und schon wieder türmen sich Probleme vor mir auf, die mir so hoch vorkommen wie der Mount Everest! Ich musste gerade meine vielen Probleme erst mal sortieren! Hier die aktuellen Charts der Probleme von Katinka Peters:

1. Ich habe eine ABF. Ich weiß, dass im Allgemeinen eine allerbeste Freundin nicht als Problem gilt. Aber normalerweise verfolgen einen allerbeste Freundinnen auch bestimmt *nicht* in der Schule mit einem Brautmodenkatalog, um gemeinsam *Hochzeitskleider* auszusuchen.
2. Mats wollte doch kein Quartett spielen. Er wollte mit den Jungs zum Freiplatz!
3. Mein Knie tut schon weh, wenn ich nur an Basketball denke!
4. Mein Freundebuch ist irgendwo verschwunden und mir ist es zu blöd rumzufragen, wer es jetzt hat.
5. Ich verstecke mich gerade beim Fahrradständer vor meiner ABF und ihrem Brautmodenkatalog und habe deswegen nicht bemerkt, dass alle schon reingegangen sind.
6. Jetzt muss ich alleine zum Bioraum. Ich weiß, dass es im Allgemeinen nicht als Problem gilt, sich als Sechstklässlerin eigenständig zu seinem Klassenraum zu begeben. Aber zur selben Zeit hat ein gewisser Rocco Schmitz neben dem Biolabor Chemie und dummerweise will mir der immer noch den Hals umdrehen.

Aber der Reihe nach. Und alles von Anfang an. Also: Es klingelte zur Pause. Indira erzählte mir gerade etwas über eine Sängerin namens Demi Lovato, als ich ihr sagte, ich müsse noch dringend was erledigen, genauer gesagt etwas im Sekretariat abgeben. (Den blöden Waffenrecht-Aufsatz! Das kam mir gerade als Ausrede ziemlich gelegen!)

»Dann sehen wir uns später, okay?«, sagte Indira und lächelte geheimnisvoll. »Ich muss dir nämlich was *total Cooles* zeigen.«

»Mal sehen«, sagte ich ausweichend. Indira kam ehrlich gesagt in meiner Pausenplanung gar nicht vor. Meinetwegen waren wir jetzt ABF, aber nicht dauernd. Denn ich machte mir echt Sorgen, was passieren würde, wenn Mats davon was mitbekam. Er könnte ja dann denken, ich würde ihn als besten Freund nicht mehr haben wollen? Deswegen nahm ich meinen Aufsatz als Tarnung mit und ging Richtung Klassentür. Wo Mats und die anderen Jungs standen. Gerade wollte ich ihn an unsere Pausen-Verabredung erinnern, da sagte er: »Hey, Tinka. Wir gehen wieder auf den Freiplatz, okay?«

Ich war einigermaßen enttäuscht, aber da die anderen Jungs schon auf ihn warteten, konnte ich gar nicht anders, als einfach zu sagen, dass ich gleich nachkommen würde. Niklas guckte etwas genervt und ich wusste, was das bedeutete: Er hatte keinen Bock, dass ich mitspielte. Konnte ich auch echt verstehen. Ich ja auch nicht.

»Muss noch schnell ins Sekretariat«, sagte ich und wedelte mit dem Aufsatz. Dann würde ich halt erst dazukommen, wenn das Basketballspiel in vollem Gange war und ich mich einfach auf eine Bank setzen konnte. So würde ich die Jungs nicht stören, wäre dabei und könnte anschließend mit Mats zurück ins Klassenzimmer gehen.

Vor dem Sekretariat war aber gerade ein Riesenansturm, alle drängelten und quetschten vor dem Tresen, als gäbe es was umsonst. Ich beschloss, den Aufsatz später abzugeben, und schlenderte zum Freiplatz. Meine Verzögerungstaktik ging voll auf, denn mittlerweile waren die Mannschaften aufgeteilt und das Spiel lief. Mats winkte mir knapp zu, ich setzte mich auf eine Bank und redete mir ein, dass es schon okay wäre, wenn ich hier einfach alleine auf der Bank entspannen würde. Ich versuchte, möglichst lässig zu wirken, lehnte mich zurück und schloss die Augen, so als ob ich die Sonne genießen würde. (Die gar nicht schien. Aber das war ja mein Glück wegen der Sommersprossen-Epidemie in meinem Gesicht!)

»Wusste ich doch, dass ich dich hier finde!«, rief da jemand und ich erschrak so, dass ich mit meiner verkrampften Lässigpose fast von der Bank gekippt wäre. Es war Indira. Unter dem Arm hatte sie ein Magazin, bestimmt wieder eine Teeniezeitschrift. Dachte ich zumindest.

»Oh, hi!«, sagte ich.

»Guck mal«, kicherte sie. »Ich hab was echt Tolles dabei! Tatatataaah!« Sie präsentierte das Magazin, das in Wirklichkeit ein Katalog war. Für *Brautmoden*. Ich war so überrascht, dass ich stammelte: »Du hast einen Katalog für Hochzeitskleider dabei?« Diese Frage war ziemlich blödsinnig, weil man natürlich genau sah, um was für eine Art Katalog es sich handelte.

Sie nickte begeistert. »Ich *wusste*, dass dir das gefällt!«, rief sie. »Jetzt können wir uns zusammen eines aussuchen.«

»Aber ich will doch gar nicht heiraten«, stieß ich hervor.

Da sah sie mich mit großen Augen an und sagte: »Natürlich nicht. Aber *ich!* Und als meine ABF wirst du natürlich Brautjungfer. Deswegen suchen wir für mich ein Hochzeitskleid aus und für dich ein Brautjungfernkleid.«

Ich starrte sie einen Moment an, weil ich nicht sicher

war, ob das wirklich ihr Ernst war, aber sie verzog keine Miene. Sie meinte das wirklich ernst! Dann kullerte auf einmal der Ball vom Freiplatz herüber und Joshua schrie: »Hey, Katinka!«

Ich stand auf und warf den Ball zu ihm und da fiel mir ein, dass die Jungs wahrscheinlich aus dem Lachen nicht mehr herauskämen, wenn sie mitbekämen, dass ich mir mit Indira einen Brautmodenkatalog anschaue. Und ich könnte es ihnen nicht mal übel nehmen, weil ich die Idee, sich mit fast zwölf Jahren Gedanken über sein *Hochzeitsoutfit* zu machen, extrem seltsam finde. Um nicht zu sagen: völlig durchgeknallt. Mats würde vermutlich ab sofort einen Peinlichkeitsvermeidungs-Sicherheitsabstand zwischen uns einhalten!

Deswegen sagte ich zu Indira, dass ich dringend checken müsste, ob mein Fahrrad abgeschlossen wäre, ich hätte das Gefühl, dass ich das vergessen hätte. »Oh«, machte sie ein bisschen enttäuscht. Aber dann lächelte sie auch schon wieder. »Na klar, mach das«, sagte sie tapfer. »Dann schauen wir es uns in der Mittagspause an, okay?« Und sie sah mich mit ihren großen Augen so auffordernd an, dass ich gar nicht anders konnte, als zu nicken. Sie war einfach echt nett. Ein wenig durchgeknallt, aber echt nett.

»Okay«, strahlte Indira. »Bis später!«

Ich ging also zum Fahrradständer. Fummelte ein bisschen an meinem Schloss rum und prüfte den Luftdruck in den Reifen und stellte dann fest, dass ich mir voll die Hände verschmiert hatte. Also ging ich zur Toilette in der Turnhalle, die am nächsten lag, und wusch mir die Hände, und als ich wieder auf den Schulhof kam, waren schon alle verschwunden. Hier bin ich nun.

Und alles, was ich denken kann, ist: nicht schon wieder Rocco Schmitz.

Ich meine, eigentlich hatte ich mal mit Oskar ausgemacht, dass er mich dienstags nach der großen Pause zum Biolabor begleitet. Aber seit er mit Finnja zusammen ist, vergisst er das andauernd, weil er ja Händchen halten muss. **ODER SCHLIMMERES.**

Also musste ich da wohl oder übel gleich alleine reingehen. Mir zitterten die Beine schon bei dem Gedanken!! Vielleicht wartete Rocco Schmitz auf dem Flur auf mich und war froh, mich endlich mal alleine zu erwischen. Seit der Erbsenaktion von gestern hatte sich unser Verhältnis bestimmt nicht gebessert.

Gerade als ich den Eingang erreicht hatte, raschelte es im Gebüsch neben dem Schulgebäude. Mir ist fast das Herz stehen geblieben! Natürlich! Rocco Schmitz lauert mir dort auf, wo es keine Zeugen gibt, dachte ich ...

Aber dann war es nur Florentina. »Hi«, sagte sie und pflückte ein paar Blätter vom Ärmel ihres schwarzen Kapuzenpullis.

»Wo kommst du denn her?«, fragte ich erstaunt.

»Ach«, meinte sie. »Ich habe einfach keinen Bock auf diesen Pausen-Stress. Dahinten ist es schön ruhig, super zum Chillen.«

Wir tauchten vom hellen Schulhof ins Halbdunkel des Eingangs. »Und, was hast du so gemacht in der Pause?«, fragte sie. Natürlich gehen sie meine allerbesten freundschaftlichen Verwicklungen nichts an, deswegen sagte ich ganz neutral: »Ich habe gelernt, dass Demi Lovato auch ungeschminkt total mega aussieht, dass es aber nur Fake ist, dass sie ungeschminkt ist, weil sie sich für die ungeschminkten Selfies eben so schminkt, dass sie ungeschminkt aussieht.«

Florentina blieb stehen und zog eine Grimasse, bei der ihr Gesicht aussah wie ein Fragezeichen.

Ich musste lachen. »Ja, so ähnlich ging es mir auch.« Wir setzten uns wieder in Bewegung.

»Für welches weltbewegend wichtige Schulfach hast du das denn gelernt?«, fragte sie.

»Ich glaube, das nennt man Allgemeinbildung.«

»Nee. Ich weiß nicht, *wie* man das nennt, aber Allgemeinbildung ist das nicht. Höchstens unnützes Wissen.«

»Unnützes Wissen ist manchmal wichtiger, als man denkt«, gab ich zu bedenken.

»Das stimmt.« Florentina nickte. »Ich finde es zum Beispiel elementar zu wissen, was das Capgras-Syndrom ist. Da denkt man, dass ein Freund oder Verwandter durch einen identisch aussehenden Doppelgänger ersetzt wurde.«

Ich sog entsetzt die Luft ein. Mein Aha-Moment muss wohl sehr offensichtlich gewesen sein, denn Florentina fragte: »Was ist?«

»Nichts.«

»Los, sag schon. Ich verrate es auch keinem weiter.«

Und eigentlich wollte ich es gar nicht erzählen, weil ich sie schließlich gar nicht richtig kenne, aber da platzte es auch schon aus mir raus: »Ich dachte gerade, vielleicht ist mein Zwillingsbruder Tobi nur deswegen so bescheuert, weil er gar nicht mein Zwillingsbruder ist, sondern ein Fremder, der genauso aussieht wie er.«

»Interessante Theorie«, befand Florentina. Und nach ein paar Schritten fügte sie hinzu: »Andererseits sind ja Jungs im Allgemeinen sehr bescheuert. Da muss dein Bruder also ein besonderes Exemplar sein, wenn er es schafft, aus der allgemeinen Bescheuertheit von Jungs noch hervorzustechen.«

»Das tut er in der Tat«, sagte ich. Währenddessen hatten sich instinktiv meine Nackenhaare aufgestellt, denn nun bogen wir um die Ecke – und da war Rocco Schmitz. Mitten im Gang. Er war damit beschäftigt, seinen Freunden einen Boxkampf vorzuspielen. »Pang, pang«, dröhnte er. »Upper Cut, dann angetäuschte Rechte und dann der Leberhaken und K. o.!« Dabei schlug er im Zeitlupentempo auf seinen Kumpel ein.

Mir wird noch bei der Erinnerung daran ganz anders, weil ich mir natürlich sofort vorgestellt habe, wie er *meine Leber* mit seinen Fäusten bearbeitet. Ich war total froh, dass jemand neben mir ging, auch wenn es nur Florentina war.

»Das scheint mir auch ein besonderes Exemplar zu sein«, raunte sie, als wir auf die Gruppe zuliefen. Mein Herz fing an zu bummern. »Wer ist der Neandertaler mit den kurzen Haaren?«

»Schschsch, nicht so laut«, flüsterte ich und drückte mich näher an die Wand, auf die vor Kurzem Waldszenen gemalt worden waren, damit das nackte Betongrau die Schüler nicht so deprimierte. »Guck mal, ist das nicht viel hübscher als vorher?«, fragte ich Florentina gespielt heiter, um möglichst unauffällig an Rocco Schmitz vorbeizukommen.

Zu spät.

Sein Kumpel stieß ihn in die Seite und er drehte seinen speckigen Nacken in meine Richtung.

»Ah«, rief Rocco Schmitz, »wen haben wir denn da!« Und schon versperrte er mir den Weg. »Na, heute ganz ohne Bodyguards unterwegs?« Er würdigte Florentina keines Blickes, die mit mir stehen geblieben war.

»Mein Bruder kommt gleich«, log ich tapfer.

Rocco lachte höhnisch. »Dann ist es zu spät, Rostkeule.« Er schob sich den Ärmel seiner Bomberjacke hoch und betrachtete seine Faust so bewundernd, als wäre sie aus Gold.

»Hey«, sprach ihn Florentina an. »Wie wäre es, wenn du dir einen Gegner in deiner Gewichtsklasse suchst, anstatt hier kleine Mädchen zu bedrohen!«

Seine Kumpel fingen an zu lachen und Rocco glotzte verdutzt, als würde er Florentina gerade erst bemerken. Während er sie in ihrer schwarzen Aufmachung abschätzig musterte, überlegte er offensichtlich, was er antworten sollte, aber da kam zum Glück Biolehrer Ott und scheuchte die Jungs aus der Achten rein. Puh, ich war so unglaublich erleichtert!! Gerade noch mal davongekommen!

»Also echt. Was ist das denn für eine Quarknase!«, schimpfte Florentina, als wir weitergingen und ich mir unauffällig die schweißnassen Hände an der Hose abwischte. Auf der einen Seite war ich total beeindruckt von Florentinas Furchtlosigkeit, auf der anderen Seite überlegte ich mir, ob es die Sache zwischen Rocco und mir jetzt irgendwie besser gemacht hatte, und kam zu dem Schluss, dass das nicht der Fall war. Florentina bemerkte, dass ich ganz blass um die Nase war (ich fühlte mich jedenfalls so), und beruhigte mich: »Er wird dir nichts tun. Solche Typen reißen nur das Maul auf, um sich großartig zu fühlen, aber zuschlagen würden sie nie.«

»Meinst du echt?«, fragte ich hoffnungsvoll.

»Jedenfalls nicht, solange sie nicht total provoziert werden.«

Ich überlegte, ob ich ihr sagen sollte, dass ihr Verhalten allerdings ziemlich provozierend gewesen war, aber da waren wir schon in unserem Biolabor angekommen, das bereits voll besetzt war. Inklusive Frau Gregor, die uns streng musterte. Und Mats, der fragend die Augenbrauen hochzog. Und Indira, die erstaunt guckte. Und Yvi, die amüsiert die Nase rümpfte.

»So, husch, husch, ihr beiden, setzt euch dorthin«, befahl Frau Gregor, wies uns zwei freie Stühle in der dritten Reihe zu (im Biolabor gibt es keine festen Plätze) und begann mit einem Vortrag über wechselwarme Wirbeltiere.

Es dauerte nicht lange, da schob Florentina mir einen Zettel hin, ich klebe ihn hier mal rein.

Hat er dich Frostbeule genannt oder wirklich Rostkeule?
Rostkeule
Warum????
Lange Geschichte!
Ich hab Zeit
Rost natürlich wegen der Haare
Und woher kommt die Keule?
Erzähle ich dir ein anderes Mal, sonst kriege ich einen Schreibkrampf
Ich bin so neugierig!!!!
Geduld ist die Tugend der Glücklichen
Das hast du jetzt nicht geschrieben
Doch. Ist auf Platz 5 der bescheuerten Sprichwörter meiner Mutter.
Was ist auf Platz 1?

Aber da bemerkte ich, dass Frau Gregor in ihrem Vortrag innegehalten hatte und uns über die Sitzreihen hinweg anstarrte. Auch ein paar von den anderen hatten sich zu uns umgedreht. Verstohlen kassierte ich den Zettel ein und steckte ihn in meine Tasche. Als die Stunde um war, kam Indira sofort zu mir. »Wir sind verabredet!«, freute sie sich.

»Ja«, sagte ich und schob hinterher: »Später. Ich muss erst noch was erledigen.«

»Schon wieder?«, fragte sie betrübt. Ich erklärte ihr schnell, dass in der ersten Pause das Sekretariat zu voll gewesen war. Dass ich auch noch mit den Jungs in die Mensa ging, verschwieg ich.

Da die Jungs und ich uns für halb eins verabredet hatten, schaffte ich es nicht mehr, Florentina zu fragen, ob sie nicht mit zum Treffen mit Indira kommen wollte. (Irgendwie hatte ich das Gefühl, dass ich ihr das schuldig war nach der Sache mit Rocco Schmitz. Dank ihr endete die Pause doch nicht in einer Katastrophe!) Aber Florentina hatte sich schon ihren alten Armeerucksack geschnappt und war abgedampft.

»Warum bist du eben eigentlich zusammen mit Florentina reingekommen?«, fragte Indira und deutete auf sie, als diese durch die Tür verschwand.

Ich zuckte mit den Schultern. »Wir haben uns beim Reingehen zufällig getroffen«, sagte ich und es klang seltsamerweise wie eine Entschuldigung.

Dienstag, 9. September, nachmittags

Puh! Was für ein Schultag! Ich kam gar nicht dazu, alles sofort aufzuschreiben, weil es in der Mittagspause wegen meiner vielen Verabredungen so hektisch war. Und auch seltsam. Mit Mats und den Jungs und mit Indira auch. Hier der Live-Bericht aus der Mittagspause:

Zum Glück hat Frau Gregor früher Schluss gemacht wegen irgendeines Termins. So kann ich wenigstens sofort meinen blöden Aufsatz abgeben. Das ist zumindest der Plan.

Ich laufe also ins Sekretariat. Paul ist auch dort oben auf dem Gang, er klopft gerade an das Büro des Orientierungsstufenleiters, das neben dem Lehrerzimmer liegt. Wir nicken uns zu. Ich ab ins Sekretariat, aber Frau Hellmann, die Sekretärin, schickt mich zum Lehrerzimmer, weil ich dort angeblich den Direktor oder Miss Hattonfield finde. Ich haste also den Flur entlang zurück zum Lehrerzimmer. Die Rennerei nervt, weil ich die ganze Zeit den Rucksack aufhabe und auch noch die Tasche mit dem Kunstzeug, Malblock und so, tragen muss. Paul schaut mich erstaunt an, als ich wieder an ihm vorbeilaufe. Ich deute stumm auf die Tür vom Lehrerzimmer. Sie steht einen Spalt offen. Ich klopfe trotzdem. Keiner sagt was. Vielleicht muss man hier gar nicht klopfen, überlege ich. Und da die Tür ja aufsteht, wage ich mich also rein. Drinnen ist aber auch keiner. Ich schaue mich etwas ratlos um, überlege, ob ich den Aufsatz Miss Hattonfield ins Fach legen soll, lasse das aber. Gehe zurück über den Gang. Paul sitzt immer noch da. »Du schon wieder?«

»Ja«, stöhne ich.

»Und was hast du eigentlich im Lehrerzimmer gemacht?«, fragt er auf einmal skeptisch.

»Ich habe dort eine Stinkbombe platziert, was denn sonst?«, gebe ich zurück, und ohne seine Antwort abzuwarten, rausche ich davon, zur Mensa. Die Jungs albern schon in der Schlange vor der Essensausgabe

rum und kriegen gar nicht richtig mit, dass ich mich dazustelle, weil sie »Schnick Schnack Schmerz« spielen. Derjenige, der gewonnen hat, darf dem anderen eine Ohrfeige verpassen. Das ist wieder einer der Momente, in denen ich denke, dass Jungs irgendwie seltsam sind. Sie lachen, als wäre es der größte Spaß, sich gegenseitig zu schlagen.

Warum?!!??!!

Eine gute Nachricht ist: Zum Glück gibt es heute keine Erbsen. Weil ich ja noch mit Indira verabredet bin und mich deswegen beeilen muss, nehme ich nur ein Brötchen und drücke es mir rein. »Alles klar?«, fragt Mats, der zum ersten Mal in dieser Pause das Wort an mich richtet und mich fragt, ob ich gestresst bin. **GESTRESST?!** Irgendwie schon. Es ist einfach schwierig, so viel in einer Pause unterzubringen!

»Nee«, sage ich trotzdem. »Alles bestens.« Am Tisch unterhalten die Jungs sich über Computerspiele. Besonders über das Weltraumwurmspiel *Slither*.

»Kennst du das?«, fragt Joshua mich.

Das zweite Mal, das mich jemand anspricht. »Klar«, nuschele ich mit vollem Mund. »Ist super!« Ich meine, es gibt ungefähr achtzehn Spiele, die ich lieber spiele, aber wir wollen hier ja nicht kleinlich sein.

»Wie ist dein Rekord?«

»Ich war letztens Platz 23 und hatte so einen fetten Wurm, das war Hammer«, ruft Vincent, als hätte Joshua ihn gefragt. »Dann hat mich so ein kleines Ding weggesnackt, ey!«

Sofort sind sie wieder mitten drin in ihren Kampfstorys. Ich würde gerne irgendwas Cooles dazu beitragen, aber ich fühle mich leider nur irgendwie überflüssig. Und dann muss ich auch schon los. Mit der Ausrede, für Kunst noch was machen zu müssen, haue ich ab, wobei sowieso keiner auf mich achtet. Auch Mats nickt nur kurz, als ich aufstehe, dann lauscht er wieder gebannt dem Game-Talk.

Das ist irgendwie gar nicht gut gelaufen. Aber ich hatte heute Mittag eh keine Zeit, darüber nachzudenken.

Puh, jetzt tut mir fast schon wieder der Arm weh vor lauter Gekritzel. Deswegen kurze Schreibpause.

Und jetzt ganz frisch etwas zum Nachdenken, nämlich wieder eine von

Katinka Peters' krassen Wahrheiten über Schülermythen

Mythos: Wenn man beliebt sein will, muss man sich bemerkbar machen. (Habe ich mal auf so einer doofen Internetseite gelesen.)

Wahrheit: FALSCH! Komplett falsch!

Richtig muss es heißen:

Wenn man beliebt sein will, muss man sich **unbemerkbar** *machen – zumindest, wenn man mit seiner seelenverwandten ABF verabredet ist.*

Aber immerhin ist es nicht ganz übel geworden, nein, sogar eher erstaunlich ... erkenntnisreich! Und auch ein klitzekleines bisschen ... lustig.

Der Platz für das Treffen mit Indira war eigentlich ziemlich sorgsam gewählt: in einem unauffälligen Winkel vom Eingangsbereich der Schule. Da gehen ziemlich viele Türen ab, die auf die verschiedenen Flure führen. In der Mitte sind so Betonwände mit Kleiderhaken, eigentlich mal gedacht, um Jacken aufzuhängen. Und darunter stehen Bänke. Da niemand die Garderobe benutzt, kann man sich hier also ziemlich ungesehen hinsetzen.

»Da bist du ja endlich!«, rief Indira, als ich angekommen

bin. Mit ihrem knallorangenen Pullover leuchtete sie vor dem grauen Beton wie eine Signalboje im Nebel. Ich kann mir ungefähr vorstellen, wie ich mit meinen roten Haaren daneben ausgesehen habe. Hoffentlich entdeckt uns auch niemand, habe ich noch gedacht ... Ha!

Indira hatte eine Tüte Gummibärchen dabei, die sie mir sofort hinhielt. »Also, dann zeig mal«, meinte ich mit vollem Mund und deutete auf ihren Katalog. Ich hätte es mir fast denken können: Es war wirklich internationale Brautmode. »Deutsche Hochzeitskleider sind doch langweilig«, erklärte Indira. »Nur weiß, bäh.« Stattdessen gab es darin: farbenfrohe chinesische und thailändische und afrikanische und indische Kleider. Es glitzerte und blinkte überall. Indira deutete auf ein knallrotes tibetisches Kleid mit kleinem Pelzkragen. »Rot ist die Hochzeitsfarbe in China. Und in Indien«, erklärte sie.

»Warum ist das da bauchfrei?«, habe ich gefragt und Indira erklärte, dass das ein Sari sei, ein traditionelles indisches Kleid, und dass ihre Mutter einige davon besitzen würde, die sie bei Festen tatsächlich anzieht.

Und während ich am Anfang nur gedacht habe: *langweilig*, habe ich mich von Indiras Begeisterung bald sogar anstecken lassen (ein bisschen jedenfalls). Außerdem war die Vorstellung, mal so ein schillerndes Kleid anzuziehen, wirklich lustig. »Das da«, antwortete ich, nachdem Indira mich schon dreimal gefragt hatte, welches ich mir aussuchen würde. Es war ein cremefarbenes Seidenkleid mit blauer Blumenstickerei und langen Fledermausärmeln. Dazu eine seltsame Haube.

»Wirklich?«, fragte Indira erstaunt. »Das slawische Modell?«

»Sieht doch cool aus«, meinte ich. »Und in den weiten Ärmeln kann ich jede Menge Kuchen mitgehen lassen.«

Indira kicherte. »Und Marzipanobst! Bei meiner Hochzeit wird es nämlich massig Obst aus Marzipan geben.«

Wir prusteten beide los bei der Vorstellung, wie ich das Süßigkeitenbüfett plündere. Und gerade da war es mit unserer Tarnung vorbei (die ja sowieso nicht besonders unauffällig war wegen Indiras Leuchtbojen-Pulli). Es bogen drei Mädels um die Ecke. Und zwar Yvi, Johanna und Nele, die offensichtlich ungesehen tuscheln wollten. Yvi stutzte, als sie uns entdeckte, und ich dachte erst, dass es jetzt peinlich wird, aber dann sind die drei zu uns rübergekommen und haben freundlich gefragt. »Was ist das?«

Ich hatte das dringende Bedürfnis, Indira den Mund zuzuhalten und den Katalog zuzuschlagen, aber da redete sie schon drauflos: »Das sind traditionelle Brautkleider«, erklärte sie stolz. »Das da hat Katinka sich ausgesucht. Und das da ist meines.«

Okay. Das war der Moment, in dem ich fest überzeugt war, dass Yvi gleich in **SCHALLENDES** Lachen ausbrechen würde. Ich wand mich unbehaglich auf meinem Platz und lächelte verlegen. Aber zu meiner Verblüffung kam alles ganz anders!

»Das sieht wirklich cool aus. Darf ich mal sehen?«

Ich traute meinen Ohren kaum!!

»Natürlich«, sagte Indira, als wäre es ganz normal, sich mit Yvi und Co Brautmoden zusammen anzuschauen!! Wir rückten ein Stück, sodass auch Yvi, Johanna und Nele Platz hatten, und dann blätterten wir zusammen durch den Katalog mit den märchenhaften Kleidern und schrien durcheinander beim Aussuchen der schönsten Modelle. (Na ja:

Genauer gesagt, die anderen schrien ziemlich rum und ich registrierte staunend, welche Begeisterungsstürme ein Brautkleiderkatalog bei Mädchen auslösen konnte.)

»Das wäre so toll, wenn wir mal so schöne Kleider anprobieren könnten«, sagte Yvi.

»Indiras Mutter hat ein paar Saris«, rutschte es mir raus.

»Echt?«, fragte Yvi bewundernd. »Toll!«

Ein Turnbeutel, der über die Mauer geflogen kam, lenkte uns kurz von unserem Katalog ab. Kurz darauf kamen zwei Siebtklässler angerannt, um ihn sich zu holen und sich dann gegenseitig mit ihren Sporttaschen zu schlagen. Johanna und Nele kicherten los. Und dann kam der Knüller!

Yvi fragte: »Kann mir mal einer sagen, was mit Jungs los ist, dass die dauernd so einen Blödsinn machen müssen?«

»Genau das habe ich auch gerade gedacht!«, rief ich aufgeregt. »Eben haben die Jungs was total Seltsames gemacht.« Ich erzählte ihnen von »Schnick Schnack Schmerz« und das tat total gut! Weil nämlich die Mädchen genauso fassungslos wie ich reagierten: »Was für ein Quatsch!«, riefen sie und lachten und Yvi schaute mich aufmerksam an: »Du warst mit den Jungs in der Mensa, oder?«

Ich nickte. Und biss mir auf die Lippen, um nicht zu gestehen, dass ich mich erstens selbst dazu eingeladen und zweitens nicht willkommen gefühlt hatte.

»Mit Mats bist du gut befreundet, oder?«

Ich nickte wieder. »Ja, wir kennen uns noch aus der Grundschule.«

Yvi musterte mich weiter interessiert, da stöhnte Johanna: »Jungs sind wirklich total bescheuert. Guckt mal hier!« Sie zog ihr Freundebuch aus der Tasche. »Niklas hat mir reingeschrieben.« Sie schlug eine Seite auf, auf der auf den ersten Blick gar nicht zu erkennen war, ob die überhaupt ausgefüllt wurde. Erst wenn man genauer hingeguckt hat, sah man, dass jemand was mit Kuli reingekritzelt hatte.

»Erstens«, zählte Johanna auf. »Kein Foto. Kein Bild, gar nichts. Und dann dieses Geschmiere hier. Ich meine, was soll das? Man kann kaum seine Schrift erkennen!«

Wir beugten uns alle über die Seite von Niklas. Bei *Woran erkennt man dich* hatte er geschrieben: *T-Shirt* (wir glaubten jedenfalls, dass es T-Shirt heißen sollte). Bei *Hobbys* hatte er nur *Mc* geschrieben. »Als ob es einen umbringt, wenigstens *Minecraft* zu schreiben«, beschwerte sich Johanna. »Die Mädchen geben sich richtig Mühe damit. Aber die Jungs?« Sie zeigte uns noch die Seiten von Joshua und Vincent, die ebenso spärlich ausgefüllt waren. Vincent hatte mit Kugelschreiber ein Porträt von sich gekritzelt, auf dem er so aussah wie eine Vogelscheuche mit Schweinenase.

»Ich habe mein Freundebuch in einem Anfall geistiger Umnachtung Fabian gegeben«, gab ich betrübt zu.

»Fabian? Wirklich«, rief Indira schwärmerisch. »Und? Und? Was hat er reingeschrieben?«

»Keine Ahnung!«, erwiderte ich. »Ich habe es noch nicht wiederbekommen, weil er es an *irgendjemanden* weitergegeben hat! *Ohne mich zu fragen!«*

»Das gibt es doch nicht«, rief Indira.

»Niklas hatte meins drei Wochen. Mindestens«, empörte sich Johanna. »Und ich musste ihn dreimal daran erinnern, dass er es mir wiedergibt!«

Yvi, Indira, Johanna und Nele schüttelten missbilligend die Köpfe. »Wirklich«, sagte Yvi. »Jungs sind seltsam.«

Und ich musste grinsen, weil es sich total gut anfühlte, dass sie das sagte. Es ist schön zu wissen, dass man nicht die Einzige ist, die sich darüber Gedanken macht! Indira packte ihren Katalog ein, zusammen machten wir uns auf den Weg zur Klasse, da spazierte Florentina durch den Eingang.

Ohne nachzudenken, rief ich »Hey, Florentina!« und winkte ihr, dass sie zu uns kommen soll. Aber da hat sich irgendwie plötzlich die tolle Stimmung zwischen uns total verdunkelt.

Schon zischte Indira: »Was soll das?« Und auch Yvi fragte verächtlich: »Was hast du denn mit *der* zu tun?«

»Ach«, machte ich und zuckte mit den Schultern, »wir haben uns neulich nett unterhalten. Das ist alles.« Ich frage mich echt, warum keines der anderen Mädchen Florentina leiden kann. Ich meine, ich kenne sie ja auch kaum ... aber sie ist doch ganz okay? Wenn auch eigenartig, aber kein Grund, sie so auszugrenzen.

Indira schnaubte weiter. »Was will man sich mit der denn unterhalten?«

»Vermutlich hat sie dir von ihren schwarzen Messen erzählt, wo sie Satan anbeten«, sagte Yvi und verdrehte verschwörerisch die Augen. Johanna und Nele grinsten.

»Nee«, sagte ich und fühlte mich so, als ob ich mich deswegen verteidigen müsste. »Wir haben uns eigentlich ganz normal unterhalten.« Dann fiel mir das mit diesem Syndrom ein, bei dem man denkt, ein Verwandter wäre ein Doppelgänger, und ich musste lachen. »Was hat sie Seltsames gemacht?«, fragte Yvi sofort.

»Nichts. Sie hat nur was Lustiges erzählt über eine komische Krankheit.«

»Krankheiten sind doch nichts, worüber man sich lustig macht«, tadelte Yvi.

»Nee, so war das auch gar nicht«, sagte ich und wechselte dann schnell das Thema: »Du hast echt ein schönes Top an.«

»Danke«, sagte Yvi und strich über ihr violettes Shirt. »Die Farbe würde dir übrigens auch gut stehen.«

»Meinst du wirklich?«, fragte ich verblüfft.

»Na klar. Mit deinen roten Haaren harmoniert lila auch sehr gut.«

An Lila habe ich wirklich noch nie gedacht. Aber Yvi ist so modisch angezogen, dass ich ihr das sofort geglaubt habe. »Dann muss ich das wohl mal ausprobieren«, hörte ich mich sagen.

Wenn ich an die heutige Mittagspause zurückdenke, bin ich echt zufrieden. Nach dem etwas enttäuschenden Mittagessen mit den Jungs hat der Rest der Pause richtig Spaß gemacht. Und ich finde, die Projektgruppe *Jungs verstehen das nicht* hat schon mal (trotz Brautmode!) einen guten Anfang gefunden.

Dienstag, 9. September, abends

Mir ist gerade noch was eingefallen, was ich unbedingt notieren wollte, weil es wieder super zu meinem *Jungs verstehen das nicht*-Projekt passt. Wir hatten heute Musik und unsere Lehrerin wollte mit uns einen Kanon einüben. Die Jungs stellten sich mal wieder total an und gaben sich überhaupt keine Mühe. Es klang, als würden Hängebauchschweine gekitzelt! Wobei die wahrscheinlich schöner quieken würden als die Jungs. (Und ich jetzt mal zur Verteidigung sagen muss, dass es tatsächlich auch Jungs gibt, die gerne singen. Kammonbär-Patrice trällert jedenfalls wie ein … na ja, jedenfalls nicht wie ein Hängebauchschwein.)

Beim Abendessen eben habe ich Tobi genau beobachtet und mir vorgestellt, dass er ein Fremder in Gestalt von Tobi wäre. »Habt ihr schon mal was vom Capgras-Syndrom gehört?«, fragte ich.

»Was soll das denn sein?«, wollte Tobi wissen und schaute mich erstaunt an, weil *ich* tatsächlich mal was wusste, was er nicht wusste. Ha! Ich habe es ihm natürlich nicht erklärt. Soll er doch mal schön selbst rausfinden!

PROJEKT:

Jungs verstehen das nicht !!!

Katinka Peters' noch mal erweiterte Liste von Sachen, die Jungs nicht verstehen:

22. Sich ins Gesicht hauen ist keine schöne Freizeitbeschäftigung.

23. Kanonsingen bedeutet nicht Jaulen wie ein Hund, dem man auf den Schwanz getreten ist.

24. Es ist nicht nett, erst freundlich zu sein, und am nächsten Tag so zu tun, als ob man nicht existiert.

25. Ein Freundebuch ist kein Geschenk, sondern eine Leihgabe. Das bedeutet, man muss es zurückgeben. Natürlich erst, nachdem man es ausgefüllt hat. Und zwar in schön!

26. Das Freundebuch von jemand anderem darf man auf gar keinen Fall ungefragt weitergeben.

27. Ein Turnbeutel ist nicht dazu da, jemanden zu schlagen.

28. Ein langer Pferdeschwanz ist keine Einladung, daran zu ziehen. (Hat Paul heute bei Nele gemacht und sie hat sich voll erschrocken und fast den Hals verrenkt!)
29. Es gibt interessantere Gesprächsthemen als Weltraumwürmer, die sich gegenseitig fressen.

Ich finde, ich habe echt schon ziemlich gut gearbeitet an dem Projekt – die Dinge, die Jungs nicht verstehen, werden immer mehr! Jetzt kann ich mir eine Auszeit gönnen und mich mit was ganz anderem beschäftigen.

Indira hat mir nämlich eine Zeitschrift geliehen, genauer gesagt eine *Mädchen,* die ich mir jetzt mal vornehme. Eigentlich finde ich diese Zeitschriften gar nicht so toll, stelle ich mal wieder fest. Da sind so viele Themen drin, mit denen ich nichts anfangen kann. Zum Beispiel mit dem Test: *Wie cool bist du wirklich*? Auf die meisten Fragen kann ich gar keine Antworten geben, weil ich noch nie zu einer Party eingeladen war und deswegen nicht sagen kann, ob ich auch *alleine* zu einer Party gehen würde. Ich habe auch keinen Freund. Jedenfalls nicht *so*, wie die das meinen. Uargh! Igitt!

Ich habe eben weitergeblättert und gestutzt. Da ist ja doch mal eine interessante Geschichte! Überschrift: *Versteh die Jungs!* Sofort lese ich los, aber ich bin nicht weit gekommen, denn schon direkt am Anfang geht es um ... ich will es gar nicht schreiben, dieses Wort. Ihhh.

Na gut.

igitt igitt

Ich habe ja schon in der Grundschule gelernt, was das ist. Also gut, dann schreibe ich es eben. Da ist es: Sex. Schon im ersten Absatz geht es um Sex! Igitt! Ich überspringe das also und gehe weiter zu Absatz zwei. Das

ist schon interessanter. Da steht nämlich, dass Jungs 12.000 Wörter pro Tag reden und Mädchen 24.000. Mädchen reden also doppelt so viel wie Jungs. Ich frage mich, wie die das wohl gemessen haben? Mit einem *Quassel-o-meter?* Hihi!

Dienstagabend, 9. September, Schlafenszeit

Habe eben den Fehler gemacht, Tobi von diesem Artikel zu erzählen. Also von dem Quasseln, klar, oder?! Er sagte: »Natürlich reden Jungs weniger. Denn sie sagen nur intelligente Sachen. Mädchen labern dagegen haufenweise dummes Zeug.«

Da habe ich ihn einfach angesehen und gesagt: »Sag das noch mal, ich habe gerade nicht zugehört.«

Und als er es wiederholt hat, habe ich ihn unterbrochen und gesagt: »Du hast die Maximalzahl deiner erlaubten Wörter erreicht. Ab jetzt hört dir niemand mehr zu.« Damit habe ich mich umgedreht und ihn stehen lassen. Nicht besonders nett von mir, ich weiß. Aber Tobi ist nun mal auch nicht besonders nett. Ha!

Dienstag, 9. September, aber wirklich Schlafenszeit

Bin mal wieder im Panikmodus. Denn morgen haben wir in der vierten Stunde Englisch. Da bekommen wir ABER JETZT GANZ BESTIMMT die Klassenarbeiten zurück!! Und dann ist es vorbei mit meiner Mädchen-Projektgruppe und mit Erbsenspaßen mit den Jungs sowieso. So wie die mich heute behandelt haben, haben die spätestens morgen sowieso kein Interesse mehr an mir. Und Mats auch nicht. Das ist natürlich ein furchtbarer Gedanke, aber ich nehme mir hiermit fest vor, mich nicht mehr so in Panik zu versetzen wie am Sonntag, wo ich ja wirklich gedacht hatte, es wäre der letzte glückliche Tag meines Lebens. Nein, heute bleibe ich ganz ruhig, und anstatt **AAAAHHHH!** zu kreischen (in Gedanken), mache ich OMMMMM!

Mittwoch, 10. September, morgens

Erst war ich immer noch in OMMMM-Stimmung, als ich mit Mats zur Schule gefahren bin. Er war ziemlich still. Und ich habe nach gestern auch gar keine Lust mehr, mir Mühe zu geben. Erstens kann er sich ja auch mal Mühe geben, zweitens lohnt es sich für mich eh nicht! Wenn wir nämlich gleich die Englischarbeit wiederbekommen, wird er sowieso sauer sein. Ich sollte mich mit dem Gedanken anfreunden, dass unsere Freundschaft am Ende ist. Es ist zum Heulen – und das OMMMM ist auch weg!

Die Ruhe NACH dem Sturm (auch bekannt NACH Englisch!)

Mein Herz klopft mir immer noch zum Hals! Miss Hattonfield hatte vorhin wirklich die Klassenarbeitshefte dabei! Aber es gab eine unglaubliche Wendung und ich bin nicht TOT und nicht OHNE Freunde!

Ich erzähle mal genau, wie es war eben in der Pause vor Englisch. Schnitt zu: Klassenraum der 6a, vor Beginn der vierten Stunde.

Indira plappert auf mich ein. Florentina strickt. Spagathe hat ihr rechtes Bein lang ausgestreckt und beugt dehnend den Oberkörper darüber, als stünde sie an einer Ballettstange. Mats und die Jungs versuchen, mit zerknüllten Blättern den Papierkorb zu treffen. Die zerknüllten Blätter stammen aus Kammonbär-Patrices Collegeblock, dem das ganze offensichtlich nicht passt, der sich aber nicht traut, sich zu wehren.

Und ich? Ich sitze stocksteif da und nicke ab und zu, damit Indira denkt, ich hörte ihr zu. In Wirklichkeit konzentriere ich mich ganz auf die Klassentür, durch die gleich Miss Hattonfield hereinkommen und mit ihren schlechten Noten **ALLES** zerstören wird.

»Mist«, stöhne ich auf bei der Vorstellung.

»Nein, das war toll«, widerspricht Indira erstaunt. »Mama und ich haben trotzdem Spaß gehabt.«

»Das meine ich gar nicht«, jammere ich und kann den Blick nicht von der Tür abwenden, durch die jeden Moment mein Unheil über mich hineinbrechen wird. Oder so. Ich kann es förmlich spüren! »Ich meine, wir kriegen sicher gleich die Klassenarbeiten wieder und die sind bestimmt ganz schlecht ausgefallen, weil ich Miss Hattonfield so verärgert habe.«

»Ich hoffe nicht«, seufzt Indira, die in Englisch nicht so gut ist wie in Mathe. »Das wäre echt blöd«, fügt sie noch hinzu.

Sie klingt jetzt schon beleidigt. Ich weiß es in dem Moment genau: Auch sie wird mich hängen lassen, sollte die Arbeit so schlecht ausgefallen sein, wie ich befürchte. Da meldet sich Florentina von der anderen Seite zu Wort: »Was soll's. Shit nun mal happens.« Ich starre sie an, wie sie da ganz ruhig sitzt und strickt. Hat sie gerade wirklich gesagt: Shit *nun mal* happens? Und dabei keine Miene verzogen? Ich meine, wie kann man einen derart beknackten Satz mit so einer Gelassenheit aussprechen? Sie zwinkert mir zu und strickt einfach weiter.

»Auf jeden Fall«, setzt Indira währenddessen ihren Monolog ungerührt fort, bei dem es irgendwie um ein Schlauchboot und eine hohe Welle geht, und dann ist sie auf einmal da.

MISS HATTONFIELD.

Und sie hat tatsächlich eine schwere Tasche dabei, die sie auf den Tisch hievt. Mein Herz bummert. Miss Hattonfield lässt ihren Blick streng über die Klasse schweifen. Und zieht tatsächlich einen Packen Hefte raus. Genauer gesagt: schwarze Klassenarbeitshefte. Alle stöhnen auf. Emil wirft mir einen miesen Blick zu und formt mit der Hand eine Pistole, die er sich an den Schädel setzt und abdrückt.

»Ich habe schlechte Nachrichten«, fängt Miss Hattonfield an.

Ich beiße mir auf die Lippen.

»Und ich füge hinzu, so was habe ich in zwanzig Jahren Schuldienst noch nicht erlebt.«

Das wird ja immer schlimmer. Wahrscheinlich haben alle eine Sechs! Ich kann nur hoffen, dass ich auch eine Sechs habe. Was nicht sehr wahrscheinlich ist. Ich meine, Dad ist Engländer. Englisch ist also meine zweite Muttersprache. Wobei ich mich gerade frage, ob es nicht eigentlich Vatersprache heißen müsste, wenn ich sie doch nur mit Dad spreche? Egal.

Jedenfalls: Auch wenn ich den Begriff *Present Perfect Progressive* zu Hause nicht andauernd höre, habe ich doch wenigstens keine Probleme mit den Vokabeln. Und wenn ich gleich (zusammen mit Madison, der Streberin) die einzige Zwei habe und alle anderen eine Sechs, dann kann ich mir gleich mein eigenes Grab schaufeln. Beliebtheitsmäßig jedenfalls. Dann wird nicht mal meine seelenverwandte ABF noch was mit mir zu tun haben wollen.

»Die Klassenarbeiten ... tja, die Klassenarbeiten.« Miss Hattonfield seufzt, zieht bekümmert die Augenbrauen in die Höhe und schaut mich dann durchdringend an (jedenfalls kommt es mir so vor). Indira neben mir stöhnt. »Ich habe auf jeden Fall eine Fünf. Ich weiß es«, jammert sie.

Miss Hattonfield starrt eine Weile auf den Packen Hefte in ihrer Hand, als wäre sie angesichts der schlechten Leistung gelähmt oder so. Die Schüler fangen an, unruhig auf ihren Stühlen rumzurutschen. (Habe ich schon erwähnt, wie lang die Zeit sich dehnt, wenn ein Lehrer so einen Vortrag hält, bevor er die Klassenarbeiten zurückgibt?!?)

Und dann sagt Miss Hattonfield: »Leider ... kann ich euch die Klassenarbeiten nicht wiedergeben, denn sie sind ...« Sie räuspert sich noch mal, dann beendet sie endlich den Satz: »... also, eure Hefte sind gestohlen worden.«

Paul springt auf, die Hand zur Siegerfaust geballt. »Yes!«, schreit er begeistert. (Immerhin diese Englischvokabel hat er also behalten.) Alle reden durcheinander.

»Was?«

»Das gibt es doch gar nicht!«

»Hammer!«

»Krass, Alter, echt krass!«

Indira seufzt erleichtert. Ich sehe, wie Mats und Joshua und Niklas sich freuen, es wird richtig gefeiert und auch mir fällt ein Stein vom Herzen. Ich meine, *gestohlen?* Das ist ja wirklich ein genialer Zufall!

»Wie ist das denn passiert?«, fragt Madison wichtigtuerisch. Sie ist die Einzige, die irgendwie enttäuscht wirkt, weil sie nicht die Arbeit zurückbekommen hat.

»Tja«, sagt Miss Hattonfield. »Wenn ich das wüsste. Sie sind auf jeden Fall verschwunden.«

»Und was sind das für Hefte?«, ruft Emil und zeigt auf den Packen Hefte in ihrer Hand.

»Das sind neue Hefte. Ich habe für euch alle Klassenarbeitshefte gekauft, damit eure Eltern die nicht besorgen müssen.« Während sie jedem ein nagelneues Heft auf den Tisch legt, erklärt sie: »Zum Glück war es die erste Arbeit des Schuljahres, sodass nur die eine Arbeit nicht bewertet werden kann. Das ist die gute Nachricht. Die schlechte ist, dass wir die Arbeit neu schreiben müssen.«

»Was?«, ruft Paul enttäuscht.

»Ja, natürlich, Paul«, sagt Miss Hattonfield. »Nächste Woche schreiben wir die Arbeit neu. Und bis dahin pauken wir Grammatik – und ihr lernt Vokabeln!«

Und dann fängt sie an, uns den Unterschied zwischen Present Perfect und Present Progressive und Present Perfect Progressive zu erklären. Und alle hören aufmerksam zu. Alle, bis auf die beiden Tische mit Vincent, Emil, Paul, Niklas, Joshua und Mats. Die tuscheln. Und schauen immer mal wieder zu mir. Und Paul zeigt Daumen hoch. Und ich kapiere mal wieder gar nichts. Ich weiß nur: Die Katastrophe ist abgewendet worden durch einen genialen Schicksalsstreich!

Mittwoch, 10. September, abends

OH! MY! GOD!

Ich kann es immer noch nicht glauben, dass mir Mats und die Jungs so was zutrauen. Ich meine, ich und stehlen??!! Keulen-Kati, Kobra und jetzt auch noch **KLAU-KATI**? Aber der Reihe nach ...

Nach der Stunde habe ich meine Englischsachen zusammengepackt, da standen Mats, Vincent und Emil vor meinem Tisch. Mats lächelte mich an, als wäre er irgendwie stolz auf mich. »Los, Kobra, du kommst mit in die Mensa«, bestimmte Vincent.

»Okay«, meinte ich und stand auf. Indira hat mir zwar einen enttäuschten Blick zugeworfen, aber ich habe nur entschuldigend mit den Achseln gezuckt und bin mit den Jungs mit. Wobei ich ein schlechtes Gewissen hatte, dass ich sie so stehen gelassen habe. Sie ist zwar irgendwie so anders als ich und findet vor allem andere Sachen gut als ich, aber sie ist ja auch echt nett.

Trotzdem – ich war so froh, dass alles gut gelaufen ist und Mats keinen Grund hatte, wieder auf mich sauer zu sein, und dass er sich mal Mühe gab mit mir! Joshua, Niklas und Paul schlossen sich uns an, als wir aus der Klasse gingen. Ich sah noch, wie Yvi uns beobachtet hat, eine Augenbraue hochgezogen. Ich lächelte ihr zu und sie lächelte zurück.

Mats blieb die ganze Zeit neben mir, grinste so merkwürdig und warf mir immer wieder neugierige Seitenblicke zu. »Das hätte ich echt nicht von dir gedacht«, sagte er und es klang bewundernd. Ich hatte da ja noch keine Ahnung, was er meint! Auch die anderen hatten so ein verstohlenes Grinsen im Gesicht. Das kam mir sehr merkwürdig vor. Ich meine: Wieso sind die auf einmal so nett zu mir? Was haben die vor?, habe ich gedacht. Wollen die mir irgendwie einen Streich spielen, oder was? Jedenfalls war mir ihr seltsames Verhalten absolut nicht geheuer, deswegen blieb ich abrupt stehen und fragte: »Was ist los? Ihr grinst alle, als hättet ihr hier irgendwo einen Eimer Wasser hingestellt, über den ich gleich falle.«

»Was? So was würden wir doch nie tun!«, rief Emil, was

natürlich gelogen ist, weil er genau das bei unserem Ausflug in die Waldschule im letzten Jahr gemacht und Kammonbär-Patrice beim Stolpern über den Eimer einen ziemlichen Abgang hingelegt hat. »Doch nicht bei dir, Kobra!«, korrigierte Vincent.

»Was ist es dann?«, wollte ich jetzt wissen. Die Jungs warfen sich komische Blicke zu, dann sagte Niklas: »Echt krasse Aktion.«

»Supercool«, pflichtete Emil bei.

Ich habe nur von einem zum anderen geschaut. »Was denn? Wovon redet ihr?!«

Und dann ließ Vincent die Bombe platzen: »Na, *du* hast doch die Klassenarbeitshefte gestohlen, oder nicht?«

»Was?«, rief ich entsetzt. »Ich??! Ich habe doch nicht die Klassenarbeitshefte gestohlen!«

»Ich habe dich doch gesehen!«, rief Paul. »Du warst alleine im Lehrerzimmer und bist mit einer fetten Tasche wieder rausgekommen.«

»Da waren meine Kunstsachen drin«, erklärte ich, aber da war es schon zu spät. Niklas klopfte mir auf die Schulter. »Irre«, sagte er. Auch Joshua schaute mich anerkennend an. Und als wir weitergingen, sagte Mats: »Du bist echt keine Tussi, so viel steht man fest!«

Und es klang, als hätte ich einen Orden verliehen bekommen. Und dann haben die Jungs mich auch noch zum Multiplay für *Slither* eingeladen! Das fühlt sich für mich wirklich an wie eine Auszeichnung!

Ich bin jedenfalls immer noch ganz durcheinander. Ich meine, ist das nicht total seltsam? Eigentlich ist ein Diebstahl ja nun wirklich nichts, wofür man *Lob* einheimsen können sollte, aber dieses Gerücht hat dafür gesorgt, dass

ich auf einmal ziemlich beliebt bin! Krass, oder?

Habe eben ziemlich lange *Slither* gespielt. Mit Mats, Joshua und Niklas. War ziemlich *cool.* Das ist zumindest das, was ich ihnen im Chat geschrieben habe. Eigentlich fand ich es nur eine halbe Stunde lang toll. Ich meine, ein Wurm, der Glühwürmchen frisst und durchs Space saust, ist nicht wirklich *super*spannend. Und nachher habe ich auch nebenher in der *Mädchen* geblättert, weswegen mein Wurm auch dauernd gefressen wurde. Aber trotzdem bin ich irgendwie froh, dass die Jungs mich haben mitspielen lassen.

Donnerstag, 11. September - Der Tag der neuen Beliebtheit

Ja, wirklich. Dieser Donnerstag bekommt den ehrenvollen Titel »Der Tag der neuen Beliebtheit«. Es fing schon auf dem Weg zur Schule an. Da sagte Mats: »Da hast du die Jungs aber echt beeindruckt.«

Und ich stelle hiermit kurz was klar: Ich habe wirklich lange überlegt, ob ich ihn über den Irrtum aufklären sollte. Ich meine, Mats müsste mich doch nun kennen und wissen, dass ich so etwas niemals machen würde. Andererseits bin ich so happy, dass ich ihn mal nicht blamiert, sondern ausnahmsweise stolz gemacht habe, dass ich beschlossen habe, es ihm vielleicht ein anderes Mal zu gestehen.

Und auch in der Klasse war heute alles anders. Irgendwie schien es sich in unserer Klasse rumgesprochen zu haben, dass ich für das Verschwinden der Englischarbeiten verantwortlich war. Alle waren total nett zu mir! Yvi schenkte mir eine kleine Tüte Gummibärchen, Johanna und Nele schickten mir lustige Clips aufs Handy, Spagathe hatte mir angeboten, mir beizubringen, wie man Spagat macht. Nur Madison funkelte mich superböse an. Ich hoffe nicht, dass sie petzt. Ich meine, ich habe es nicht mal getan. Aber ich möchte trotzdem nicht, dass mich jemand anschuldigt. Da müsste ich dann ja schon wieder zum Diktator von Grünfeld! Oder Schlimmeres …!

Noch eine gute Nachricht des Tages: Ich habe heute auch noch rausgefunden, wer mein Freundebuch hat. Joshua nämlich. »Glaube ich jedenfalls«, fügte er hinzu und zwinkerte wieder, weil ihm seine Ponyfransen so in die Augen hängen.

»Und du weißt schon, dass es sich um eine Leihgabe handelt?«, fragte ich zur Sicherheit nach.

»Logisch. Bekommst du ja auch wieder!«

»Wann?«

»Wenn ich es ausgefüllt habe, okay?«

Ich hoffe, er wird vor Weihnachten noch fertig.

In der ersten großen Pause war dann ziemlich was los. Im Foyer hing eine ganze Traube von Schülern vor dem Schwarzen Brett und diskutierte eifrig über den neuesten Aushang. Mats, Niklas und Vincent hatten sich schon gleich nach vorne durchgedrängelt, aber dazu hatte ich keine Lust. Als so ein Lulatsch aus der Oberstufe vor mir endlich das Feld räumte, konnte ich auch endlich sehen, worum es ging.

Unsere Projektwoche!

Mir fuhr ein ordentlicher Schreck in den Magen. Fast ein bisschen wie auf dem Dreimeterbrett, wenn man nach unten schaut und denkt, das Wasser ist einen Kilometer weit weg.

»Hoffentlich ist es nicht so ein langweiliger Mist«, hörte ich plötzlich eine Stimme neben mir. Es war Florentina. »Bei meiner letzten Projektwoche mussten wir Höhlenmalereien und steinzeitlichen Schmuck herstellen«, sagte sie. »Das war vielleicht öde.«

»Mir ist alles egal«, meinte ich. »Solange es kein Thema ist, bei dem man am Ende was auf einer Bühne vorführen muss.«

Sie starrte mich entsetzt an. »Zu so was wird man an dieser Schule *gezwungen?«*

Ich nickte. »Letztes Jahr. Es war schrecklich.«

Sie zog eine nachdenkliche Grimasse, indem sie ihr linkes Auge zusammenkniff und gleichzeitig die rechte Augenbraue hob. »Kann es sein, dass es was mit Keulen zu tun hatte?«, riet sie.

Ich atmete tief ein. »Jep. Es war mit Abstand der schlimmste Tag meines Lebens.«

Sie grinste schief. »Klingt interessant. Wenn du es mir erzählst, schenke ich dir mein Erdnussbutter-Brötchen.«

»Cremig oder stückig?«

»Stückig natürlich!«, sagte Florentina schnaubend. »Cremige Erdnussbutter sollte man höchstens für chemische Experimente nutzen, aber doch nicht *essen.«*

Ich schaute sie erstaunt an. »Ganz meine Meinung!«, rief ich.

»Also abgemacht – Keulenstory gegen Erdnussbutter?«, fragte Florentina.

Ich seufzte. »Na gut. Du kriegst es ja sowieso irgendwann raus.«

Und so erzählte ich Florentina diese Story, die in die Geschichte unserer Schule eingehen wird als:

KATINKA PETERS' SCHWARZER TAG DER OFFENEN TÜR

Unser Direktor war im vergangenen Jahr doch tatsächlich auf die sagenhaft idiotische Idee gekommen, eine Projektwoche zum Thema Zirkus zu machen, in der die Schüler Zirkusnummern einstudierten, vom Seiltanz über Akrobatik bis zum Jonglieren. Der Tag der offenen Tür wurde zum Zirkustag ernannt, an dem wir unsere Nummern vorführen mussten.

Dass ich mit Rocco Schmitz zusammen auftreten sollte, hatte sich keiner von uns ausgesucht, denn auch schon vor dem Auftritt fand ich ihn reichlich bescheuert. (Was wohl auf Gegenseitigkeit beruhte.) Dass es doch dazu kam, lag nur daran, dass Mats sich auf den letzten Drücker für die Drahtseilaktgruppe umentschieden hatte, die die ganze Zeit auf der Slackline hatte balancieren dürfen. Als ich dann auch noch in seine Gruppe wechseln wollte, war die voll. Da außer Rocco und mir alle Freundinnen und Freunde hatten, mit denen sie sich automatisch zusammentun konnten, wurden wir also von Frau Klein zum gemeinsamen Auftritt verdonnert. Wir mussten mit jeweils drei Keulen jonglieren, was bei mir sogar einigermaßen klappte, wenn ich mich konzentrierte. (Ich hatte es zu Hause auch ziemlich oft geübt, muss ich dazu sagen!)

Dummerweise sollten wir bei dem Auftritt zu Musik jonglieren. Und Rocco, dieses Puddinghirn, hatte einen Song ausgesucht, der superschnell war. Meinen schüchtern vorgetragenen Einwand, eine ruhigere Nummer wäre besser, wischte er beiseite, indem er mich einfach anstarrte und seine Fingerknöchel knacken ließ. »Okay«, gab ich beim dritten Knacken mit Schaudern nach. »Dann nehmen wir halt deine Musik.«

»Die ist genial«, schnaubte er großspurig. »Da geht das Publikum voll ab.« Und das stimmte auch. Ein wild aufspielender Synthesizer brachte Schwung in die Zuschauer, die gleich anfingen mitzuklatschen. Was Rocco nur nicht bedacht hatte, war, dass die Musik auch uns beeinflussen würde. Ich jedenfalls wurde von dem schnellen Takt ziemlich angestachelt und nur deswegen schmiss ich auch eine der Jonglier-Keulen so hoch, dass sie auf dem über der Bühne angebrachten Scheinwerfer liegen blieb. Für ungefähr dreißig Sekunden. Dann trudelte sie runter und krachte auf das Tablett mit den Jonglierbällen, die für die nächste Nummer bereitstanden und die dann über die ganze Bühne kullerten, wobei einer irgendwie unter die Schuhsohle von Rocco Schmitz geriet.

Das Nächste, was ich sah, war Rocco, dessen rechter Fuß nach vorne sauste, während sich sein Oberkörper aufbäumte und er mit einem Aufschrei noch die letzten beiden Keulen hochwarf und dann voll auf seinen Hintern knallte, weswegen er auch die Keulen nicht wieder auffangen konnte. Eine schrappte so knapp an seinem Ohr vorbei, dass alle die Luft anhielten und ein Raunen durch das Publikum ging. Die zweite fiel leider genau auf seinen Schädel.

Ich kann nur froh sein, dass er so ein Holzkopf ist, sonst wäre ihm vielleicht ernsthaft was passiert. In der Zwischenzeit hatte ich vor Schreck natürlich auch alle Keulen verloren. Das Publikum wusste erst nicht, was *es machen sollte, aber dann fingen ein paar aus der Oberstufe an zu lachen und plötzlich brüllte die ganze Aula los, und Rocco saß da wie ein begossener Pudel. Bis er den Kopf drehte und mich fixierte. Seitdem weiß ich, dass an dem Spruch »Wenn Blicke töten könnten« leider einiges Wahres dran ist.*

»Schade, dass ich das nicht gesehen habe!«, prustete Florentina los, als ich meinen Bericht beendet hatte, und wischte sich eine Träne aus dem Augenwinkel.

»Es ist auf YouTube«, brummte ich.

»Nein!!« Sie riss erschrocken und gleichzeitig grinsend die Augen auf.

»Doch! Eintausendvierhundertsechzig Klicks.«

Florentina grinste. »Dann weiß ich ja, was ich heute Nachmittag machen werde.«

»Ich hoffe nur, dass diesmal nicht wieder was beim Tag der offenen Tür stattfindet, bei dem ich mich schlimm blamieren kann«, sagte ich mit Blick auf das Schwarze Brett. Aber in dem Moment brüllte Paul über drei Reihen Schüler zu mir rüber: »Du hast Glück. Keine Keulen!«

Alle drehten sich zu mir um, einige fingen an zu kichern und ich versuchte, mich so würdevoll wie möglich abzuwenden, aber da ich dabei auf den Boden guckte, wäre ich beinahe in Joshua reingerannt.

»Hoppla«, sagte er, und ich bremste abrupt ab und da stand er auf einmal ziemlich nah vor mir und ich sagte: »Guten Tag.« Sofort schoss mir die Röte ins Gesicht. *Guten Tag?* Hatte ich tatsächlich *Guten Tag* gesagt, als wäre ich eine Musterschülerin und er ein weißhaariger Bibliothekar?

Oh Mann! Kein Wunder, dass er unter seinen dunklen Ponyfransen so belustigt lächelte.

»Und, weißt du schon, für welches Projekt du dich einträgst?«, fragte er. Mir lag sofort die Gegenfrage auf der Zunge: *Warum? Damit du schon mal deine Handykamera zücken kannst?* Aber stattdessen bemühte ich mich um Coolness. »Weiß noch nicht«, sagte ich und versuchte, möglichst gelangweilt zu klingen.

»Ist auf jeden Fall interessanter als letztes Jahr, finde ich«, fand Mats, der jetzt zu uns stieß. Und dann stellte sich heraus, dass die Projektwoche ein ziemlich harmloses Thema hat. Umwelt nämlich. Solaranlagen, Windräder, Müll, Biotope, Insekten. Da wird ja wohl niemand irgendeine *Show* erwarten. Ich bin wirklich sehr erleichtert! Damit ist schon mal gesichert, dass ich mich dieses Jahr nicht blamiere!

Ich schreibe noch ganz kurz, was in Mathe passiert ist, was beweist, dass ich wirklich auf einmal beliebt geworden bin. Es war so: Ein Zettel kam über den Tisch angeschliddert. Florentina hatte ihn rübergeschnipst.

Weißt du schon, was du für ein Projekt nimmst?

Ich war total entzückt! Sie hatte die i-Punkte in Form von Käfern gemalt! Ich schrieb zurück – mit Kleeblättern anstatt der i-Punkte:

Weiß noch nicht.
PS: Tolle i-Käfer!!!

Aber weil Herr Lechner mich leider erwischte, wie ich den Zettel zurückschnipste, sollte ich an der Tafel die Bruchrechenaufgabe lösen, in der es um einen Elefanten und sein Futter ging, das er dauernd in kleinen Portionen fraß, anstatt es einfach aufzumampfen und mir nicht so ein Kopfzerbrechen zu bereiten. Ich überlegte, ob ich schnell irgendeine Ausrede erfinden konnte wie zum Beispiel: Ich kann nicht gehen, ich glaube, mein Bein ist gerade gebrochen. Oder: Ich habe seit heute Morgen eine Kreideallergie. Aber leider fiel mir nichts Überzeugendes ein.

Also musste ich nach vorne. Indira raunte mir schnell eine Zahl zu, was ich ziemlich nett fand. Herr Lechner war erstaunt, als ich die Zahl an die Tafel schrieb, stellte dann aber die lästige Frage: »Wie hast du das gerechnet?«

»Ja, also«, fing ich an. Mats hielt hinter Herrn Lechners Rücken einen Zettel hoch, auf dem ein paar Brüche und Zahlen drauf standen. Aber Herr Lechner kriegte auch das irgendwie mit und sagte: »Es ist ja total nett von euch, dass ihr Katinka helfen wollt. Aber besser ist es, wenn sie es selbst versteht.« Und dann erklärte er es mir noch mal in aller Ruhe. Und niemand lachte mich aus. Noch nicht mal blöde Blicke kriegte ich ab. Im Gegenteil, als ich endlich zu meinem Platz zurückgehen durfte, zeigte mir Niklas anerkennend Daumen hoch.

Ich finde, mein Leben ist erstaunlich unschlamasselig geworden. Vielleicht wird es nach kleinen Anfangsschwierigkeiten doch noch was mit dem Erreichen meiner zwei Lebensziele, die ich eigentlich schon aufgegeben hatte: nie mehr blamieren und nur schöne Sachen in dieses Tagebuch schreiben!

Freitag, 12. September, nach der großen Pause

Ha! Wieder eine schöne Sache, die ich hier reinschreiben kann! Bin so happy, wie es gerade läuft, dass ich direkt notieren muss, was eben in der großen Pause passiert ist. Die fing nämlich schon sensationell gut an, weil ich mir nicht eine Sekunde Gedanken machen musste, mit wem ich in die Pause gehe, weil Mats und die Jungs sofort beim Klingeln vor meinem Platz standen und sagten: »Los, komm mit!«

Ich warf einen entschuldigenden Blick zu Indira, die ein bisschen enttäuscht guckte, weil sie mir nämlich eigentlich was in einer Zeitschrift zeigen wollte. Aber ich war so happy, dass Mats und ich wieder beste Freunde sind, dass ich sie auf später vertröstete.

»Freiplatz?«, fragte Niklas auf dem Weg nach draußen. Als keiner antwortete, merkte ich, dass er mich gefragt hatte. Und ich, ich gab mir einen Ruck und gestand, dass ich eigentlich keine Lust auf Basketball hatte.

Zu meinem Erstaunen nannte mich niemand einen Loser. »Wetter ist eh scheiße«, sagte Vincent und damit war das Thema Basketball vom Tisch. Ist das nicht unglaublich, dass sie auf mich hörten? Und dass ich mit ihnen die Pause verbringen konnte, ohne von einem **HINTERHÄLTIGEN** Ball verletzt zu werden? Anstatt also auf den Freiplatz gingen wir ins Foyer, da gab es ein paar Bänke. Vincent zog natürlich sein Handy raus und Paul, Niklas, Emil und er bewunderten Clips wie »Die lustigsten Elfmeter aller Zeiten« und »Die besten Stunts der Welt«. Ich überlegte gerade, mit welchem Thema ich Mats und Joshua davon abhalten konnte, dass auch sie ihre Smartphones zückten, da passierte das Unglaubliche. Also zumindest für einen Jungen.

Joshua fing tatsächlich *von selbst* ein Gespräch an. »Also, was nehmen wir bei der Projektwoche für eine Gruppe?«, fragte Joshua und schaute mich dabei an.

»Ja, genau«, rief Mats. »Lasst uns alle zusammen in eine Gruppe gehen!«

Ich war einen Moment sprachlos. Joshua fragte *mich*, was *wir* für eine Gruppe nehmen sollten? Ich fühlte mich augenblicklich großartig! Hatte ich mir vielleicht die ganze Zeit viel zu viele Gedanken gemacht, von wegen mit Mats befreundet sein und so weiter?! Ist es nicht vielleicht doch so, dass man mit Jungs befreundet sein kann? (Auch in einem *gewissen Alter*?)

Jedenfalls fühlte ich mich sogar so gut, dass ich mich traute zu sagen: »Ihr wisst aber, dass ich ein Sicherheitsrisiko bin. Wegen meines gemeingefährlichen Temperaments. Da weiß man nie, was als Nächstes passiert.«

»Das ist doch gerade das Coole an dir!«, meinte Joshua und ich schaute ihn verblüfft an, aber da senkte er den Blick und ich hatte fast den Eindruck, dass er unter seinen Ponyfransen ein bisschen rot wurde.

Mats dagegen grinste, als hätte das Kompliment ihm gegolten, und sagte: »Beim Thema Ökologie kann ja eigentlich nichts passieren.«

»Stimmt«, meinte ich lachend, damit keine Verlegenheit aufkam, »solange ich nicht mit Windrädern jonglieren muss!«

»Oder sie auf der Nase balancieren«, warf Joshua schmunzelnd ein. Mats gucke mich fragend an, aber ich hatte keine Lust, das jetzt zu erklären.

»Weißt du noch, die Naturforscher-AG in der Grundschule?«, fragte ich schnell.

»Klar«, sagte er. »Das war super.«

»Da haben wir Tümpelsafaris gemacht und ein Insektenhotel gebaut«, erklärte ich Joshua.

»Ich war auch in so einer AG. Wir waren bei einem Imker, das war echt interessant«, erzählte er.

»Es gibt eine Insekten-Gruppe bei der Projektwoche«, meldete sich jetzt Niklas von der Bank zu Wort.

»Stimmt«, rief Mats. »Hab ich auch gesehen! Die heißt *Lebenswichtige Insekten.*«

»Was soll denn an Insekten lebenswichtig sein?«, fragte Paul naserümpfend.

»Na ja«, sagte Joshua, »die Sache ist die: Wenn Bienen und Schmetterlinge verschwinden, verschwindet irgendwann der Mensch.«

»Blödsinn«, schnaubte Paul. »Wir sind doch viel größer als die kleinen Viecher!«

»Ich sehe schon, du musst noch viel lernen«, sagte Joshua, und Mats und ich lachten.

»Also nehmen wir die Krabbelgruppe«, bestimmte Niklas – und alle nickten. Ich auch. Schmetterlinge und Bienen, das klang nett. Außerdem war ich total happy, dass das schon geklärt war. Wenn die Jungs dabei sind, muss ich mir wenigstens keine Gedanken mehr machen um Rocco Schmitz.

Als wird wieder in die Klasse kamen, winkte Yvi mich zu sich und Johanna und Nele. »Hey, Katinka«, sagte sie. »Wir wollen morgen ins Schwimmbad gehen. Komm doch mit!«

»Au ja«, rief ich. »Super Idee.« In dem Moment sah ich, dass Indira mich beobachtete, und sagte: »Aber Indira frage ich auch, okay?«

Yvi nickte gnädig. Mein Blick fiel auf Florentina und mein Mund klappte auf, weil ich Yvi fragen wollte, ob ich sie auch einladen konnte, aber Yvi schüttelte streng den

Kopf. »Die auf keinen Fall«, bestimmte sie. »Aber frag doch die Jungs, ob sie auch mitkommen.«

Wow, wer hätte das noch vor ein paar Wochen gedacht, dass ich mal so beliebt in der Klasse sein würde? Ich jedenfalls nicht!

Freitag, 12. September, abends

Das ist doch wohl das Allergrößte!

Ich bin in einer WhatsApp-Gruppe mit Yvi, Johanna und Nele.

Ich bin in einer WhatsApp-Gruppe mit Mats, Niklas, Joshua und den anderen Jungs. Und ich bin mit allen für morgen IM SCHWIMMBAD VERABREDET! Irgendwie habe ich das Gefühl, als wäre ich nach einer langen Fahrt endlich am Ziel angekommen.

Die WhatsApp-Gruppe mit den Mädels heißt übrigens SUPERGRLS! Die mit den Jungs SENFNASE. Ich habe nicht gefragt, warum.

Aber die ganz und gar offensichtliche Frage ist natürlich: WARUM? Ich meine, wieso nennt man sich **SENFNASE**? Freiwillig?

Mats weiß es auch nicht. Er ist auch noch nicht so lange in der Gruppe. Oskar und Tobi meinen (habe eine kleine Umfrage gestartet), wahrscheinlich hat einer von den Jungs eine Dauerrotznase, deren Produkte so aussehen wie ... na ja ... Senf eben. Könnte natürlich sein. Weswegen ich es dann doch lieber nicht genauer wissen will.

Samstag, 13. September, morgens - Schwimmbadtag!

Ich bin so aufgeregt, dass ich beim Frühstück gar nicht aufhören konnte zu plappern. Bis Tobi mich auf einmal angefahren hat: »Ey, Sendepause, okay! Wir wissen jetzt alle, dass du ins Schwimmbad gehst. *Okay?* Es ist ja nicht so, als ob das das wichtigste Thema der Welt wäre.«

»Für mich schon«, sagte ich fröhlich, aber Tobi rümpfte nur die Nase. »Und was machst du am Wochenende?«, fragte ich spitz. »Physikformeln lernen oder an deinen Zehen rumspielen?«

»Ha. Ha. Und hier noch mal offiziell: *Ha. Ha.*« Er machte eine kleine Pause und schob hinterher: »Du bist wirklich *so* lustig, Katinka, du solltest im Fernsehen auftreten.«

Ich streckte ihm die Zunge raus.

»Hört endlich auf, Kinder«, bat Mama.

»Geh doch auch ins Schwimmbad, Tobi«, sagte Dad. »Es würde dir auch guttun, ein bisschen rauszukommen.«

»Ich schreibe nächste Woche zwei Arbeiten«, antwortete Tobi, als ob damit klar wäre, dass man sich auf gar keinen Fall auch nur für fünf Minuten amüsieren dürfte.

Nach dem Frühstück sofort ans Handy:

38 Nachrichten in der WhatsApp-Gruppe *»SUPERGRLS!«*. Davon acht Fotos von Yvi in drei verschiedenen Badeanzügen mit der Frage: *Welchen soll ich anziehen?* (Die Abstimmung entscheidet: den blauen!) Ein wunderschönes Foto von Nele im Bikini: *Sehe ich nicht total fett aus?*

Und da frage ich mich: *Warum* fragt sie das? Sie sieht klasse aus und kein bisschen dick. Seltsam, oder? Ich meine, wenn man nicht dick ist, wieso jammert man darüber, dass man zu dick ist? Was ist das für eine total verquere Logik? Aber nach ungefähr vierzig Nachrichten von Yvi und Johanna sieht Nele das endlich ein und freut sich auf den Schwimmbadbesuch. Puh!

Ich freue mich total darauf! Und ich konnte Mama auch

überzeugen, dass ich *nicht* das Sunblock-Strandshirt samt Bermudashorts anziehen muss. (Was sie mir wegen des schönen Wetters allen Ernstes aufschwatzen wollte!) »Du holst dir einen Sonnenbrand«, stöhnte sie.

Ich habe ihr versprochen, dass ich mich immer nur kurzzeitig im Außenbecken aufhalten werde und *auf gar keinen Fall* mit einem Sonnenbrand nach Hause kommen werde – auch wenn ich den Bikini anziehe. Sie ist nicht glücklich darüber. Das ist mir aber egal. Den Bikini habe ich im Sommer neu bekommen und er ist super: dunkelgrün mit einem großen Stern auf dem Oberteil und vielen Sternen auf der Hose. (Eigentlich ist es ein Tankini, weil ich diese knappen Oberteile einfach peinlich finde und immer Angst habe, dass sie verrutschen. Das kann mir nicht passieren!)

Und jetzt geht es los!!!

Samstag, vorm Schwimmbad

Wir sind da, Mats und ich sind die Ersten und die Sonne scheint – passend zu meiner Laune. Mats und ich sind zusammen mit dem Rad zum Schwimmbad gefahren, wobei wir schon Pläne gemacht haben, wie viel Zeit wir in welchem Becken verbringen. Sprungbecken und Außenbecken (wo die Wasserrutsche mündet) sind dabei weit vorne! (Ich hole mir keinen Sonnenbrand, beschließe ich hiermit. Wer bekommt schon im September noch Sonnenbrand? Also wirklich. Mama macht mal wieder alle verrückt mit ihrer Sonnenphobie! Mit »alle« meine ich natürlich mich.)

»Wir sind im Sommer wieder so viel von der Hafenmauer

gesprungen«, erzählte ich Mats gerade. Er weiß natürlich, dass wir in den Ferien oft auf so einer griechischen Insel sind, wo es einen kleinen Hafen mit Fischerbooten gibt. Und alle Kinder im Ort springen immer von der Hafenmauer ins Wasser. Meistens natürlich Paket- und Fußsprünge (Oskar kann auch einen Salto, aber das habe ich mich noch nie getraut). Aber in diesem Jahr habe ich dort total viele Kopfsprünge geübt (wenn auch nur an der niedrigsten Stelle der Mauer) und die sind mir nachher wirklich gut gelungen. Und heute freue ich mich, dass ich das zeigen kann. Denn ich mag in Basketball eine Niete sein, aber springen kann ich echt gut!

Bin irgendwie gespannt, was die Jungs dazu sagen. Und ob ich sie vielleicht mal beeindrucken kann. Mats hat mich an die Zeiten erinnert, wo wir mit Gummitieren im Planschbecken gespielt und ihnen dort Inseln gebaut haben, die mit Playmobilschiffen angesteuert oder auch mit Wasserpistolen beschossen wurden. »Das war super«, sagte Mats.

»Wenn morgen noch so schönes Wetter ist, können wir ja eine Wasserschlacht im Garten machen«, schlug ich vor.

»Au ja!«, antwortete Mats begeistert. Und dann, ohne weiter darüber nachzudenken, habe ich auf einmal einen Einfall, solange die anderen noch nicht hier sind. Ich verrate ihm, dass ich Mister Ed aus der Mülltonne gerettet habe.

Kurz habe ich gedacht, er wird sauer, aber dann sagte er: »Echt? Super. Danke.« Und er hat sogar zugegeben, dass er ein schlechtes Gewissen hatte, weil er ihn einfach weggeschmissen hat. Wusste ich es doch! Ich freue mich riesig darüber, dass Mats Mister Ed nicht egal ist. Selbst wenn er schnell hinterherschiebt: »Ich werde ihn aber in eine Kiste tun. Nicht ins Bett oder aufs Regal.«

»So oder so wird er sich freuen, wenn er wieder bei dir ist«, sagte ich. Und dann schlug Mats vor, dass wir nachmittags Erdnuss-Snickerdoodles backen, und ich kann es nicht anders sagen: Ich bin total happy!!!! So, da kommen die anderen und ich stecke mein Tagebuch weg. (Auch wenn ich es momentan dauernd mitschleppe – im SCHWIMMBAD werde ich natürlich nichts schreiben! Meine wertvollen Aufzeichnungen sollen ja nicht baden gehen, hihi!)

Nach dem Schwimmbad

Der Schwimmbadbesuch war echt super! Wir hatten total viel Spaß und haben viel gelacht. Und meine Haut tut auch fast nicht mehr weh. *Zumindest jetzt nicht mehr.* Ich habe diese Salbe auf die brennenden roten Flecke draufgeschmiert, auf die Mama so schwört. Außerdem habe ich eine heiße Schokolade mit Sahne getrunken (das Gute-Laune-Getränk überhaupt!) und dazu ein Pfund Erdnuss-Snickerdoodles gegessen. Die helfen auch gegen … ach, gegen *alles* einfach!

Und jetzt liege ich im Bett und denke nach und dabei fühle ich mich fast so, als ob ich einen Purzelbaum im Wasser mache und sich alles um mich herum dreht. Irgendwas ist heute passiert, das mich durcheinanderbringt. Ich weiß nur noch nicht genau, *was*. (Dass ich Arschbombenkönigin geworden bin, obwohl ich keine Arschbombe gemacht habe, könnte natürlich eine Rolle spielen!!! Aber das war es nicht nur.) Am besten ich erzähle mal der Reihe nach. Es war so:

Die anderen kamen, als Mats und ich gerade unsere Räder abschlossen. Yvi setzte sich auf der Bank vor dem Schwimmbad in die Sonne. Dabei hat sie die schlanken Beine, die in roten Leggings steckten, übereinandergeschlagen und einen Arm lässig auf die Lehne gelehnt. Mit ihrer riesigen Sonnenbrille sah sie so cool aus wie ein Mädchen aus einer von Indiras Zeitschriften. Johanna und Nele hockten sich neben sie und tuschelten aufgeregt. Indira wurde von ihrer Mutter gebracht, winkte mir fröhlich zu und schleppte eine große Basttasche voll Knabberzeug an: Erdnussflips und Limoflaschen. Dann kamen Niklas, Joshua und Vincent (diesmal auf Skateboards) und Fabian und Emil auf Rädern herangerollt.

Indira machte sofort klar, dass wir beide uns eine Umkleidekabine teilten. Die Jungs, die wir neben uns in der Kabine rumoren hörten, waren fertig angezogen und im Wasser wie der Blitz. Indira und ich waren auch ziemlich schnell, wir schlüpften in unsere Schwimmanzüge (ich in meinen Tankini) und banden unsere Haare zu Pferdeschwänzen.

Als wir in die Schwimmhalle kamen, tobten die Jungs schon durchs Nichtschwimmerbecken. Sie hatten einen Ball dabei. *Natürlich* hatten sie einen Ball dabei.

»Mit irgendwas müssen die halt werfen«, sagte ich zu Indira. »Vielleicht wirft Fabian mich ja mal ins Wasser rein«, flüsterte sie und das schien tatsächlich etwas zu sein, was ihr gefallen würde. Dann stapfte sie ins Wasser, schrie »Kaltkaltkalt!« und ließ sich dann hineingleiten.

Es war noch ziemlich leer, sodass wir jede Menge Platz hatten. Die Jungs schmissen sich (und uns) den Ball zu, aber Indira und ich versuchten immer, ihm auszuweichen, indem wir untertauchten. Denn der größte Spaß der Jungs war, sich gleichzeitig auf den Ball zu stürzen und darum zu rangeln. So eine Art Wasserrugby. Die anderen drei Mädels kamen erst in die Schwimmhalle, als das Spiel schon im vollen Gang war. Yvi marschierte herein, dahinter Johanna und Nele. Yvi hatte doch nicht den blauen Badeanzug an, sondern einen pinken Tankini, so ähnlich wie meiner, ihrer aber hat anstatt einer einfachen Hose eine Art Schwimm-Minirock. Sah ziemlich klasse aus. Irgendwie unpraktisch, aber klasse. Vorne hatte sie zwei Zöpfe in ihr Haar geflochten und mit einer Spange mit einer künstlichen Blume drauf nach hinten gebunden. Indira kicherte: »Die sieht ja aus, als wollte sie in Hawaii an den Strand.«

Yvi blieb oben an der Treppe stehen, wobei sie einen Arm in die Hüfte stützte, den anderen hängen ließ und ein Bein leicht vorstreckte. Ich wusste nicht genau, worauf sie wartete. Johanna und Nele anscheinend auch nicht, denn sie rannten an ihr vorbei und sprangen kreischend ins Wasser. Yvi dagegen verharrte in ihrer seltsamen Pose, die sie erst aufgab, als der klatschnasse Ball angesaust kam. Im letzten Moment wich sie aus. »Hey, pass doch auf!«, rief sie empört.

»Bring den Ball mit!«, schrie Emil zur Antwort. Yvi guckte leicht angesäuert, holte aber dann den Ball und schritt danach ins Becken, wobei sie die Arme hinter sich her durchs Wasser zog. Es erinnerte mich an den Videoclip, von dem exklusiv in der *Mädchen* berichtet wurde (die Fotostrecke dazu hatte mir Indira unter die Nase gehalten), wo eine berühmte Sängerin auch so vor einem sprudelnden Wasserfall rumlatschte und dabei ihr Lied trällerte. Dort sah es seltsam aus – und bei Yvi auch.

»Los, zur Rutsche«, schrie Mats auf einmal und – wusch – hauten die Jungs ab und liefen zur Treppe, die hoch zum Eingang der Wasserrutsche führte. »Los, komm«, rief Joshua mir zu. Ich zog Indira mit. Auch Johanna und Nele liefen kichernd hinterher.

»Hey, wo geht ihr alle hin?«, fragte Yvi, die gerade das erste Mal richtig ins Wasser getaucht war und beim Auftauchen die Haare zurückwarf. »Wir rutschen!«, rief ich und winkte sie heran. Die Rutsche in dem Schwimmbad fängt innen in der Halle an und dann saust man in verschiedenen Kurven nach draußen und landet schließlich in dem Außenbecken. Sie ist nicht zu steil, aber auch keine Babyrutsche. Man bekommt also durchaus schon Speed drauf!

In einem Knäuel drängelten wir uns vor dem Eingang der Rutsche und natürlich soll man nur einzeln rutschen, aber das war den Jungs piepegal, die sich nämlich einfach alle hintereinander in die Bahn warfen. Ich wartete ein bisschen, bis Indira, die direkt nach Fabian losgesaust war, nicht mehr zu sehen war, und schwang mich dann auch in die Röhre. Und Joshua, der hinter mir war, rutschte natürlich auch direkt hinter mir los und platschte nur eine Sekunde nach mir ins Becken, wobei wir unter Wasser durch die Strömung irgendwie aneinandergedrückt wurden.

»Sorry«, sagte er beim Auftauchen und grinste, als ob es ihm eigentlich gar nicht leidtat.

Trotzdem sagte ich: »Beim nächsten Mal hältst du aber Abstand.« Um es lustiger klingen zu lassen, fügte ich hinzu: »Du weißt doch, ich beiße!«

»Na klar, Kobra!« Er stupste mich in die Seite, was merkwürdig war, weil er meine nackte Haut erwischte. Was natürlich ziemlich kitzelte. Und nur deswegen kreischte ich auch los und versuchte davonzurennen, aber er hielt mich fest, bis mir auf einmal Yvi, Johanna und Nele zu Hilfe eilten und Joshua von mir wegzogen und ihn umringten, um zur Abwechslung mal einen von den Jungs zu ärgern. Dann stürzten Niklas und Vincent dazwischen und es gab ein ordentliches Geplansche und Gekreische, wo ich mich aber raushielt. Indira spielte gerade mit Fabian Volleyball. Mats und ich nickten uns zu und wussten beide sofort, was gemeint war: Zeit fürs Sprungbecken!

Wir waren schon ein paar Mal vom Einmeterbrett gesprungen, als die anderen zu uns stießen. Ich stieg gerade aus dem Wasser, da rief Vincent: »Starker Kopfsprung, Kobra!«

Den Jungs gefiel es natürlich am besten, mit Arschbomben möglichst viel rumzuspritzen, aber sie versuchten auch sonst allerhand wilde Sprünge. Indira meinte zu mir, keine würde so elegant springen wie ich. Das fand ich voll nett! Und dann bekam ich mit, wie Mats den Jungs erklärte, dass ich im Griechenlandurlaub viel geübt hatte. Ich bemerkte, dass sie mich alle beobachteten, wenn ich sprang, und das freute mich total. »Echt toll«, kommentierte auch Johanna anerkennend. Ich war richtig stolz!

Wir sprangen immer hintereinander weg, nur wenn Yvi dran war, verzögerte sich alles, weil sie ganz langsam nach vorne schritt, dort verweilte, ihre Haare schüttelte, dann langsam die Arme hob, was mich ein bisschen an Spagathe und ihre eleganten Bewegungen erinnerte. Aber bei Yvi sah es eher umständlich aus. »Mach voran!«, schrie irgendwann Niklas, der nach ihr dran war, weswegen Yvi aus dem Konzept kam und ziemlich unelegant ins Wasser platschte. Die Jungs lachten.

Als Yvi auftauchte, war auch noch ihre Blumenspange weg, sie trudelte dem Beckenboden entgegen, was sie ziemlich aufregte. Johanna und Nele trösteten sie, dass sie auch ohne Blumenspange hübsch wäre, aber sie zog eine Schnute. Dann sprang Joshua mit Kopf voran ins

Wasser und tauchte ziemlich lange nicht auf. Als er nach oben kam, hielt er Yvis Spange in der Hand.

Yvi lächelte zufrieden und streckte die Hand danach aus, aber als er sie ihr gab, sagte Joshua: »Pack das alberne Ding besser weg. Noch mal hole ich es nicht raus.« Da guckte sie einen Moment blöd aus der Wäsche. Wobei Joshua recht hatte, fand ich. Und Yvi schien das einzusehen, denn sie ließ zu, dass Johanna und Nele die Spange tatsächlich in ihre Tasche brachten (echt wie so Hofdamen!). Dann wurde das Einmeterbrett geschlossen und dafür das Dreimeterbrett aufgemacht. Die Jungs schrien: »Los, wir spielen ›Arschbombenkönig‹!«, und kletterten johlend die Leiter rauf.

»Was ist ›Arschbombenkönig‹?«, fragte ich Joshua.

»Da versucht man, die größte Flutwelle zu erzeugen. Wer am weitesten spritzt, hat gewonnen.«

»Ach so«, meinte ich und setzte spöttisch hinzu: »Klingt toll. Sportlich ziiiiemlich anspruchsvoll.«

»Das ist anspruchsvoller, als du denkst«, erwiderte Joshua und grinste. »Musst du mal ausprobieren.« Damit schwang er sich auf die Leiter.

»Und, machst du von da oben auch Kopfsprünge?«, fragte Yvi, die hinter mir darauf wartete, nach oben zu steigen.

»Ich weiß nicht«, sagte ich. »Das ist schon ziemlich hoch.« Ich würde es natürlich gerne machen, aber es ist schon viel schwieriger von so weit oben.

Yvi ermutigte mich richtig. »Du machst das so toll, das sieht bestimmt super aus.« Sie machte eine Pause und ließ bewundernd den Blick an mir heruntergleiten. »Vor allem in diesem Hammer-Tankini. Der steht dir wirklich mega!«

»Danke«, rief ich. »Deinen finde ich auch super. Wie nennt er sich. Minirockini?« Wir grinsten uns an.

Die Jungs plumpsten hintereinander mit Arschbombe rein und jubelten über jede Welle. Wir erklommen die Plattform. Und ich war plötzlich fest entschlossen, einen Kopfsprung zu machen. Das hatte bisher so gut geklappt!

Natürlich sieht die Welt vom Dreimeterbrett aus ganz anders aus. Als ich oben stand, dachte ich: Kaum zu glauben, dass es wirklich nur drei Meter bis unten sein sollen. Es sieht aus wie einen Kilometer hoch! Von unten hörte ich die Jungs mich anfeuern, auch Yvi machte mir Mut, was ich super von ihr fand.

Ich unterdrückte das mulmige Gefühl und konzentrierte mich auf den Bewegungsablauf. Es ist alles eine Frage der Körperspannung, sagt Dad immer, der früher mal geturnt hat und immer noch auf Händen gehen kann. Also würde ich meinen Körper anspannen und einen sauberen Kopfsprung hinlegen. Ich ging nach vorne an den Rand, stellte mich hin, holte tief Luft, und gerade als ich mich abdrückte, hörte ich laut und deutlich, wie jemand das Wort »Fußsprung« sagte, und das brachte mich so durcheinander, dass ich plötzlich nicht mehr wusste, ob ich Kopf voran oder mit den Füßen zuerst landen wollte.

Das Problem war: Da man bekanntlich während der halben Sekunde Flugzeit nicht wirklich Zeit zum Nachdenken und Korrigieren hat, ruderte ich wild mit den Armen und klatschte dann voll auf die Wasseroberfläche. Mit dem Bauch!!

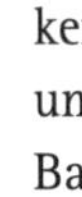

Ich dachte, es zerreißt mich in der Mitte. Die erste Schmerzwelle erreichte mich noch unter Wasser, es brannte höllisch auf meinem nackten Bauch und auf den Oberschenkeln und auch auf der Stirn. Als ich wieder auftauchte, bogen sich die Jungs vor Lachen. Selbst Mats grinste, nur Indira schaute erschrocken. Ich überlegte, ob ich einfach wieder abtauchen sollte, aber das ist ja leider auch keine Lösung. Außerdem tat mir wirklich alles weh, und nur deswegen schwamm ich zitternd zum Ufer. Johanna, die gerade mit einem klassischen Fußsprung nach unten gesaust gekommen war, holte mich ein und fragte, ob alles okay wäre.

»Ja, geht schon«, sagte ich tapfer.

Mats reichte mir ritterlich seine Hand, als ich über die Leiter den Beckenrand erreichte. Ich registrierte, dass Yvi gerade wieder die steile Treppe vom Dreimeterbrett runterkletterte. Sie war gar nicht gesprungen?! »Das sah ziemlich spektakulär aus«, sagte Mats und verzog den Mund, als ob er ein Lachen unterdrücken müsste.

»Das hat voll krass gespritzt«, schrie Vincent begeistert. Auch Emil johlte: »Wahnsinn! Was für eine Welle!«

»Hört doch mal auf«, meinte Indira. »Katinka hat sich voll wehgetan, seht ihr das nicht? Ist es sehr schlimm?«, fragte sie mich besorgt.

»Nee«, log ich. Man musste ja nur an mir runtergucken, dann war klar, dass es **SEHR SCHLIMM** war. Ich war krebsrot überall. Schlimmer als nach dem schlimmsten Sonnenbrand!

»Zu Risiken und Nebenwirkungen von Bauchplatschern fragen Sie Ihren Arzt oder Apotheker«, kommentierte Niklas lachend und stieg erneut den Turm hoch.

»Komm, wir chillen ein bisschen.« Indira führte mich zu den Liegen unter den Wärmelampen und packte ihren Korb aus. Mit Limo und Flips ging es mir gleich ein bisschen besser. Wir saßen da und beobachteten, wie Yvi, Johanna und Nele im Nichtschwimmerbecken die Jungs neckten und sie sich gegenseitig nass spritzten und versuchten, unter Wasser zu drücken.

Indira seufzte immer wieder und sagte: »Ist Fabian nicht süß?«

Sie erwartete zum Glück keine Antwort darauf. Einer nach dem anderen kamen sie schließlich zu uns, um sich an Indiras Knabbersachen zu bedienen.

Joshua war der Erste, der aus dem Becken stieg. »Geht es wieder?«, fragte er.

»Klar, war nicht so schlimm«, behauptete ich, denn es tat auch nicht mehr sooo furchtbar weh. Ich reichte ihm die Tüte mit den Flips. Dann kamen auch die anderen. Ich war gerade froh, dass niemand mehr meinen Bauchplatscher erwähnte, da rief Yvi auf einmal besorgt: »Oh, Tinka, deine Haut ist ja wirklich krebsrot!« Ich musste ihr leider recht geben – und zum grünen Tankini sah es gleich noch viel krasser aus. Ich zog mein Handtuch etwas verschämt darüber und erklärte, dass mich das Wort *Fußsprung* durcheinandergebracht hätte.

»Wie, Fußsprung?«, fragte Fabian.

»Na, einer hat ›Fußsprung‹ gesagt, gerade als ich einen Kopfsprung machen wollte, und das hat mich verwirrt.«

Alle schauten mich seltsam an, als ob ich irgendwie totalen Unsinn reden würde. Da prustete Yvi auf einmal los. »Sorry, Katinka, dass ich lache, aber das sah jedenfalls zum Schreien aus.« Auch Johanna und Nele kicherten, besonders als Yvi anfing, mit den Armen zu rudern, so wie ich das wohl eben gemacht hatte.

»Ja, das war ein ziemlicher Stunt«, befand Vincent. »Und das hat echt so was von *geplatscht.*«

»Eigentlich ist Tinka damit unser Arschbombenkönig des Tages«, erklärte Niklas.

»Wohl eher die Bauchplatscher-Königin«, warf Yvi ein, aber auf sie hörte niemand, worüber ich echt froh war. Denn Niklas redete einfach weiter. »Nach den internationalen Bedingungen des Arschbomben-Wettbewerbs ist es nicht notwendig, dass man mit dem Hintern die Flutwelle erzeugt«, erklärte er und es klang so sachlich, als ob er über eine offizielle olympische Disziplin reden würde. »Wie man die Welle macht, ist egal. Ob mit dem Arsch oder dem Bauch.«

»Also ist Tinka unser neuer Arschbombenkönig!«, verkündete Emil.

»Yeah«, rief Mats und die anderen applaudierten.

»Nimmst du, Katinka Peters, also den Titel an und schwörst, auch weiterhin die Welle zu machen?«, fragte Niklas feierlich.

Ich verdrehte die Augen. »Ihr seid ganz schön bekloppt«, brummte ich.

»Nee.« Joshua grinste. »Bekloppt ist nur, eine Arschbombe mit dem Bauch zu machen.«

»Da hast du auch wieder recht«, gab ich zu und musste auf einmal widerwillig schmunzeln. Und damit war ich also ... Arschbombenkönig! Ist das zu glauben?

»Wer will noch mal rutschen?«, rief Fabian.

»Ich!«, rief Indira und stand sofort auf. Fabian schrie: »Ahhh, da ist die Verrückte wieder!«, und rannte los, Indira ihm hinterher.

Die anderen Jungs stopften sich jeder noch eine Handvoll Flips in den Mund und liefen dann auch zur Wasserrutsche. »Kommst du mit?«, fragte Joshua. Ich hatte aber erst einmal genug und winkte ab. Yvi, Johanna und Nele bezogen die Liegen neben mir und ich lauschte ihrem Gespräch über Bademoden. Was aber ziemlich schnell in Lästern über andere Badegäste überging, besonders über die, die etwas dicker waren. »Diese Florentina will ich auch nicht im Badeanzug sehen!«, sagte Yvi auf einmal. »Die sieht bestimmt bleich aus wie ein Mehlwurm.« Die beiden anderen kicherten blöde. Plötzlich hatte ich doch Lust, noch mal ins Wasser zu gehen, und schwamm ganz ruhig ein paar Bahnen im Schwimmerbecken, das war ziemlich entspannend.

Als ich nach Hause kam, brannte meine Haut immer noch, weswegen ich Mama nach der Salbe fragte, die sie mir bei jeder Gelegenheit andrehen will. »Wusste ich es doch!«, schrie sie. »Tsess!« Und dann sagte sie den Spruch, der bei mir unangefochten auf Platz 1 ihrer dämlichen Sprüche ist: »Wer nicht hören will, muss fühlen!«

»Ich hab keinen Sonnenbrand«, sagte ich so würdevoll wie möglich. »Ich habe einen Bauchplatscher gemacht, deswegen ist meine Haut rot.«

»Ach so«, sagte sie und es klang fast ein bisschen enttäuscht. Sie gab mir die Salbe.

Dann ging ich zu Oskar ins Zimmer. »Stell dir vor«, erzählte ich. »Ich bin Arschbombenkönig geworden.«

»Echt jetzt?«, rief er beeindruckt und schaute von seinem Handy hoch. Als Tobi, der gerade im Flur vorbeikam, fragte, worüber wir gerade redeten, sah ich ihn nur schulterzuckend an und scheuchte ihn weg. Er würde da sowieso nur wieder doofe Witze drüber reißen. Aber es war zu spät. »Du bist *Arschbombenkönig* geworden?« Er prustete los. »Das ist ja fantastisch! Und ich habe immer gedacht, es wäre erstrebenswert, den Mathe-Marathon zu gewinnen. Aber ich habe mich geirrt!« Er legte sich theatralisch eine Hand an die Stirn. »Arschbombenkönig ist die wichtigste Auszeichnung für einen jungen Menschen.« Dann kriegte er sich kaum ein vor Lachen. »Ich hoffe, du schreibst es in deinen Lebenslauf, wenn du dich im neunten Schuljahr für das Praktikum bewirbst. Die Leute werden dich mit Kusshand nehmen!«

Ich beschloss, dass Tobi keiner Antwort würdig war, und verdrehte nur die Augen.

»Oh ja, wirklich«, machte Tobi weiter. »Dass ich beim Mathewettbewerb Zweiter von NRW geworden bin, zählt ja gar nichts. Jetzt, wo ich mich mit *dir* vergleichen muss!«

»Ich finde, jemand, der sich nicht mal traut, von der Hafenmauer zu springen, sollte schön die Klappe halten«, sagte Oskar. Da war Tobi endlich still und zog ab.

Und ich ging in mein Zimmer und checkte meine WhatsApp-Gruppe. 64 Nachrichten von den SUPERGRLS. Krass. Dabei ging es nur um ein T-Shirt, das Johanna sich kaufen möchte, was so eine Art Farbtrick vorne drauf hat: ein Paillettenherz, das die Farbe wechselt, je nachdem in welche Richtung man darüberstreicht. Nennt sich Wende-Pailletten und glitzert zwar echt schön, muss ich zugeben. Aber 64 Nachrichten??!

In der SENFNASEN-Gruppe dagegen nur ein Clip von Hunden, die surfen. Das ist ziemlich witzig!

Sonntag, 14. September

Die roten Flecken auf meiner Haut sind zum Glück schon fast weg. Die Schmerzen auch. Das habe ich auch in meiner SUPERGRLS-Gruppe geschrieben, die sich heute Morgen alle total nett nach mir erkundigt haben. Mit Indira habe ich sogar telefoniert, die mir wieder mal erzählen wollte, wie süß Fabian doch ist, und dass auch Mats echt süß ist und Joshua, findest du nicht auch? Ich sagte: »Nee, immer noch nicht.« Aber sie nahm das gar nicht übel, sondern schwärmte nur davon, wie toll das ist, dass wir jetzt ABFs sind. Und sie versicherte mir, dass mein Bauchplatscher gar nicht peinlich war und dass die Jungs mich ja wohl ziemlich gut finden würden. Das fand ich nett von ihr und tröstete mich noch mal wegen des Bauchplatschers. (Im Gegenzug sagte ich ihr *nicht*, dass ich ihr Verhalten in Sachen Fabian etwas peinlich fand. Ich meine, dass sie ihm irgendwie echt auffällig hinterhergelaufen ist. Bemerkt sie nicht, dass Fabian das gar nicht so toll fand? Zumindest *glaube* ich, dass er das nicht so toll fand.)

Trotzdem bin ich immer noch ein bisschen durcheinander.

Wer hat gestern »Fußsprung« gesagt? Mats meinte gestern beim Snickerdoodles-Backen, er hätte es nicht mitgekriegt, aber das sei auch kein Wunder, bei dem ganzen Gelaber der anderen Mädchen hätte er sowieso nichts hören können. »Ich meine, worüber *reden* die eigentlich die ganze Zeit?«, fragte er. »Wen interessiert so was wie Haarspangen und wie man nach einem Schwimmbadbesuch die Haare föhnen muss?«

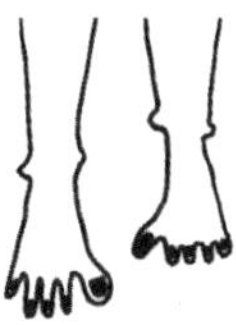

»Ich weiß auch nicht«, sagte ich abgelenkt, denn ich dachte auf einmal, dass ich mir das mit dem »Fußsprung« vielleicht auch nur eingebildet hatte. Ich war einfach unsicher gewesen und habe mich selbst aus dem Konzept gebracht. Passiert eben.

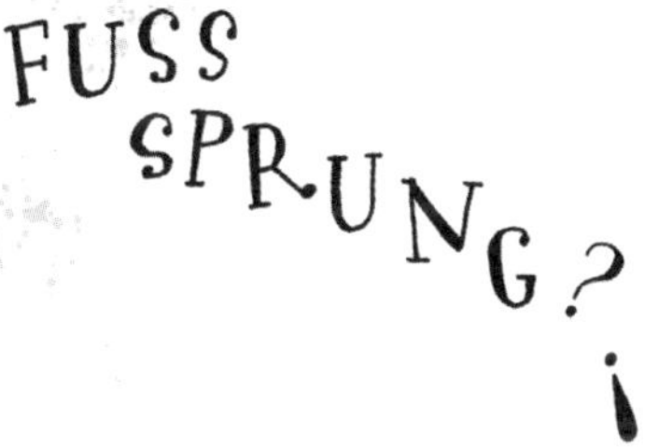

»Nee.« Mats grinste. »Zum Glück nicht. Du bist nämlich ein Arschbombenkönig und keine Tussi!« Das klang wie ein echtes Kompliment, deswegen nahm ich mir vor, auch niemals eine Tussi zu werden. Und dann aßen wir die ganzen Erdnuss-Snickerdoodles auf (bis auf die paar, die wir großzügig an meine Familie verteilten).

Und trotzdem fühle ich mich noch seltsam kribbelig im Bauch. *Weswegen* nur? Die roten Flecken können es nicht sein ...!

Als ich Mama eben gesagt habe, dass ich mich irgendwie nervös fühle, musterte sie mich aufmerksam, bis ich eine Grimasse zog und zischte: »Was?«

Da murmelte sie was davon, dass ich ja vielleicht einen »Wachstumsschub« hätte. Also wirklich! Auf was für Ideen Erwachsene immer kommen!

Montag, 15. September, morgens

Das hier muss ich schnell aufschreiben, bevor gleich Miss Hattonfield reinkommt und Englisch anfängt und dann vielleicht wieder irgendwas passiert, was ich *noch dringender* aufschreiben muss.

Also, heute Morgen: Indira empfing mich schon beim Reinkommen mit strahlendem Grinsen. »Kannst du mich mitnehmen in der Mittagspause?«, fragte sie. »Wenn du mit den Jungs gehst?« Sie wurde ein bisschen rot.

Ich überlegte einen Moment, aber mir fiel keine Ausrede ein – zumindest keine nette. Deswegen nickte ich. »Okay.« Natürlich wollte sie wegen Fabian mit, was ich mir schon gedacht hatte.

»Ich glaub, er mag mich. Meinst du nicht auch?«

»Ich weiß nicht«, antwortete ich wahrheitsgemäß. Und

weil sie so enttäuscht guckte, beeilte ich mich zu sagen: »Weißt du, ich kenne mich einfach mit diesem Verliebtsein nicht aus. Außer, dass man sich bekloppt benimmt …«, schob ich leider hinterher.

Prompt tat mir das leid, denn sie wurde knallrot. »Du meinst, ich benehme mich bekloppt?«, fragte sie zaghaft.

»Nein«, beruhigte ich sie. »Nein. Kein bisschen.« Dann schluckte ich und überwand mich und sagte wahrheitsgemäß: »Solange du ihm nicht wie aufgescheucht hinterherrennst jedenfalls.«

Oh, hätte ich mir das mal verkniffen! »Ehrlich währt am längsten« – von wegen, Mama!! Denn jetzt sah Indira aus, als ob sie gleich anfangen würde zu heulen, und ich bekam augenblicklich ein schlechtes Gewissen. Deswegen beeilte ich mich zu sagen: »Na ja, ich finde halt, Fabian hat Samstag so komisch darauf reagiert, sodass man gar nicht weiß, ob er das mag oder nicht.« Ich lächelte sie verlegen an.

»Du meinst …« Sie riss die Augen dramatisch auf und hauchte: »Du meinst, er hat sich *auch* bekloppt benommen?« Und weil sie mich so erwartungsvoll ansah, nickte ich. »Ja, das hat er ganz sicher.«

Da grinste Indira übers ganze Gesicht und ich war erst ganz kurz sooo froh, dass ich bei diesem Thema noch die Kurve gekriegt habe. Aber wie ich mich geirrt hatte!

»Das heißt, du meinst, er mag mich auch. Oder?«

Denn leider hatte ich nicht bedacht, dass das Indira erst recht anstacheln könnte, Fabian wieder wie wild hinterherzurennen.

Indira ließ gar nicht mehr locker: »Oder? Das meinst du doch damit!«

Auweia, wie kam ich aus der Nummer wieder raus? »Wie

gesagt, ich kenne mich mit diesem Verliebtsein einfach nicht aus.« Ich lachte verlegen und wechselte schnell das Thema. »Hey, Spag... äh, Agathe! Wie geht's?«, rief ich über den Tisch. Sie schaute mich erstaunt an, dass ich das Wort an sie richtete. »Wie war dein Wochenende? Hast du dich mal wieder ... äh ... gedehnt?«

Agathe lächelte still. »Natürlich. Man muss sich immer dehnen, sonst verkürzen sich die Muskeln in Windeseile. Dann ist nichts mehr mit Spagat!« Und schwupps, legte sie ihr Bein auf die Fensterbank und beugte sich darüber, als ob sie an einer Ballettstange stünde. Dabei war sie schon wieder so versunken, dass sie gar nicht gemerkt hat, dass die Jungs über sie lachten.

Jungs halt!

Montag, 15. September, Religion bei Dr. Schnarch

In Reli habe ich ja immer schön viel Zeit, sodass ich in aller Ruhe mein Tagebuch weiterschreiben kann. Also. In Englisch waren die geklauten Klassenarbeiten wieder Thema, was mir ein bisschen unangenehm war. (Beknackt, oder? Ich hatte irgendwie ein schlechtes Gewissen wegen des Diebstahls, dabei hab ich damit nichts zu tun! Außer, dass die anderen *denken*, ich wäre es gewesen!)

»Miss Hattonfield, schon eine Spur von dem Dieb?«, schrie Vincent, kaum dass unsere Englischlehrerin reingekommen war.

»Nein ...« Sie räusperte sich. »Nein. Und ich glaube auch, dass dieses ... ah ... Delikt nicht mehr aufgeklärt wird.«

»Melden Sie das doch bei Aktenzeichen XY!«, schlug Emil vor.

Gekicher in der Klasse. Miss Hattonfield machte ein leicht

gequältes Gesicht. Madison bot an: »Wir könnten Ihnen helfen, den Fall zu klären! Wir gründen eine Detektiv-AG.« Sie warf einen strengen Blick in meine Richtung und ich hatte gute Lust, mein Mäppchen nach ihr zu werfen. Florentina beobachtete mich von der anderen Tischseite, zog eine Grimasse und tat so, als ob sie ein Papierkügelchen auf Madison flitschen wollte. Ich lächelte ihr verschwörerisch zu.

»Nein, Kinder«, meinte Miss Hattonfield. »Ich möchte, dass ihr euch auf die Schule konzentriert und eure Zeit nicht mit so was verplempert.«

»Aber ...«, setzte Madison an, doch Miss Hattonfield unterbrach sie einfach: »Lernt lieber die Grammatik. Denkt dran, am Mittwoch wiederholen wir die Englischarbeit. Und deswegen noch einmal: Was ist der Unterschied zwischen Present Perfect und Present Perfect Progressive?«

In der Fünf-Minuten-Pause zwischen Englisch und Reli dann Stress bei den SUPERGRLS!!! Yvi hatte eben ihre Jacke ausgezogen und – Trommelwirbel des Unheils – trug

genau das Pailletten-T-Shirt, das Johanna sich kaufen wollte. »Ich war am Samstag noch mit Mama in der Stadt und da habe ich es zufällig gesehen. Hammer, oder?« Sie strich über die Pailletten und das Herz wechselte von Pink zu Lila.

Johanna zog eine ziemliche Schnute. »Aber ...«, sage sie verblüfft. »Das wollte *ich* haben!«

»Kannst du doch auch«, sagte Yvi großzügig.

»Sieht wirklich super aus«, schwärmte Nele, was Johannas Miene noch mehr verfinsterte. »Morgen Nachmittag kaufe ich mir auch eins«, verkündete sie.

»Na klar«, sagte Yvi. »Die hatten nur nicht mehr viele

davon in unserer Größe.« Noch mal Trommelwirbel des Unheils! Jetzt sah Johanna schon fast verzweifelt aus.

Ich habe das alles zufällig mit angehört und konnte es fast nicht glauben: Wie kann man sich wegen eines T-Shirts nur so aufregen? Ich stelle fest, dass es auch Sachen gibt, die ich an Mädchen seltsam finde.

Montag, 15. September, vor der Tanz-AG

Muss endlich nachtragen, was heute in der großen Pause passiert ist – endlich habe ich mal ein paar Minuten, bevor ich gleich wieder losmuss. Tanzen!

Indira war vor der großen Pause vorhin total hibbelig, weil sie mit mir in die Mensa gehen würde. »Das wird so cool!«, freute sie sich.

»Mal abwarten«, warnte ich, »kann auch sein, dass die Jungs mit Erbsen flitschen und sich nur über Computerspiele unterhalten.«

»Macht doch nichts«, befand Indira und schmachtete Fabian quer durch die Klasse an. »Ist doch interessant, einzutauchen in diese ... *Welt.*« Während sie sich schnell noch was Lipgloss (mit Erdbeergeschmack; war eine Beilage in der *Mädchen*, erklärte sie mir) auf die Lippen schmierte, bin ich schon mal aufgestanden, um die Jungs vorzuwarnen. Sie reagierten nicht gerade begeistert – und das ist eine echte Untertreibung. Besonders Fabian war alles andere als froh. »Muss das sein?«, brummte er.

»Ey, Alter, freu dich doch«, rief Niklas. »Haste halt dein Groupie dabei.« Fabian boxte ihn gegen den Oberarm und schon waren die beiden in eine Rangelei verstrickt, die sie den halben Weg nach draußen fortführten. Ich war froh, dass sie sich aber ansonsten mit Protest zurückhielten.

It-girl

In der Mensa stießen wir dann auch noch auf Yvi, Johanna und Nele, die es geschafft hatten, einen großen Tisch freizuhalten. Bei den dreien schien wieder alles in Ordnung zu sein. Sie quatschten wie sonst auch, und als sie uns sahen, winkten sie uns zu sich. Da es ja nie leicht ist, einen Platz zu ergattern, hatten die Jungs nichts dagegen einzuwenden. Puh! Also verteilten wir uns um den Tisch, wobei ich zwischen Joshua und Indira landete. Die Jungs fingen tatsächlich gleich an, über Computerspiele zu reden. Johanna und Nele kicherten, besonders wenn Niklas was sagte. (Oh Mann! Ich halte hiermit fest: Das mit dem Verliebtsein greift echt um sich wie eine Krankheit!)

Indira hatte es irgendwie geschafft, Fabian gegenüberzusitzen, und vergaß fast das Essen vor lauter Anhimmelei. Ich habe sie immer wieder unauffällig in die Seite gestoßen, was hoffentlich zum Glück keiner gemerkt hat. Yvi erklärte derweil, dass sie vorhabe, ein It-Girl zu werden.

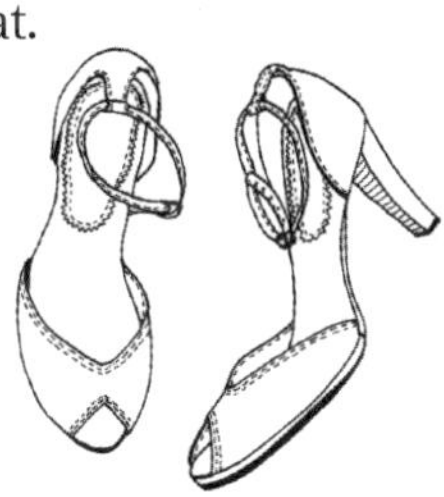

»Ein *was?*«, fragte ich.

»Ein It-Girl beschäftigt sich nur mit Klamotten und schießt haufenweise Selfies, die sie im Netz postet«, warf Joshua ein.

Yvi warf ihm einen erstaunten Blick zu. »Sieh mal einer an«, sagte sie und lächelte zufrieden. »Du kennst dich da ja richtig aus.« Sie strich sich über die Haare, sodass man ihre bunt lackierten Fingernägel sehen konnte.

»Ja«, nickte Joshua und fügte hinzu: »Leider.« Ich musste ein Prusten unterdrücken, aber plötzlich lächelte Yvi nicht mehr, besonders als Joshua an mich gewandt erklärte: »Meine große Schwester Sarah plappert nur so ödes Zeug. Langweiliger geht es nicht.«

»Es ist nicht langweilig, wenn Mädchen sich hübsch machen«, sagte Yvi. »Oder, Katinka? Das findest du doch auch!«

Mir blieb fast das Apfelmus (es gab Reibekuchen) im Hals stecken und ich musste husten. Irgendwie fühlte ich mich in der Klemme: Ich fand das auch eher eine doofe Idee, It-Girl zu werden, aber das konnte ich ja Yvi schlecht auf die Nase binden. Doch gegenüber den Jungs wollte ich auch nicht wirken wie ein langweiliges Mode-Mädchen, das sich dauernd nur hübsch macht und sonst nix. »Ja, äh, also«, stammelte ich. »Ich habe noch nicht so viel darüber nachgedacht.«

»Natürlich hast du darüber nachgedacht!«, widersprach Yvi. »Du trägst doch auch nur Farben, die dir stehen!«

»Ich ziehe einfach das an, was mir gefällt«, verteidigte ich mich hastig. Und das stimmte ja auch!

»Aber besonders für Rothaarige ist Mode wichtig, weil sie mit der falschen Farbwahl ziemlich schnell furchtbar aussehen«, bohrte Yvi weiter. »Aber die Grüntöne, die du bevorzugst, sehen an dir klasse aus. Auch hellblau steht dir gut. Mit deinen Haaren könntest du auch gut Lila tragen, besonders Fliederfarben ...«

Sie hörte gar nicht mehr auf zu quasseln. Ich war erleichtert, dass Joshua sich mittlerweile an Mats gewandt hatte und die beiden über irgendwelche Fußballspiele sprachen. Überhaupt hoffte ich einfach, dass die Jungs unsere Mode-Unterhaltung nicht mitbekamen und schon längst ihre Ohren auf Durchzug gestellt hatten. Hätte ich auch gerne, denn die Unterhaltung bestand dann nur noch darin, dass Yvi ein Referat über Farbauswahl und Kombinationen und über die absolute Notwendigkeit von

»Destroys« in der Jeans hielt, während sie in ihrem Salat herumpickte. »Was sind denn Destroys?«, fragte ich verwirrt.

»Designlöcher«, erklärte Yvi und schaute mich tadelnd an, als wäre das eine enorme Bildungslücke von mir.

»Das finde ich auch super«, warf Johanna ein. Indira meinte, bunte Hosen fände sie schöner.

»Bunte Hosen«, schnaubte Yvi verächtlich. »So was von out!« Sie fing den erschrockenen Blick von Indira auf und setzte gnädig hinzu: »Bei jemandem wie dir ist das natürlich ... okay.«

»Ich mag deine Hosen«, sagte ich schnell zu Indira, weil ich die Bemerkung von Yvi irgendwie komisch fand – und zwar all ihre Bemerkungen. Aber Indira lächelte auch schon wieder, als wäre alles in bester Ordnung. Ich glaube, das lag daran, dass Fabian sie nach einer Mathesache gefragt hat.

Die Jungs hatten alle schon aufgegessen und ich stopfte mir schnell den letzten Reibekuchen rein, schnappte mir mein Tablett und brachte es in den Wagen für das dreckige Geschirr. Indira stellte ebenfalls ihren Teller in das Gestell. »Wollen wir uns auf die Bänke setzen und meine Zeitschrift anschauen?«, fragte sie. »Ich hab die neue *Popcorn!*« Da hörte ich im selben Moment Niklas: »Los, wir gehen kickern.«

»Au ja«, rief Vincent und alle machten sich auf den Weg nach draußen. Dabei zog dann Indira die Zeitschrift aus ihrer Tasche und Johanna und Nele stürzten sich gleich darauf. Da die Jungs schon vorausgegangen waren, blieb ich neben den Mädchen und fühlte mich irgendwie fehl am Platz. Der Dialog ging ungefähr so:

»Ist das die neue? Cool, darf ich auch mal sehen?«

»Hey, da ist auch ein Test drin, ob man das Zeug zum It-Girl hat!«, rief Nele.

»Echt?«

»Wie krass!«

»Zeig mal!«

Wir erreichten den Schulhof. Zu den Bänken geht es nach rechts, zum Spielhaus, wo der Kicker steht, geht es nach links.

Da hörte ich Mats rufen: »Komm, Tinka.« Er und Joshua waren stehen geblieben, um auf mich zu warten. »Ohne unseren Arschbombenkönig können wir gar nicht gewinnen!«, lockte Joshua.

Und ich – ich war so hin- und her gerissen, dass ich gar nicht wusste, was ich machen soll!! Ich meine, erst war es mein Problem, dass ich mit *niemandem* in die Pause gehen konnte – und jetzt war es mein Problem, dass ich mit *mehreren* in die Pause gehen kann. Ironie des Schicksals nennt man das, glaube ich. Denn einerseits würde ich natürlich lieber mit Mats gehen. Andererseits gehört Kickern nicht gerade zu meinen liebsten Beschäftigungen. (Ich habe es einmal im Urlaub gespielt mit meinen Brüdern und fand es doof.) Deswegen würde ich lieber auf der Bank sitzen. Aber mit Mats! Denn auf diesen ... na ja ... Tussi-Kram hatte ich auch nicht wirklich Lust, besonders wenn Mats mitkriegte, dass ich da mitmache. Kurzum: Ich wusste selbst nicht, was ich wollte und was das Richtige war! Aber die Entscheidung wurde mir eh abgenommen ... und ich suchte mir einfach einen Plan C!

»Sie geht mit uns«, bestimmte Yvi einfach. »Aber ihr könnt ja auch mitkommen zu den Bänken.« Sie zwirbelte eine Haarsträhne und lächelte Mats und Joshua von unten an. Mats zog verwirrt eine Augenbraue hoch und schaute zu mir. Auch Joshua guckte ziemlich enttäuscht.

In dem Moment entdeckte ich Florentina, die mit einem Buch unter dem Arm die Bücherei ansteuerte. Sie war mal wieder ziemlich schräg angezogen, mit den schwarzen Klamotten. Und trotz des einigermaßen schönen Wetters trug sie eine Mütze. Aber das war mir ja egal, denn sie brachte mich auf die Idee, mit der ich aus der Nummer geschmeidig rausgekommen bin. Puh! »Weder noch«, antwortete ich und bemühte mich darum, lässig zu klingen. »Ich muss nämlich in die Bücherei. Ich wollte mir da ein Buch abholen.«

»Oh«, machte Indira enttäuscht, aber Yvi zog sie schon weiter.

»Alles klar!«, sagte Mats zu mir. »Dann bis später!«

»Bis nachher«, sagte ich und bin seltsam erleichtert in die Bücherei gegangen. Ich habe erst ein bisschen am Regal mit den Büchern für die Unterstufe vorbeigeschaut. Kerstin Gier, die *Julie*-Bücher von Franca Düwel, *Gregs Tagebuch*, alles schon gelesen. Jede Menge Bücher mit Prinzessinnenkleidern auf dem Cover, die ich einerseits schön finde, die mir andererseits langweilig erscheinen. »Kennst du das schon?«, hörte ich da auf einmal eine Stimme neben mir. Florentina. Sie hielt ein rotes Buch namens *Erebos* in der Hand. »Das ist super. Ziemlich spannend. Es geht um ein Computerspiel, das süchtig macht.«

»Hm«, machte ich. »Klingt wie ein Jungsbuch.«

»Könnte man meinen«, sagte Florentina. »Aber erstens ist das doch völlig egal und zweitens einfach spannend!« Sie stellte es wieder ins Regal zurück. Sie ist seltsam, dachte ich. Sie trägt diese schwarzen Klamotten und dazu diese zerzausten Haare, und dann *strickt* sie im Unterricht! Irgendwie eine schräge Kombination aus ... Freak und Oma. Aber wo ich das hier gerade so hinschreibe, muss ich sagen: Diese komische Mischung gefällt mir ziemlich gut. Das passt zu Florentina! Und ich meine das total nett!

Ich deutete auf die lila-grüne Mütze aus grober Wolle, die an ihrem Hinterkopf sackartig runterhing. »Ist das das Ergebnis aus der Religionsstunde?«

»Ja«, sagte sie. »Darf ich vorstellen? Das ist Mr Bean!« Sie wackelte mit dem Kopf, sodass der Mützensack lustig hin und her wackelte.

»Du hast deine Mütze *getauft?«*, fragte ich erstaunt und musste unwillkürlich grinsen. Ich finde die Idee, Klamotten zu taufen, total witzig! Da wäre ich nie draufgekommen.

»Natürlich«, antwortete sie völlig ernsthaft. »Denn das ist ja gar keine *Mütze*, sondern – wie man in modernen Zeiten sagt – eine *Boho Beanie*, und weil dieser Begriff ja wohl eindeutig total beknackt ist, nenne ich sie Mr Bean.«

»Ich finde das gut«, sagte ich kichernd. »Es wurde wirklich Zeit, dass man auch seinen Mützen Namen gibt.«

»Ja. Den selbst gestrickten jedenfalls, die sind mir nämlich besonders ans Herz gewachsen.« Sie legte die Hände auf die Brust und seufzte so theatralisch, dass ich schon wieder lachen musste.

Plötzlich schaute sie an mir vorbei und deutete auf die Glastür. »Siehst du den Typ da vorne?« Sie meinte einen blonden Jungen, der über den Gang vor der Bücherei lief und im Gehen ein Schulbuch las. »Das ist ja wohl voll der Freak«, sagte Florentina. »Der hat immer ein Lehrbuch dabei. Selbst in der *Pause!*«

»Und auf Autofahrten«, sagte ich. »Und manchmal sogar beim Mittagessen.«

Sie riss erstaunt die Augen auf. »Kennst du den etwa?«

»Kann man so sagen. Ist mein Zwillingsbruder. Tobias. Oder wie er sich selbst nennt: *Der geniale Tobi.*«

»*Das* ist dein Zwillingsbruder?«, fragte Florentina verblüfft und schaute irritiert von Tobis Blondschopf auf meine rostroten Locken. »Aber ...«

Ich zupfte an einer meiner Ponysträhnen und seufzte. »Tobi sagt, das käme davon, dass meine Gehirnzellen eingerostet sind«, erklärte ich. »Während seine natürlich einwandfrei geölt sind.«

»Das ist aber nicht nett«, kommentierte Florentina.

»Dafür schlage ich ihn beim Tischtennis haushoch, und wenn er einen Osterhasen malen soll, dann sieht das so aus wie ein zerquetschtes Ei mit Ohren.«

Sie lachte. Es klingelte zum ersten Mal, was bedeutete, dass wir jetzt zurück in die Klassen mussten. Ich schnappte mir schnell noch das Buch, das Florentina mir empfohlen hatte. »Gute Wahl«, lobte sie.

Auf dem Weg zum Unterricht fragte ich: »Was strickst du als Nächstes?«

»Einen Schal mit Zopfmuster.«

Und da ist mir einfach so rausgerutscht: »Und, werde ich zur Taufe eingeladen?«

Vollkommen ernst hat Florentina erwidert: »Aber klar doch. Das wird gefeiert mit Erdnussbuttertorte!«

»Erdnussbuttertorte!«, rief ich. (Ich bin immer noch vollkommen begeistert!!) »Das klingt super! Da komme ich auf jeden Fall!«

Da hörte ich plötzlich eine Stimme von links. »Wohin

kommst du auf jeden Fall?« Es war Yvi, die an der Garderobe vor dem Klassenzimmer stand und mich und vor allem Florentina misstrauisch musterte. Ich hatte sie gar nicht bemerkt. Florentina ging zum Glück einfach weiter.

»In die Tanz-AG«, sagte ich schnell. Die Erdnussbuttertorte ist was zwischen Florentina und mir ... und na gut, abgesehen davon: Ich weiß auch nicht, warum es mir unangenehm war zuzugeben, dass ich mich mit Florentina verabredet habe. Wobei ... das ja eigentlich gar keine feste Verabredung war, sondern nur Quatsch. Ich meine, mal im Ernst – eine Taufe für einen *Schal?* Natürlich ist das vollkommener Blödsinn! Deswegen wiederholte ich einfach noch mal: »Ich meinte, ich komme auf jeden Fall in die Tanz-AG.«

»Und kommt der schwarze Rabe auch?« Im ersten Moment wusste ich gar nicht, wen sie meinte. Aber dann habe ich es daran erkannt, wie sie verächtlich den Mund verzog. Sie meinte Florentina!

Ich zuckte nur mit den Schultern. »Glaub nicht.«

»Na, wollen wir es hoffen! Die passt ja wohl gar nicht zu uns!«

Bevor ich etwas erwidern konnte, kam Frau Unger an. »So, meine Damen, husch, husch, rein mit euch«, rief sie, weil sie uns heute in der Hausaufgabenzeit beaufsichtigte.

Beim Reingehen in die Klasse habe ich mir das Buch so unter den Arm geklemmt, dass man es sofort bemerkt. So gab es keinen Zweifel daran, dass ich wirklich in der Bücherei war – und es nicht nur eine Ausrede war, um weder kickern noch Zeitschriften durchblättern zu müssen.

In der Hausaufgabenzeit sind wir immer in einem anderen Raum, wo wir nicht an Vierertischen sitzen, sondern in langen Reihen. Meistens ist mein Platz neben Mats, aber Indira hatte mir heute einen Stuhl freigehalten und winkte mich zu sich. Für einen kurzen Moment fühlte ich mich schon wieder in der Zwickmühle, da warf sich plötzlich Paul neben Mats auf den Stuhl. »Kein Problem«, sagte ich zu Mats, »dann gehe ich nach hinten.« Als ich an Joshua vorbeikam, fiel sein Blick auf das Buch. »Hey«, sagte er. »Super Buch.«

»Das kennst du?«, fragte ich verwundert. (Im letzten Moment hatte ich mir verkniffen zu fragen: »Du liest Bücher??!«)

»Na klar. Ist eines meiner Lieblingsbücher.«

»Ey, du liest *freiwillig?«*, rief Emil und stieß Joshua den Ellenbogen unsanft in die Seite. »Bist du doof?«

»Du bist doof, wenn du nicht liest, Pappnase!«, gab Joshua zurück und die beiden kabbelten sich ein bisschen und ich freute mich, dass ich auf Florentinas Empfehlung gehört habe. Jetzt war ich noch gespannter auf das Buch – immerhin scheint es ja eines zu sein, das sowohl Jungs als auch Mädchen verstehen. Ha!

Immer noch Montag, 15. September

Ach, wie toll! Habe meine erste Einladung zu einem Mädelsabend! Ist das nicht irre? Die Idee dazu wurde in der Tanz-AG geboren. Es ist zwar so, dass ich Gespräche über Mode nicht sooo spannend finde (wobei das vielleicht auch daran liegt, dass ich keine Ahnung habe davon!) und dass ich mit Schminke und Stars auch nicht viel anfangen kann. Aber auf die Tanz-AG freue ich mich jedes Mal richtig!

Als ich in die Umkleide kam, standen Indira, Johanna, Nele und Yvi schon im Kreis beisammen und schauten sich irgendwelche bunten Tücher an. Sie beachteten mich erst gar nicht, und das versetzte mir einen leichten Stich, weil ich auf einmal dachte, vielleicht wollen sie mit mir nichts mehr zu tun haben, weil ich die Mittagspause in der Bücherei verbracht habe. »Was habt ihr da?«, fragte ich irgendwann ein bisschen verlegen.

Zum Glück löste sich mein komisches Gefühl gleich auf, als Indira mich in das Gespräch mit einbezog. »Das ist ein Sari«, erklärte sie. »Habe ich von Mama geliehen, wollte ich euch mal zeigen.« Sie hielt ehrfürchtig den leichten roten Stoff hoch, der mit goldenen Stickereien verziert war.

»Gibt es den auch in Pink?«, fragte Nele. »Einen pinken Sari, das fände ich toll!«

»Mama hat noch einen in Lila, in Gelb und in Hellblau«, erzählte Indira. »Und einen in orange mit einer hellgrünen Borte.«

»Diese Glitzerstickereien sind so schön«, sagte Johanna und strich ehrfürchtig darüber. »So was würde ich auch gerne mal anziehen.«

»Ja, das wäre toll!«, rief Yvi. »Dann sähen wir aus wie indische Prinzessinnen. Oder Bollywoodstars!« Sie hob die Hände und machte ein paar Tanzschritte, die ziemlich exotisch aussahen. Die Mädchen kicherten aufgeregt, und obwohl ich die Vorstellung, mich so zu verkleiden, auch schön fand, konnte ich mich dieser Begeisterung erst gar nicht wirklich anschließen. Ich frage mich irgendwie, warum: Weil ich einfach nicht so ein Mode-Prinzessinnen-Typ bin? Oder weil ich denke, dass Mats es blöd finden würde? Ich meine, wenn es *das* ist – das war ja nun kein Problem. Hier war Mats nicht dabei. Er wusste nichts von Saris und Glitzerstickereien und brauchte es ja auch nicht zu erfahren. Und deswegen hörte ich mich auf einmal sagen: »Das wäre bestimmt ein Riesenspaß, sich mit diesen Saris zu verkleiden!«

Indira strahlte mich begeistert an und sagte: »Dann lass uns das doch machen! Bei einem Mädelsabend bei mir. Da probieren wir die Saris an!«

»Nicht dein Ernst!«, rief Yvi und plötzlich fingen sie, Johanna und Nele und Indira an, aufgeregt auf der Stelle zu hüpfen, und sie freuten sich so, dass ich einfach auch hüpfte und jubelte. Mädchen scheinen das so zu machen, wenn sie aus dem Häuschen geraten. (Auch wieder etwas, an das ich mich gewöhnen muss!) »Ich habe eine Kamera, mit der wir uns alle fotografieren können!«, rief Yvi.

»Ich bringe Knabbersachen mit«, versprach Nele.

»Ich auch«, sagte ich schnell. »Und Schokoküsse.«

»Und ich Gummibärchen!«, meinte Johanna.

»Das wird super! Wie in 1001 Nacht!«, schwärmte Indira.

Und so kam es zu meiner ersten Verabredung zu einem richtigen Mädelsabend. Ich meine, es ist natürlich albern, sich als indische Prinzessinnen zu verkleiden. Aber es ist irgendwie auch aufregend und super. *Und es glitzert!*

Als ich eben beim Nachhausekommen Mama davon erzählt habe, freute sie sich richtig. »Oh wie schön!«, rief sie, umarmte mich und wurde richtig feierlich: »Katinka, ich gratuliere dir! Dein erster Mädelsabend von hoffentlich noch sehr vielen, die in deinem Leben folgen.« Dann drückte sie mich noch mal an sich und seufzte: »Meine Große!«

Auweia. Als ob ich gerade das Abi geschafft hätte. Oder den Führerschein. »Jetzt fang aber nicht wieder damit an, dass du dich noch genau daran erinnerst, wie ich in den

Kindergarten gekommen bin«, mahnte ich. (Wenn sie erst mal anfängt, von früher zu schwärmen, ist Mama nicht zu halten!)

Sie zog eine kurze Grimasse und gab mir einen liebevollen Stups auf die Nase. »Aber du hast so süß ausgesehen damals mit deinem kleinen Rucksack. Und ich werde nie vergessen, wie du zu mir am ersten Tag in deiner Kindergartengruppe ganz energisch gesagt hast: ›Mama, wir sind da. Du kannst jetzt gehen.‹«

Ich verdrehte die Augen und leierte das Ende der Geschichte, die sie mir schon so oft erzählt hatte: »Und dann bist du ganz schnell rausgegangen und hast vor der Tür geweint und noch eine Minute gewartet, ob ich dir nicht heulend hinterherrenne, so wie Tobi, der in einer anderen Gruppe war. Aber ich bin dir nicht nachgelaufen und du hast gewusst, dass ich ein ganz besonderes Mädchen bin.« Bei den letzten Worten malte ich Gänsefüßchen in die Luft und schob mit mahnendem Tonfall hinterher: »Wehe, du weinst, wenn ich zu meinem ersten Mädelsabend gehe.«

»Nee«, versprach sie. »Keine Sorge.« Und dann wandte sie sich ab und wischte sich verstohlen über die Wange. *Oh Mann, Mama!* (Ob wohl auch andere Mütter dauernd heulen und dann behaupten, dass sie das nur machen, weil sie so glücklich sind?! Ich meine, was ist das für eine Logik? **ERWACHSENEN-LOGIK** wahrscheinlich.)

Indira ist übrigens jetzt auch in der WhatsApp-Gruppe SUPERGRLS. Schon 44 Nachrichten seit der Tanz-AG! Natürlich dreht sich alles um den Mädelsabend. Und die allgemeine Begeisterung ist wirklich ansteckend. Ich merke, dass ich ein bisschen stolz bin, dass ich jetzt eine Mädelsgruppe habe, zu der ich dazugehöre!

Dienstag, 16. September

Ha! Dienstag ist ja normalerweise Rocco-Schmitz-Tag (vor dem ich ja sonst schlottere)! Aber heute bin ich mit den Jungs aus der Pause zu Bio gegangen. Rocco Schmitz, der wieder mit seinen Kumpels im Gang rumhing auf der Suche nach jemandem, den er schikanieren kann, verfolgte mich nur mit Blicken, ließ mich aber in Ruhe. Ich bin echt froh, dass ich mit den Jungs so gut befreundet bin!

Dazu ist noch was Unerwartetes passiert: Joshua hat mir doch tatsächlich das Freundebuch zurückgegeben. Ich habe es mir vorhin mit Indira zusammen angesehen. »Er hat sich ja richtig Mühe gegeben!«, staunte sie. Und ich auch. Denn das stimmte allerdings. Er hatte sogar ein Foto von sich reingeklebt, wo er in einem Neoprenanzug mit einem Surfbrett am Strand steht, die feuchten Haare hängen ihm ins Gesicht und Tropfen kleben auf seinen Wangen, als wäre er gerade aus dem Wasser gestiegen. »Wow.« Indira kicherte. »Das sieht ja superheiß aus.«

Ich musste auch ein wenig kichern. »Superheiß!«, schnaubte ich. »Pizza Hawaii kann superheiß sein«, fügte ich hinzu. »Aber Jungs doch nicht.«

»Tsess«, schnalzte Indira mit der Zunge. »Du musst noch viel lernen, Katinka Peters. Wie gut, dass du mich hast.«

Ich schmunzelte in mich hinein und Florentina grinste mir von gegenüber zu. Also eines steht mal fest: Jungs lassen mich total kalt – zumindest in dem Sinne, der Indira offensichtlich vorschwebt.

Dienstag, 16. September, mittags

Eine schnelle Notiz zwischendurch: Bekanntgabe der Gruppen für die Projektwoche. Ich bin mit den Jungs in der Insektengruppe! Indira ist etwas enttäuscht, dass wir nicht zusammen sind, aber sie wollte auf gar keinen Fall Krabbelviecher machen. »Plastikmüll und Recycling ist doch viel besser!«, meinte sie. »Willst du nicht wechseln?«

Ich finde die Insekten aber viel besser und tröstete sie damit, dass vielleicht unsere Stände beim Tag der offenen Tür nebeneinander sind. Diesmal könnte die Projektwoche also ein Erfolg werden ohne Blamage und neuen Spitznamen!

Dienstag, 16. September, nachmittags

Super Tag heute! Dad hat nämlich nachmittags frei und geht mit mir ins Kino! Wir gucken uns einen Film auf Englisch an, so habe ich wenigstens das *Gefühl*, ich würde für die Klassenarbeit morgen üben (und kann dabei sogar Popcorn essen!). Bis auf die Tatsache, dass der geniale Tobi mitkommt, ist das super. Tobi nervt wie immer mit seinen Schlaumeier-Kommentaren, die es nicht mal würdig sind, hier ins Tagebuch geschrieben zu werden.

Dienstag, 16. September, abends

KATASTROPHENALARM!!!

Schrieb ich »Super Tag heute!«? Super!???!! Ich nehme alles zurück.

Denn: Erwachsene wären keine Erwachsenen,

wenn sie einem nicht im Handumdrehen das Leben vermiesen könnten. (Zum Beispiel mit Fernsehverbot, obwohl ein *The Thundermans*-Special läuft! Oder mit Süßigkeitenverbot, wenn man an Karneval bergeweise leckere Sachen gehortet hat!)

Aber darum geht es heute nicht. Nein, es geht um Folgendes: Mama hat etwas *Unglaubliches* getan. Ich bin echt super **STINKWÜTEND**. Eben habe ich nämlich von ihr erfahren, dass Mats vorbeigekommen ist, mit »einem Jungen namens Joshua«. Während ich im Kino war, standen sie auf einmal vor der Tür!

»Joshua war hier? Mit Mats?«, fragte ich erstaunt, woraufhin Mama die selten dämliche Bemerkung machte: »Kennst du den?«

»Natürlich kenne ich den, der ist in unserer Klasse«, gab ich ein klitzekleines bisschen heftiger zurück als beabsichtigt.

»Ich habe den Namen noch nie gehört«, sagte Mama.

»Egal jetzt«, antwortete ich ungeduldig. »Sag mir lieber, was die beiden hier wollten.«

Sie schaute mich bedeutungsvoll an und verkündete: »Sie haben dich eingeladen.«

»Echt? Cool!«, rief ich erstaunt. »Wozu?«

Sie machte wieder eine Pause, bevor sie damit rausrückte: »Zu einem *James Bond*-Filmabend.«

»Was?« Ich war baff! »Das ist ja *wirklich* cool«, wiederholte ich und dann erst bemerkte ich, dass Mama mich wieder so aufmerksam musterte. Das hatte sie sich in letzter Zeit echt ziemlich angewöhnt! »Warum guckst du mich eigentlich dauernd so an?«, fragte ich sie und war auf der Hut vor einer peinlichen Mama-Aktion.

»Wie denn?« Sie guckte ganz unschuldig.

»Als ob du irgendwie in meinem Gesicht *lesen* wolltest.«

»Na ja«, sagte sie etwas verlegen und fing an, mit dem Finger Krümel vom Tisch zu lesen und in die Spüle zu schnippen. »Es ist einfach so spannend, was passiert und ... ich will doch alles mitkriegen ... und ... hach, du bist einfach so groß geworden, dass ich darüber nur noch staunen kann.«

Ich hätte gute Lust gehabt, mich lautstark über das seltsame Benehmen von Erwachsenen im Allgemeinen und das *spezielle* seltsame Verhalten von Mama zu wundern, aber das eigentliche Thema war zu wichtig, um mich ablenken zu lassen. »Und wo findet der *James Bond*-Filmabend statt?«, fragte ich. »Bei Mats?«

»Nein, bei diesem Joshua.« Sie beobachtete mich wieder ganz genau.

»Da, du machst es schon wieder! Hör auf damit!« Ich fuchtelte mit den Händen vor ihrem Gesicht herum.

»Entschuldige, du hast recht«, sagte sie und räusperte sich. »Auf jeden Fall ist der Filmabend am Samstag.«

Ich nickte. »Super.«

»Aber da kannst du doch nicht, wegen eurem Mädelsabend«, gab Mama zu bedenken.

»Oh ja, stimmt.« Und dann starrte ich sie entsetzt an und mein Mund fühlte sich auf einmal ganz trocken an: »Aber das mit dem Mädelsabend hast du denen nicht gesagt, oder?«

Da bekam sie einen ganz erschrockenen Gesichtsausdruck und fragte: »Durfte ich das etwa nicht?«

Ich fasse es nicht! *Mama hat es Mats verraten!* Dass ich zu einem *Mädelsabend* gehe! Der hält mich doch für verrückt! Oder für eine Tussi! Oder beides! AAAARGRRR! Was mache ich denn nur?

Mittwoch, 17. September, morgens

Ich bin am frühen Morgen noch so AAAARGRRR, dass ich Mats schreibe, dass ich verschlafen habe und er schon mit dem Rad vorfahren soll. Ich kann auf keinen Fall mit ihm zusammen zur Schule fahren. Ich muss mir erst überlegen, *was* ich ihm zu dem Mädelsabend sagen soll.

Mittwoch, 17. September, nachmittags

Jetzt weiß ich, was ich Mats zu dem Mädelsabend *hätte* sagen sollen: nämlich, dass er es den anderen Jungs nicht erzählen soll. Allerdings hätte ich das dann natürlich auch Joshua sagen müssen. Auf jeden Fall: »Die Katze ist aus dem Sack«, wie Mama immer sagt, und ich stand ziemlich bescheuert da und musste mich vor den Jungs dafür rechtfertigen, warum es Mädelsabende gibt! Da ist wieder so eine Sache, die Jungs nicht verstehen. (Was ist daran nicht zu verstehen? Es gibt doch auch Jungsabende!!)

Wir waren auf dem Weg vom Freiplatz zurück in die Klasse (ja, ich habe mir zum Beweis, dass ich keine Tussi bin, wieder blaue Flecken eingefangen!) und ich war schon total happy, dass bis dahin niemand das Thema angesprochen hatte. Ich dachte schon, es wäre den Jungs so unwichtig, dass sie es gar nicht erwähnen würden. Doch plötzlich fragte Niklas laut: »Was macht man eigentlich auf einem Mädelsabend?«

»Quasseln«, meinte Fabian. »Auf jeden Fall jede Menge quasseln!«

»Im Pyjama Zuckerwatte essen und Kissenschlacht!«, schrie Emil. »Habe ich mal in einem Film gesehen.«

Und Indira, die die Pause auf der Bank neben dem Freiplatz verbracht hatte und jetzt an meiner Seite zum Klassenraum ging, erklärte dann leider in viel zu vielen Details (ich konnte sie nicht mehr stoppen!): »Wir probieren indische Kleider an. Man nennt sie Saris.« Und fügte mit einem Seitenblick auf Fabian hinzu: »Die sind ziemlich sexy.«

Oh Gott. Sie hatte nicht *sexy* gesagt, oder? Hilfe!

Die Jungs fingen augenblicklich an zu lachen. Mats stieß mich in die Seite und japste nach Luft. »Oh Mann, Tinka, das ist nicht dein Ernst.« Joshua schaute mich nur an und sagte: »Überleg's dir noch mal. Wir gucken *Skyfall* und *Spectre.*«

Nach der Schule radelte ich dann mit Mats nach Hause. Wir unterhielten uns über die nachgeschriebene Englischarbeit, die erstaunlicherweise gar nicht so schwer gewesen war. Auf jeden Fall lange nicht so schwer wie die erste, die verschwunden ist. »Echt super, dass du die erste Klassenarbeit einkassiert hast«, sagte Mats. Ich wollte ihm gerne gestehen, dass ich das nicht war, aber nicht ausgerechnet heute, wo rausgekommen war, dass ich zu einem Mädelsabend gehe, wo wir »sexy Kleider« anprobieren würden. Dann würde ich ja meinen Jungs-Coolness-Faktor gleich wieder verlieren!

Und da – Gedankenübertragung? – fragte Mats: »Und du willst da wirklich hingehen am Samstag? Ich meine, *wieso?* Das klingt doch wohl super*öde.*«

»Ach«, meinte ich. »Ich habe das auch erst nicht gewusst, was die da machen wollen. Ich habe gedacht, wir gucken Bollywood-Filme. Das mit diesen Klamotten wusste ich gar nicht.« Und ehe ich es mich versah, fügte ich noch hinzu: »Aber jetzt, wo ich das weiß, gehe ich da natürlich nicht hin. Da komme ich lieber zu Joshua!«

»Na also«, sagte Mats zufrieden und ich fühlte mich komischerweise ganz und gar nicht zufrieden. »Ich wusste doch, dass das gar nichts für dich ist.«

»Natürlich nicht«, schnaubte ich. »Totaler Unsinn. James Bond mit euch ist doch wohl viel besser.«

Als wir uns vor unserem Haus verabschiedeten, war ich etwas erleichtert, aber habe mich auch ganz mies gefühlt. Und jetzt fühle ich mich immer noch mies! Mehr sogar. Richtig ... AAARRG!

Weil ich denke, dass ich vielleicht nicht mehr zu den SUPERGRLS gehöre, wenn ich zu den Mädels wirklich nicht hingehe! Und das fände ich auch echt doof. Aber ich will auch, dass die Jungs mich weiter so cool finden, dass sie mich zum *James Bond*-Abend einladen. Ich meine, das ist doch das, was ich die ganze Zeit wollte! Mit Mats befreundet bleiben. Und es hat funktioniert! Das werde ich doch jetzt nicht aufs Spiel setzen, nur für ein paar glitzernde indische Kleider. Warum aber fühle ich mich wie eine Verräterin? Wieso ist das nur so kompliziert mit Einladungen zu Mädels- und Jungsabenden und warum müssen sie alle am selben Samstag stattfinden???!!!

AAAARRG!

Mittwoch, 17. September, abends

Eltern regen sich ja gerne darüber auf, dass die »digitale Technik die Kommunikationsfähigkeit der Kinder verkümmern lässt«, weil wir Kinder heutzutage gar nicht mehr lernen, uns »von Angesicht zu Angesicht« zu unterhalten und nur noch über »diese verdammten Dinger« kommunizieren. Ich weiß gar nicht, was sie haben! Wenn es eine geniale Erfindung gibt, dann ja wohl das Internet. Und Messengerdienste. Es ist doch gerade das Gute, dass man den Leuten nicht mehr *alles* ins Gesicht sagen muss! (Ja, natürlich weiß ich Bescheid über die Gefahren von Cybermobbing und dass es ganz schrecklich feige und falsch ist, andere auf irgendwelchen Seiten im Internet zu beschimpfen. Das ist einfach supermies! Aber das meine ich hier eben nicht.) Auf jeden Fall bin ich total erleichtert, dass ich die unangenehme Aufgabe, die vor mir liegt, mithilfe meines Smartphones erledigen kann.

Tinka Bell
Sorry, Mädels. Ich kann am Samstag doch nicht kommen. ✓✓
19.17

Indira Jones
WAAAAAS? Du kannst nicht NICHT kommen! Du bist meine ABF! ☹☹☹ ✓✓
19.17

Tinka Bell
Geht leider nicht! ☹ ✓✓
19.17

Supergrl
WIESO? ✓✓
19.17

Tinka Bell
Bin schon eingeladen. ✓✓
19.18

Tinka Bell
Mit meinen Eltern ✓✓
19.18

Supergrl
Oder gehst du zu den Jungs? ✓✓
19.20

Tinka Bell
Nein, natürlich nicht!!! ✓✓
19.22

Johanna
Was ist denn bei den Jungs? ✓✓
19.23

Supergrl
James Bond-Abend bei Joshua ✓✓
19.23

Nele
😐 Oh! ✓✓
19.24

Johanna
Und wir sind nicht eingeladen??? Frechheit! ✓✓
19.24

Indira Jones
Ist Fabian auch da? ✓✓
19.24

Supergrl
Du willst uns doch wohl nicht hängen lassen … für einen Haufen Jungs! ✓✓
19.24

Indira Jones
Das würde ich dir aber nie verzeihen! NIE!!!! ✓✓
19.24

Johanna
Aber echt nicht! ✓✓
19.24

Nele
BUHH! ✓✓
19.24

Tinka Bell
Hab gerade Mama gefragt, ich kann doch.
Also ich komme! ✓✓
19.32

Supergrl
Na also. Geht doch! 👍✓✓
19.22

Indira Jones
☺ ☺ ☺✓✓
19.32

Mittwoch, 17. September, abends

Mist!!! Warum ist nur alles so kompliziert? Was mache ich denn jetzt?! Mich zweiteilen wäre wahrscheinlich sinnvoll. (Vielleicht sollte ich zu meinen Lebenszielen »Einen Klon von mir erschaffen« zufügen!)

Aber zum Glück gibt es für diesen Fall einen, den ich um Rat fragen kann. Meinen großen Bruder Oskar. Das habe ich gerade gemacht. Er war sogar zu Hause. Aber er war nicht allein. Finnja ist gerade bei ihm. »Hi«, sagte ich und trat nach extralautem Klopfen vorsichtig ein. (Extralaut, weil: Nicht dass ich sie beim Knutschen überrasche!!) Aber sie saßen einigermaßen zivilisiert auf dem Sofa und spielten sich Lieder auf dem Smartphone vor. Finnja hat ziemlich kurze braune Haare und eine dunkle Brille auf der Stupsnase. Sie trägt übrigens immer Doc Martens, Jeans und einen langen Pullover. »Hey, Tinka«, sagte sie und lächelte freundlich. »Wie geht's?«

»Geht so«, sagte ich.

»Was ist los?«, fragte Oskar und da erklärte ich ihm, dass ich am Samstag doppelt eingeladen bin und nicht weiß, was ich jetzt machen soll. »Das eine ist ein *James Bond*-Abend mit Mats und ein paar Jungs aus meiner Klasse. Das andere ist ein Mädelsabend, bei dem wir indische Saris anprobieren wollen.«

»Hm«, machte Oskar.

»Bist du denn in einen von den Jungs verliebt?«, fragte Finnja und sah mich durch ihre Brille an wie eine Professorin.

»Nein, auf gar keinen Fall!«, wehrte ich natürlich sofort ab. Damit kein falscher Eindruck entsteht, schob ich hinterher: »Bah!« Ich schüttelte mich demonstrativ voller Abscheu, was bei Finnja ein Schmunzeln hervorrief. »Aber Mats ist mein bester Freund seit der Grundschule«, erklärte ich, »und ich finde James Bond eigentlich viel cooler als Saris. Aber ich habe den Mädels schon zugesagt und die wären ziemlich enttäuscht, wenn ich nicht komme … und eigentlich würde ich ja am liebsten zu beidem gehen.«

»Um wie viel Uhr bist du denn eingeladen?«, fragte Oskar.

»Bei Indira um fünf und bei Joshua um sieben.«

»Dann passt es doch!« Oskar strahlte mich an, ich kapierte nicht, warum. Er erklärte: »Bei dem einen gehst du was früher, bei dem anderen kommst du was später«, sagte Oskar. Finnja nickte.

Ich schaute sie zweifelnd an. »Aber was soll ich denn dann sagen, wenn ich früher gehen will? Wenn ich denen sage, dass ich zu den Jungs gehe, sind die bestimmt total sauer auf mich.«

»Hm«, machte Finnja und sah mich nachdenklich an.

»Sag einfach, dass dir schlecht ist«, schlug Oskar vor. Er sah so aus, als würde ihm das Problemlösen seiner fast zwölfjährigen Schwester richtig Spaß machen. Zum Glück ist mir vor Oskar auch nichts peinlich. Und vor Finnja auch nicht, die ist einfach so nett.

»Oder du fängst Streit an und haust deswegen ab«, schlug Finnja vor. Ich schaute sie zweifelnd an. »War doch nur ein Scherz«, sagte sie grinsend. »Nee, im Ernst. Du hast zwei Möglichkeiten: Entweder du bist ehrlich und baust darauf, dass sie es als deine Freundinnen verstehen werden. Oder du lässt dir eine Ausrede einfallen, die sich plausibel anhört.«

»Lass dir halt was einfallen. Das kriegst du schon hin«, kommentierte Oskar.

»Hm«, überlegte ich. »Das ist eigentlich eine gute Idee! Danke!«

»Gern geschehen«, sagte Finnja. »Und viel Spaß beim Party-Hopping!« (Ich wusste gar nicht, dass das ein Wort ist. Wieder was gelernt.)

»Und tu nichts, was ich nicht auch tun würde«, schickte mir Oskar noch als Rat hinterher. Dabei grinste er mich an und drückte Finnja einen Kuss auf den Mund. Pfui!

Aber mein Problem ist gelöst. Warum bin ich da nicht gleich draufgekommen? Ich gehe erst zu Indira und dann zu Joshua. Und lasse mir eine gute Ausrede einfallen, sodass niemand sauer ist auf mich. Genau. So sind alle zufrieden – inklusive mir!

Samstag, 20. September, nachmittags

Habe Mama von meinem Plan erzählt und sie hatte natürlich wieder was einzuwenden. Sie meint, auf zwei Partys zu gehen, wäre keine gute Idee. »Weniger ist mehr«, hat sie gesagt. (Ich warte auf den Tag, an dem ihr endlich die doofen Sprüche ausgehen!) Aber das ist doch wirklich Quatsch. »*Mehr* ist einfach mehr«, habe ich zurückgegeben. Denn doofe Sprüche klopfen kann ich selbst!

Trotzdem hat sie mir geholfen, salziges Popcorn zu machen, das laut Mama auf keinem Mädelsabend fehlen darf. Gegen Viertel vor sieben werde ich den Mädels sagen, dass ich nach Hause gehe, weil ich noch Französischvokabeln lernen muss. Ich werde sagen, dass Mama mich nur weggelassen hat, wenn ich nicht lange bleibe und danach noch lerne. (Hier noch eine originale Katinka-Peters-Weisheit: Wenn Eltern zu einer Sache gut sind, dann um die Schuld auf sie zu schieben!)

Der Mal-wieder-alles-anders-als-gedacht-Tag

Also, ich sage es gleich: An meinem Plan lag es nicht, dass alles anders gekommen ist. Garantiert nicht! Mein Plan *hätte* funktioniert. Wenn nicht wieder was dazwischengekommen wäre. Es war zwar nur *eine* Katastrophe (bei mir sind es ja auch gerne mal zwei bis achtzehn an einem Tag), dafür war es aber eine, die sich – Achtung, Wortspiel – *gewaschen* hatte!! Und die ausgereicht hat, um alles durcheinanderzubringen.

Dabei fing alles super an: Indira begrüßte mich mit Küsschen und einer Umarmung. »Da bist du ja endlich, komm rein!« Sie strahlte wie ein Honigkuchenpferd. Ich wollte ihr gerade schonend beibringen, dass ich früher wegmusste, da klingelten schon die anderen drei und die Stimmung wurde gleich ausgelassen, sodass ich mit meiner Verkündung noch warten musste. Indiras Mutter freute sich offensichtlich auch, dass ihre Tochter Freundinnen eingeladen hatte. Sie sagte, wir sollen sie Tanja nennen, und brachte uns Pizza und Limonade und Cola in Gläsern mit bunten Strohhalmen ins Wohnzimmer, das wir in Beschlag nehmen durften.

Die einzige Ermahnung war, dass wir nicht gleichzeitig essen und Saris anprobieren sollten, weil der empfindliche Stoff nicht leicht zu waschen war. »Und ein Sari mit Fettflecken ist nicht mehr ganz so hübsch«, mahnte sie sanft. Wir versprachen ihr, auf die schönen Kostüme aufzupassen. Kaum war sie weg, giggelten wir los. Also, die anderen giggelten los und sagten so Sachen wie: »Hammer!« Und: »Das ist echt mega Fun-Fashion.«

Äh, ja!? Muss offensichtlich noch ein bisschen (Mädchen-)Vokabeln lernen.

Bei Indira tat ich natürlich so, als fände ich das Gekicher und Gekreische normal, dabei staunte ich wie ein Naturforscher über den Trubel in einem Ameisenhaufen. Mein Projekt könnte mittlerweile heißen: Was Mädchen mögen und was Jungs nicht verstehen. Währenddessen wiederholte ich im Kopf immer den Text, den ich mir vorher überlegt hatte, damit auch alles locker rüberkam und ich mich nicht in Widersprüche verhedderte. Es war schon halb sechs. Ich hoffte, gleich würde sich eine gute Gelegenheit ergeben. Als Indira mal mit Johanna und Nele in ihr Zimmer ging, um nach einem Gürtel zu suchen, sagte Yvi plötzlich zu mir: »Du bist gar nicht locker.« Sie nippte an ihrer Limo. »Mach dich doch mal locker, Tinka.«

»Ich bin locker«, widersprach ich schnell und schüttelte albern die Schultern, wobei ich unauffällig einen Blick auf die Uhr warf. Was Yvi nicht entgangen war. Sie schaute mich durchdringend an. Ohne dass ich etwas dagegen tun konnte, wurde ich rot. Und prompt rief Yvi mit schneidender Stimme: »Lass mich raten. Du willst doch zu dem Jungsabend!«

In dem Moment wusste ich, dass meine Ausrede eine total doofe Idee war. Es würde sowieso rauskommen. Komischerweise verfiel ich aber nicht in **PANIK** und machte wie sonst alles noch schlimmer, sondern gab es einfach ehrlich zu: »Ja. Es tut mir auch echt leid. Aber Mats ist mein bester Freund schon seit der Grundschule. Und ich möchte so gerne, dass wir Freunde bleiben. Deswegen würde ich gleich gerne noch rübergehen. Ist zwar blöd, weil wir hier so Hammerspaß haben, aber ...« Ich schaute Yvi zögerlich an und wartete darauf, dass sie sauer wurde. Stattdessen sagte sie: »Kann ich verstehen. Würde ich an deiner Stelle ja auch machen.« Sie grinste mich verschwörerisch an: »Es ist einfach eine Ehre, bei den Jungs eingeladen zu sein.« Dann fügte sie schnell hinzu: »Auch wenn ich finde, dass es mit uns viel lustiger ist!«

»Ich weiß«, sagte ich zerknirscht und erleichtert gleichzeitig. »Ich finde es auch super mit euch. Und bitte, verrate Indira nichts, okay? Sie ist ... ein bisschen empfindlich.«

Yvi zwinkerte mir zu. »Das bleibt unser Geheimnis.« Mir fiel richtig ein Stein vom Herzen! Und dann kam der Hammer! Denn dann setzte sie hinzu: »Wenn du mich mitnimmst.«

»Oh«, machte ich erschrocken. »Ich weiß nicht, ob ... ob das geht.« Ich wurde ein bisschen rot. »Na klar geht das!«, sagte Yvi. »Die werden uns schon nicht wegschicken.«

Da war ich mir im Gegensatz zu Yvi nicht so sicher. Ich konnte mir Mats' Gesicht schon vorstellen und die Blicke der anderen Jungs. Die würden sich garantiert nicht freuen. Und ich, ich wäre bestimmt auch irgendwie gehemmt, wenn sie dabei wäre. Und ich wusste auch nicht, wie Joshua das finden würde, und da holte ich tief Luft und sagte: »Yvi, es tut mir leid, aber ich glaube, das geht nicht.«

Ihre Augen verengten sich zu Schlitzen.

»Das nächste Mal frage ich vorher, ob du mitkommen kannst«, versprach ich hastig, »aber ich will die nicht einfach so überraschen. Ich war auch noch nie bei Joshua, vielleicht kriegt er auch sonst Ärger mit seinen Eltern.« Ich biss mir auf die Lippen.

»Kein Problem«, erwiderte Yvi lächelnd. »Aber dann muss ich Indira natürlich die Wahrheit sagen.«

»Ab-aber ...«, stotterte ich flehentlich.

Zum Glück fing sie dann an zu grinsen. »War doch nur ein Scherz«, prustete Yvi los. »Natürlich verrate ich nichts. Wir sind doch *Freundinnen.«*

»Danke«, stieß ich erleichtert aus und war ganz froh. Wir waren Freundinnen!

»Aber beim nächsten Mal nimmst du mich mit.«

»Auf jeden Fall!« Ich nickte immer wieder, bis sich Yvi wieder zufrieden aufs Sofa fläzte.

Im selben Moment kam Indira rein und ich sagte ihr zerknirscht, dass ich gleich noch lernen müsse, Französischvokabeln und so, wegen Mama. Sie war enttäuscht, hatte aber auch Verständnis. Und ich – ich war sehr erleichtert. Yvi zwinkerte mir verstohlen zu und ich wusste: Alles lief nach Plan. (Bis hierher jedenfalls!) Und jetzt, wo das geklärt war, hatte ich einen Riesenspaß. Denn kein Junge war hier, der sich über uns wundern oder lustig machen konnte! Und so waren wir einfach albern und kicherten die ganze Zeit, probierten die Saris an und taten so, als ob wir in dem Bollywoodfilm mitspielten, der über den Fernseher flimmerte. Die Musik war ansteckend fröhlich, genau wie die Schauspieler, die bei jeder Gelegenheit tanzten und sangen, und wir wirbelten lachend durchs Zimmer und tanzten und fotografierten uns in unseren Kostümen. Dann hatten wir Hunger, zogen die Saris wieder aus und aßen Pizza. Das war total toll! Viel schöner, als ich es mir vorgestellt hätte, ich glaube, wie SUPERGRLS sind echt ein gutes Team.

Plötzlich fragte Nele: »Wie ist Mats eigentlich so, Tinka? Mit dem verstehst du dich doch super.«

»Na ja«, sagte ich. »Er ist sportlich und im Leichtathletikverein und spielt gerne Kampfspiele auf der Playstation.«

»Hast du nicht mal erzählt, er hätte ein Kuscheltier im Bett?«, fragte Yvi.

Ich wurde ein bisschen rot, als ich an die Sache mit Mister Ed dachte. Johanna und Nele kicherten wieder. »Echt? Was für eines?«, wollten sie wissen.

Ich sagte schnell: »Ach, das hat er nicht mehr.«

»Was war es denn für eines?«, fragte Johanna neugierig.

»Weiß nicht mehr«, sagte ich ausweichend. »Ist zu lange her.«

Yvi zog ihre Augenbrauen leicht hoch, so als ob sie merken würde, dass das eine Ausrede war. Aber dann kam schon ein neues Thema auf.

Wer ist in wen?

Äh. Ja?

Das ist doch wohl ein total bekloppter Satz!

Und deswegen ist es doch auch kein Wunder, dass ich nichts kapierte. Jedenfalls nicht am Anfang. Nele fragte: »In wen bist du, Katinka?«

Indira, Johanna und Yvi schauten mich mit großen Augen an. »Ja, genau, in wen bist du?«, fragte Johanna mit geröteten Wangen.

»Hä?«, machte ich. Die anderen kicherten. »Los, sag schon«, forderte Yvi. Aber ich kapierte echt nichts. »Wie *in wen bin ich?* Was soll das für eine Frage sein?«, fragte ich. Zu Recht, wie ich finde!

Ich möchte hiermit festhalten: In *was* bin ich? Das macht Sinn. Im Leichtathletikverein.

Oder *in welcher* bin ich? In der Maria-Sibylla-Merian-Gesamtschule. Aber: In *wen* bist du? Das ist doch kein richtiges Deutsch! Okay, jetzt, wo ich das hier so schreibe, merke ich, dass ich mich vielleicht ein klitzekleines bisschen wie eine Streberin anhöre. Aber das liegt nur an der kolossalen Verwirrung, die diese Frage auslöste und die noch gesteigert wurde, als die Mädels anfingen zu lachen, sodass sie kaum noch Luft bekamen. »Sie versteht es echt nicht! Wie süüüß!«, kreischte Johanna.

»Ich werde irre«, japste Nele. Und Yvi schüttelte nur den

Kopf und sagte: »Liebe Katinka, lebst du hinter dem Mond, oder was?«

Und dann brachte Indira die Aufklärung. »In wen bist du *verliebt?«*, erklärte sie. *»Das* wollen wir von dir wissen.«

»Ach so«, brummte ich und kam mir ein bisschen blöd vor. »Und ich hatte mir schon Sorgen um eure Grammatik-Kenntnisse gemacht.« Die anderen kicherten immer noch. »Ich bin in keinen verliebt«, antwortete ich dann etwas beleidigt, weil die anderen nicht aufhörten zu lachen. »Ich bin doch nicht blöd!«

»Oh«, rief Indira erschrocken. »Verliebtsein ist doch nichts Blödes! Verliebtsein ist *toll!«* Sie warf vor lauter Begeisterung ein Kissen in die Luft. Die anderen nickten.

»Man fühlt sich dann einfach so kribbelig und toll!«, rief Nele. »Also, ich bin gerne verliebt.«

»Genau«, bestätigten auch Johanna und Yvi. Und weil ich nicht schon wieder die Außenseiterin sein wollte, sagte ich schnell: »Die Jungs in unserer Klasse sind doch blöd, meinte ich. Jedenfalls ist da niemand dabei, in den ich mich verlieben könnte.«

»Seltsam. Dabei hängst du doch dauernd mit ihnen rum«, meinte Yvi.

»Wisst ihr, was noch seltsam ist?«, fragte Johanna und zog damit die Aufmerksamkeit auf sich. (Endlich! Ich war erleichtert!)

Aber dann rief sie: »Florentina!«, und obwohl ich froh war, dass es endlich um was anderes ging, fand ich es doch auch blöd, dass das Thema wieder auf sie kam. »Die ist wirklich seltsam«, fand Nele.

»Total«, bestätigte Indira. »Diese ganzen schwarzen Klamotten!«

»Und die komische Frisur«, sagte Johanna.

»Ich weiß gar nicht, ob man diese Fransen Frisur nennen kann«, meinte Nele und schnaubte.

»Bei der weiß man auf den ersten Blick gar nicht, ob sie ein Junge oder ein Mädchen ist«, fasste Yvi abschätzig zusammen.

Da platzte mir echt mal der Kragen!! »Was habt ihr eigentlich gegen sie?«, fragte ich. Die anderen schauten sich an und fingen an zu lachen. Und schon wieder kam ich mir ein bisschen ausgeschlossen vor. »Sie ist echt nett«, brachte ich zu meiner und Florentinas (!) Verteidigung vor.

»Zu wem?«, fragte Johanna. »Zu ihrer Satansclique?« Die Mädchen kicherten. Und obwohl es mir unangenehm war, schon wieder anderer Meinung zu sein, sagte ich: »Aber ihr kennt sie doch gar nicht.«

»*Du* denn?«, fragte Indira erstaunt.

»Na ja, auch nicht wirklich. Ich habe mich nur ein paar Mal mit ihr unterhalten. Und da war sie sehr nett.«

»Hey, ich habe eine Superidee!«, rief Yvi in dem Moment, und endlich, endlich ging es mit etwas Spaßigem weiter. »Wir schminken uns!«

»Au ja«, schrien Johanna, Nele und Indira. Und ich beeilte mich, auch »Au ja, super!« zu rufen. Erstens war es toll, dass die Lästerei über Florentina aufhörte, und zweitens konnte es ja nun echt nichts schaden, mal ein bisschen Nachhilfe in dem Bereich zu bekommen.

»Ich habe aber gar keine Schminke«, meinte Indira bedauernd. »Und Mama benutzt nur so komisches Naturzeug, da darf ich auf keinen Fall dran, weil es so teuer ist.«

Aber Yvi winkte ab. »Kein Problem. Ich habe alles dabei!«

Sie schwenkte eine kleine Tasche, die voller Kosmetik steckte, wie sich herausstellte: Töpfchen und Fläschchen und Bürstchen. »So viel hat ja nicht mal Mama!«, staunte ich.

»Alles, was ein Mädchen von Welt braucht«, erklärte Yvi würdevoll und wir lachten los. »Wir schminken uns Smokey Eyes«, bestimmte Yvi. »Das sieht am coolsten aus.«

Wir waren alle einverstanden. Und ich war froh, dass ich immerhin wusste, was Smokey Eyes sind. (Das Zeitschriftenstudium mit Indira zahlte sich also aus.) Allerdings hatte ich keinen blassen Schimmer, wie man das anstellte, sich die Augen so dramatisch zu umranden. Aber Yvi half mir und zückte ein kleines schwarzes Fläschchen. »Du als Erste!«, sagte sie zu mir und zwinkerte komplizenhaft. Ich war ein wenig aufgeregt, setzte mich aber brav hin und sie machte sich bereit, meine Augen zu schminken. »Das kann man doch abwaschen, oder?«, fragte ich, bevor sie anfing.

»Klar«, sagte sie, »geht ganz leicht. Habe extra Make-up-Entferner mitgebracht!« Sie malte mit verschiedenen Pinseln und Lidschatten und Wimperntusche an mir herum. Die anderen bedienten sich aus Yvis reichhaltigem Kosmetikangebot und schminkten sich auch. In meinem Magen prickelte es jetzt richtig vor Aufregung. Ich war noch nie geschminkt! (Außer an Karneval, aber das zählt nicht!)

»So, fertig«, verkündete Yvi nach einer kleinen Ewigkeit und betrachtete mich noch einmal prüfend. »Hammer!«, befand sie. Auch die anderen riefen, wie toll das aussehen würde, und dann bekam ich endlich einen Spiegel in die Hand gedrückt. Mir entfuhr ein überraschter Laut. Ich sah aus **WIE EIN ANDERER MENSCH!** Und mindestens fünf

Jahre älter. Meine Augen leuchteten grün durch die dunklen Wimpern, wow!

»Erstaunlich«, sagte auch Yvi. »Was für eine Verwandlung. Solltest du öfter tragen!« Die anderen waren mittlerweile auch so weit, auch Yvi, die sich mit geübten Handgriffen geschminkt hatte, wobei sie die Farbe viel dezenter aufgetragen hatte. Dann schossen wir einen Haufen Selfies. »Die dramatischen fünf«, nannte Yvi uns, als wir die Fotos anguckten. »Wie die Jungs das wohl finden würden?«

Indira schaute sie überrascht an. »Stellt euch vor, wie die gucken würden, wenn wir da jetzt alle auftauchen«, rief Johanna, und Nele fing augenblicklich dramatisch an zu kreischen.

Ich dachte nur: Wie bitte??!

»Das wäre cool!«, hauchte Indira. »Fabian ist doch auch da, oder?« Sie sah mich fragend an.

»Ich weiß nicht«, antwortete ich wahrheitsgemäß, während Yvi sagte: »Bestimmt. Der hängt doch immer mit dabei.«

»Joshua wohnt doch hier um die Ecke«, sagte Johanna zu mir, als ob ich das so genau wissen müsste.

Dann senkte Yvi verschwörerisch die Stimme: »Sollen wir da jetzt alle hingehen?«

Mir ist fast das salzige Popcorn im Hals stecken geblieben!!

»Das wäre auf jeden Fall eine ziemlich große Überraschung«, säuselte Indira. »Was meinst du, Katinka?«

Da mich alle so erwartungsvoll angeguckt haben und ich nicht schon wieder die Spaßbremse sein wollte, rang ich mir ein knappes »Ja, das wäre es« ab und fügte zweifelnd hinzu: »Aber ich glaube nicht, dass es eine *gute* Überraschung wäre. Erstens wissen wir nicht, wie die Eltern drauf sind. Zweitens glotzen die nur auf den Fernseher, das ist doch wohl total öde. Da haben wir es hier doch viel lustiger.«

»Ja.« Indira seufzte. »Da hast du wahrscheinlich recht.« Dann sah sie auf die Uhr und sagte: »Oh, aber du musst gleich weg!«

Die Zeit war so gerast, dass ich sie fast vergessen hätte. Aber natürlich traute ich mich in dieser Aufmachung nicht aus dem Haus (und schon gar nicht zu den Jungs! Die würden mich doch für völlig verrückt erklären!!!). Deswegen sagte ich zu Yvi: »Gib mir mal den Make-up-Entferner. Ich mache das lieber wieder ab. Das ist zwar ganz schön effektvoll, aber ...« Ich musste überlegen, wie ich es am geschicktesten anstellte, damit es wie eine harmlose Erklärung klang, und meinte dann: »Mama würde sich ziemlich wundern. Vielleicht würde sie sogar schimpfen, deswegen mache ich es lieber ab.«

Yvi holte den Make-up-Entferner aus ihrer Tasche, schüttelte ihn, schüttelte noch mal, schaute die Flasche an und sagte: »Oh Mist. Ich glaube, er ist leer.«

Johanna schlug vor, ich solle einfach alles mit Wasser und Seife abmachen – und das tat ich dann auch.

Ich rubbelte und rubbelte. Es brannte ziemlich, weil mir Seife in die Augen lief. Aber als ich in den Spiegel schaute, merkte ich, dass die schwarze Farbe nicht abging. Im Gegenteil: Es sah aus, als würde der dunkle Rand um meine Augen immer größer!! Panda nix dagegen! Ein mulmiges Gefühl überfiel mich. Ich tauchte wieder unter den Wasserhahn, nahm noch mehr Seife, rubbelte mir über die Augen und es brannte erneut, und trotzdem war das Ergebnis einfach nur ... **SCHLIMM!** Drum herum war noch alles schwarz, aber von der Seife war das Weiß in meinen Augen total rot.

»Was ist das denn?«, jammerte ich panisch.

»Es geht nicht ab«, stellte Indira fest, die helfen wollte.

»Geh mal Yvi fragen«, bat ich kleinlaut. Dann kam Yvi rein, mit dem Fläschchen, das sie eben für mich benutzt hatte.

»Mist«, sagte sie betrübt. »Ich hätte das doch einfach wegschmeißen sollen!«

»Wieso?«, fragte ich alarmiert.

Sie seufzte. »Das ist ein wasserfester Lidschatten, den ich mal aus Versehen gekauft habe.«

»Wie, *wasserfest?«,* fragte ich, schwer von Begriff. »Was bedeutet das?« (Ja, ich weiß: Es ist ja wohl jedem klar, was das bedeutet. Nur nicht Panda-Tinka Peters!!)

»Das bedeutet leider, dass das nur total schwer abgeht«, gab Yvi zerknirscht zu. »Ich sehe *schlimm* aus!«, stöhnte ich.

»So schlimm ist es nicht«, bemerkte Indira, aber an ihrem erschrockenen Gesichtsausdruck erkannte ich, dass es doch schlimm war.

»Mistmistmist«, jammerte ich, weil mir klar wurde, was das bedeutete. »So kann ich nicht zu den ... zu meinen Eltern.«

»Dann bleib einfach hier«, freute sich Indira. »Komm, lernen kannst du doch auch morgen noch.«

»Genau«, meinte Yvi. »Lernen kannst du doch auch morgen.«

Und so blieb ich doch noch, bis um neun Uhr alle nach Hause mussten. Aber richtig Spaß hatte ich nicht mehr,

weil mich mein schlechtes Gewissen plagte, weil ich die Jungs hatten hängen lassen und weil ich den *James Bond*-Abend verpasst hatte und weil ich mir Sorgen machte. Was, wenn das *nie wieder* abging? Und ich bis ans Ende meiner Tage als Pandabär rumlaufen müsste?

Als ich nach Hause kam, hoffte ich nur, dass Tobi mich nicht erwischte. Er würde sich schieflachen und mich damit bis nächstes Jahr Ostern aufziehen. *Mindestens.*

Ich sah schon vom Flur aus, dass er in der Küche rumwuselte. Er würde mich also *auf jeden Fall* bemerken.

Da hatte ich eine Idee: Ich wartete, bis er mit seinem Joghurt rauskam, schoss um die Ecke und wackelte mit ausgestreckten Armen auf ihn zu und stieß diese fiesen Zombie-Geräusche aus, die er immer machte. »Ahhh!!«, kreischte er und ließ fast vor Schreck sein Schälchen fallen. »Scheiße, Tinka, wie siehst du denn aus?«

Ich grinste ihn zufrieden an. (War ich dem Moment sogar auch.) Dann fing er sich wieder. »Kann das sein, dass du dich im Datum vertan hast?«, fragte er kühl. »Halloween ist erst in einem Monat.«

»Man kann nie früh genug damit anfangen, seinem Zwillingsbruder Saures zu geben«, sagte ich.

»Das zahle ich dir heim«, drohte er und verzog sich dann nach oben. Bevor ich ins Wohnzimmer ging und meine Eltern vor dem Fernseher erschreckte, rief ich nach Mama. »Mama, komm mal!« Und bevor sie mich sah, fügte ich noch hinzu: »Nicht wundern, wir haben uns geschminkt.«

Mama fand das aber offensichtlich eher lustig und schimpfte gar nicht, auch nicht, als ich ihr gestand, dass ich das nicht mehr abbekam. Sie lächelte nur wissend und hob den Zeigefinger. »Wie gut, dass ich genau das habe, was du brauchst.« Sie schob noch ein leises »meine Große« hinterher und erzählte mir dann von ihren Schminkversuchen als Kind und dass das eben zu einem Mädelsabend dazugehörte. Aber das ganze Gelaber störte mich nicht. Ich war einfach nur froh, dass sie einen super Make-up-Entferner hatte und mir half, das ganze Zeug wegzumachen. Nur ein kleiner Rest schwarzer Farbe hing noch zwischen den Wimpern. »Aber das wäscht sich raus«, sagte sie. War ich erleichtert! Meine Zeiten als Panda sind seit gerade eben vorbei!

Samstag, 20. September, abends

Joshua
Wo bleibst du? ✓✓
19.35

Tinka Bell
Sorry, hatte einen kleinen Unfall, musste zu Hause bleiben. ✓✓
21.17

Joshua
Bist du VERLETZT? ✓✓
21.46

Vincent
Hat unser Arschbombenkönig etwa eine Arschbombe auf den Asphalt gemacht? ☺
21.46

Tinka Bell
Ha. Ha. ✓✓
21.47

Niklas
Click hier: YouTube Arschbombe in gefrorenen Pool ✓✓
21.48

Tinka Bell
Nee, ist schon wieder gut. Schade, dass ich nicht kommen konnte. ✓✓
21.48

Joshua
Dann beim nächsten Mal eben ✓✓
21.48

Puh! Merke: Jungs sind eindeutig ... weniger kompliziert als Mädchen.

Sonntag, 21. September

Heute habe ich beschlossen, einen Katinka-Tag zu machen. Ich werde mich in mein Zimmer zurückziehen und mein Handy ausschalten. Ich will von niemandem was hören und sehen. Stattdessen fange ich das Buch an, das Florentina mir empfohlen hat. Und das ist schon jetzt so spannend, dass ich es in einem Rutsch lese. Ich bin auf Seite 110! Es gab bisher nur zwei Unterbrechungen. Einmal rief Mats an und fragte, was denn passiert sei. Ich beschloss, einfach die Wahrheit zu sagen. Dass ich bei dem Mädelsabend war, aber eigentlich früher gehen wollte, um zu Joshua zu kommen. Und dass ich dann was ins Auge bekommen hätte und es ziemlich wehgetan hat und ich deswegen nach Hause musste.

»Hast du wieder mit Sonnenmilch rumgespritzt?«, fragte er und das Grinsen konnte ich sogar durch das Telefon hören. »Nee«, sagte ich und biss mir auf die Lippen. Ich will nicht verraten, dass es eine Tonne Schminke war, die mich entstellt hat. Er würde mich sonst für völlig durchgedreht halten!

»Wir haben ... äh ... aus Strohhalmen getrunken und ich habe nicht aufgepasst und dann ... pik! – hatte ich meinen im Auge.«

Mats kicherte. »Autsch!«

Das war immerhin nicht ganz gelogen, rede ich mir seitdem ein. Fast hätte ich mir nämlich wirklich meinen Strohhalm ins Auge gerammt.

Die zweite Pause mache ich jetzt, nämlich um an meinem Projekt weiterzuarbeiten.

PROJEKT:

Jungs verstehen das nicht!!!

Katinka Peters' neueste erweiterte Liste von Sachen, die Jungs nicht verstehen:

30. Arschbombenkönig ist nicht wirklich ein toller Name für ein Spiel. (Bauchplatscherkönigin allerdings noch viel weniger!)

31. Das Wort »sexy« ist nicht so witzig, dass man sich halbtot lachen muss.

32. Mädelsabende, bei denen man glitzernde Kleider anprobiert

33. Schminkexperimente, die damit enden, dass man aussieht wie ein Pandabär mit Bindehautentzündung

Montag, 22. September

Ich bin heute mit Mats zur Schule gefahren. Er hat mich die ganze Fahrt über komisch angeguckt.

»Was ist?«, fragte ich ihn etwas grober an als beabsichtigt.

»Irgendwie siehst du anders aus«, sagte er. Da fiel mir siedend heiß ein: Das liegt bestimmt an dem Rest Schminke, der immer noch zwischen den Wimpern klebt!! (Obwohl ich mich gründlich gewaschen habe! Woraus wird wasserfeste Schminke eigentlich hergestellt? Aus Teer? Ich schminke mich NIE WIEDER!!!)

Natürlich sagte ich ihm das nicht. »Du klingst wie Mama!«, knurrte ich. »Die sagt auch andauernd solche Sachen von wegen dass ich ja schon so groß wäre und so. Oh Mann!« Ich verwickelte Mats (ziemlich geschickt, wie ich finde) in ein Gespräch über das seltsame Benehmen von Eltern und war froh, dass das Thema »Das merkwürdige Aussehen von Katinka Peters« damit vom Tisch war.

Montag, 22. September, Fünf-Minuten-Pause

Der Samstagabend ist immer noch Thema. Indira, Yvi, Nele und Johanna reden heute von nichts anderem. Ich bin so froh, dass ich Mats die Wahrheit gesagt habe (jedenfalls die halbe), denn die Jungs kriegen das natürlich mit. (Yvi hat eine Tüte Gummibärchen dabei, weswegen die Jungs um ihren Tisch rumlungern.) Emil hat sogar eben gefragt, ob wir Fotos von den »sexy Kleidern« gemacht hätten.

»Nein«, sagte ich schnell, aber Indira hatte schon ihr Smartphone gezückt. »Na klar haben wir das!«, rief sie stolz und dann ließ sie es tatsächlich zu, dass Emil ihr das Handy aus der Hand nahm und selbst durch die Bilder blätterte und sie allen rumzeigte, bis er auf die Schminkbilder stieß und »Ahhh!« schrie und: »Was ist das denn für eine Horrortruppe!« UND: Er zeigte sie natürlich sofort rum. Wieso kapiert Indira nicht, dass Jungs das nicht verstehen? Dass sie sich darüber lustig machen werden??! Das war mir so peinlich, dass die Jungs die Bilder angeguckt haben!!

Während ich mich in Luft auflösen wollte, beharrte Indira weiterhin darauf, dass wir super aussehen. Fabian verzog den Mund und schrie: »Ihr seht aus wie Gruftis!«

»Stimmt gar nicht!«, rief Indira. »Wir sind geheimnisvoll und *dramatisch.*«

»Ja sicher, Indira.« Fabian lachte. Auch die anderen Jungs johlten und kicherten, aber trotzdem wollten sie die Bilder sehen. Mats natürlich auch. »Das soll Tinka sein?«, rief Mats, als er mich mit den Pandabär-Augen sah. Die Jungs beugten sich alle darüber und ich, ich wäre am liebsten im Boden versunken.

»Ist gar nicht so schlecht«, fand Joshua und fügte hinzu: »Wenn man in der Geisterbahn arbeitet jedenfalls.« Dabei knuffte er mich freundschaftlich in den Arm und es kribbelte seltsam. »Ha. Ha«, machte ich und streckte ihm die Zunge raus. Er zwinkerte mir zu, was natürlich an seinen albernen Ponyfransen liegt. Die aber gar nicht so schlecht aussehen, schoss es mir durch den Kopf, was mich für einen Moment total verwirrte. Aber dann schnappte sich Vincent das Mäppchen von Kammombär-Patrice und fing an, es rumzuwerfen, und das lenkte die Jungs endlich ab. Ich ging wieder auf meinen Platz und mal wieder war da diese seltsame Aufgewühltheit in mir.

Irgendwie ist in letzter Zeit alles so verwirrend! Zum Glück schreibe ich Tagebuch, um das alles zu *entwirren.* Auch wenn mir das momentan nicht besonders gut gelingt, wie ich finde. (Können sich Gehirnwindungen eigentlich *verknoten?)*

»Die Jungs haben doch keine Ahnung«, brummte Indira und schaute sich noch mal die Bilder an. »Wir sehen absolut super aus.«

»Ja«, sagte ich, weil ich das auch finde. Es war ungewohnt, sich so zu sehen, aber irgendwie auch ... aufregend. Und gut. Das sagte ich Indira so und sie nickte.

»Und es ist ja auch so, dass Jungs oft gar nicht das meinen, was sie sagen«, sagte Indira dann.

»Echt nicht?«, fragte ich erstaunt.

»Nein. Mama sagt immer, was sich neckt, das liebt sich.

Das heißt, wenn sie doofe Kommentare machen, wollen sie uns nur necken. Und Fabian hat ja nun reichlich doofe Kommentare gemacht. Aber was das bedeutet ... tja ... das wissen wir ja!« Sie schaute mich zufrieden an und ich seufzte.

Irgendwie komme ich bei dieser Logik nicht mit. Aber so ist das offensichtlich, wenn man verknallt ist. Da funktioniert das Hirn einfach nicht mehr richtig. Oh, ich muss schnell das Tagebuch wegpacken, Erdkunde geht los!

Montag, 22. September, nachmittags

Ich bin wieder zu Hause, aber irgendwie mit dem Kopf auch noch in der Schule, weil ich immer noch überlege, wie es dazu kommen konnte, dass ich in *diese Sache* eingewilligt habe. Diese **SCHRECKLICHE SACHE!** Die so schrecklich ist, dass ich mich noch nicht mal traue, sie hierhinzuschreiben! Denn dann werde ich mich ja später immer daran

erinnern, wie schrecklich sie war ... und wenn ich sie nicht schreibe, vergesse ich sie vielleicht?! Andererseits ist sie so schrecklich, dass ich mich mit Sicherheit mein ganzes Leben daran erinnern werde. Da kann ich sie genauso gut auch aufschreiben. (Ich stelle fest: Entwirren kann ganz schön verwirrend sein.)

Also: Eigentlich fing es ganz harmlos an. In der Hausaufgabenzeit sollten wir heute schon mal Inhalte für das Thema der Projektwoche überlegen, die nächste Woche losgeht. Wir sind tatsächlich alle in der Insektengruppe: Mats, Joshua, Vincent, Emil, Fabian, Niklas, Paul und ich. Indira war enttäuscht, weil ich mit Fabian und den anderen mitgehen konnte.

»Wir sehen uns heute Nachmittag bei der Tanz-AG«, tröstete ich sie, bevor ich den Jungs nachlief, die sich schon auf den Weg nach draußen machten. Auch Yvi schaute mir fragend hinterher, als ich rausging. Um in Kleingruppen unser Thema zu entwickeln, durften wir uns heute einen Platz suchen, wo wir ungestört alleine arbeiten können. Unsere Ideen sollten wir dann am nächsten Montag zu Beginn der Projektwoche mit dem Lehrer besprechen. Nach dem Schminkdesaster hatte ich mir vorgenommen, heute so viele Coolness-Punkte zu sammeln wie möglich. »Okay, Leute«, fing Niklas an. »Wir sind ja in der Krabbelgruppe. Also, was machen wir? Irgendwelche Ideen, wie wir das Thema Insekten cool rüberbringen können?«

»Ich weiß!«, schrie Emil. »Wir bauen eine Riesenfliegenklatsche.« Großes Gelächter bei der Vorstellung. Ein paar Minuten demonstrierten die Jungs pantomimisch, wie sie mit einer Riesenfliegenklatsche alle Insekten plattmachten. »Und Kammonbär-Patrice!«, brüllte Vincent. Alle prusteten los.

»Genau. Kammonbär-Patrice, die alte Schabe!«, rief Emil.

»Und die Sphinx«, jubelte ich übermütig.

Die Jungs hielten inne und schauten mich erstaunt an. »Wen?«, fragte Paul.

»Na, Herrn von Grünfeld. Den Diktator?«

»Genau, die Lehrer auch!«, brüllte Vincent, aber das Gelächter ebbte ab. Irgendwie hatten sich jetzt alle ausgetobt. Emil packte eine Capri-Sonne aus, stach den Strohhalm in die Öffnung, wobei er die Packung zu feste drückte, sodass Saft rausschoss.

»Jetzt mal im Ernst«, sagte Joshua, »unser Ziel muss sein, den Leuten zu zeigen, wie wichtig Insekten sind. Viele kreischen ja bei der kleinsten Fliege sofort los.«

»Pah«, sagte ich. »Das machen doch nur Tussen!«

»Genau«, fand auch Vincent. »Die Weiber schreien doch bei jedem Vieh!« In dem Moment hörten wir ein Summen. Eine Wespe näherte sich, sie steuerte zielgenau Emil an, der mit seiner klebrigen Capri-Sonne zwischen Niklas und Vincent saß. Niklas sprang auf.

»Was ist los? Hast du etwa auch Angst vor der Wespe?«, fragte Mats spöttisch.

»Nee, mein Bein schläft ein«, behauptete Niklas und lief ein bisschen rum, wobei er aber die Wespe nicht aus dem Auge ließ. (Ich habe das genau beobachtet!) Auch Emil war nicht gerade erfreut. Er schlug nach ihr und raunte: »Hau ab, du Arschloch!«

»Das wäre auch eine hübsche Überschrift für unser Thema«, sagte Mats und kicherte und ich musste auch losprusten.

»Aber genau das ist es doch!«, sagte Joshua da. »Wir müssen die Feindbilder ein bisschen sympathischer machen. Den Leuten die Angst nehmen. Und welches Insekt finden die Leute normalerweise immer am fiesesten?«

»Kröten«, schlug Paul vor. (Unglaublich, aber wahr!)

Niklas schlug ihm auf den Hinterkopf. »Aua!«, schrie Paul. »Was soll der Scheiß?« Er sprang auf und die beiden fingen an, sich zu raufen. Es ist wirklich interessant, Jungs bei einer Gruppenarbeit zu beobachten. Sie sind so *zielorientiert.* (Haha. Kleiner Spaß!)

Immerhin hatte Emil seine Capri-Sonne endlich ausgetrunken und in den Mülleimer geworfen und damit die Wespe weggelockt.

»Also, Wespen sind nicht gerade beliebt …«, stellte Mats fest und ich ahnte, was er sagen wollte, deshalb kam ich ihm zuvor: »Aber am meisten Schiss haben die Leute natürlich vor Spinnen!«

»Spinnen sind keine Insekten«, bemerkte Fabian. »Spinnen gehören zur Klasse der Spinnentiere.«

»Spinnen sind also *Spinnen*tiere«, meinte Vincent grinsend und imitierte Fabians hochtrabenden Tonfall. »Wäre ich *niiiie* draufgekommen, du Genie.«

»Mann, du Idiot. Spinnentiere sind eine eigene *Klasse*, genau wie Insekten eine eigene Klasse sind«, versuchte Fabian zu erläutern. Aber Vincent erwiderte nur: »Du bist auf jeden Fall in der Klasse der *Spinner.*« Damit erntete er wieder einige Lacher von Paul, Emil und Niklas.

Fabian stöhnte und stützte den Kopf in die Hände. Joshua sagte: »So wird das nichts.« Auch Mats fing an, vernünftig zu werden: »Lasst uns jetzt mal wirklich was überlegen.«

»Ja«, mischte ich mich ein. »Spinnen sind total verhasst, dabei sind sie so nützlich.«

»Für was?«, fragte Vincent angewidert. »Für den Gruselfaktor, aber für sonst nichts.«

»Ich sehe schon, du wirst in der Projektwoche eine Menge lernen«, sagte Joshua.

Fabian bestimmte: »Also machen wir auf jeden Fall was mit Spinnen.«

»Am besten eine praktische Einführung, um die Angst loszuwerden. Ein Anti-Spinnenphobie-Projekt«, sagte ich.

»Super Idee!«, rief Joshua.

»Und wer soll das machen?«, fragte Mats skeptisch.

Die Jungs zögerten, dann schauten sie mich an. »Du bist doch die Coolste von uns«, sagte Niklas. (Oh, hätte ich doch bloß nie so »cool« gewirkt! Oder das mit den Spinnen vorgeschlagen!!)

»Ja, genau«, sagte Fabian. »Kobra-Kati ist die Coolste.«

»Wenn sie nicht gerade einen sexy Sari anhat«, kommentierte Mats und stieß mich aufmunternd in die Seite, und da hörte ich mich sagen: »Alles klar. Ich mach die Spinnenaktion.« (Weil ich halt die Coolste bin, ich meine, wie wäre ich sonst aus der Nummer wieder rausgekommen, ohne total uncool zu sein?!)

»Arschbombe!«, rief Vincent und hielt mir die Hand zum High Five hin. »So kennen wir die Kobra!«

»Kein Ding!«, sagte ich und mir zittern JETZT die Knie, wenn ich daran denke, aber vorhin habe ich, voll überzeugt von meiner guten Idee, mit den Jungs abgeklatscht. Fühlte mich großartig!! Wie gesagt: fühlte, *Vergangenheit.* Dann sprachen die anderen weiter über Bienen und Schmetterlinge, und ich hatte auf einmal unheimlich viel Spucke im Mund. Hatte ich gerade wirklich eingewilligt, eine *Spinnenaktion* am Tag der offenen Tür zu machen???!

Ich kann es immer noch nicht fassen, dass ich mich dazu gemeldet habe. Und das auch noch **FREIWILLIG!** Ich bin froh, dass gleich Tanz-AG ist, dann kann ich mich wenigstens ablenken.

Mein persönlicher Schicksalstag, allgemein bekannt als Montag, 22. September

Okay. Der 22. September ist ab sofort mein persönlicher Schicksalstag. Meine Zukunft ist so was von besiegelt. Und sie wird *nicht* rosig! Noch nicht mal das kleinste bisschen. Im Gegenteil. Sie ist schwarz wie die Nacht und haarig wie ein Spinnenbein. (Oder so ähnlich.) Auf jeden Fall: schaurig!

Und wenn ich später mal dieses Tagebuch lese, werde ich genau wissen, welches Datum es war, an dem mein Leben endgültig den Bach runterging. Wie sich herausstellen sollte, ist nämlich die Spinnenvorführung nicht das Einzige, was mir blüht beim Tag der offenen Tür.

Denn bei der Tanz-AG hatte Yvi eine absolut wahnwitzige Idee. Es war so: Die Mädels empfingen mich mit strahlenden Gesichtern. »Wir haben eine Superidee!«, rief Indira, als ich reinkam.

»Solange es nichts mit Spinnen zu tun hat, bin ich dabei«, scherzte ich. (Ja, da hatte ich wenigstens noch meinen Humor. Wenn auch Galgenhumor!)

Die anderen schauten mich fragend an, aber dann erklärte Yvi schon: »Frau Schnabel hat doch gesagt, wir könnten Vorschläge machen. Und ich habe überlegt, dass wir einen Bollywood-Tanz einüben!«

»Yeah!«, schrie Indira und »Wuhuuu!«, Nele und Johanna schrien auch »Wuhuu!« und hoben die Arme wie indische Tänzerinnen und wackelten mit dem Kopf. »Ist das nicht toll?«, fragte Indira und warf sich mir an den Hals.

»Na klar«, rief ich schnell. »Superidee!« (Fand ich da ja wirklich noch. Der Knaller kam ja dann erst.)

»Wir können das richtig gut«, jubelte Johanna.

»Und dann führen wir den Tanz beim Tag der offenen Tür vor«, verkündete Yvi strahlend. »Die Supergirls-Tanztruppe!«

Mir blieb der Mund offen stehen. **TAG DER OFFENEN TÜR?** Ich? Als indische Prinzessin? *Tanzend?* Auf einer *Bühne?* Yvi fing meinen Blick auf. »Keine Sorge, Katinka, wir benutzen keine Keulen!« Alle lachten, aber es war ein freundschaftliches Lachen, und ich lachte auch. (Mein Lachen war natürlich ein panisches Lachen. Deswegen fiel es ein klitzekleines bisschen lauter aus.) Und dann streckte Yvi die Hand aus und sagte: »Los, Supergirls, da geben wir uns die Hand drauf!«

Und da konnte ich ja gar nicht anders, da musste ich einschlagen. Und damit ist mein Schicksal besiegelt. Ich werde am Tag der offenen Tür nicht nur eine Spinnenvorführung machen, sondern auch noch als indische Prinzessin auftreten. UND ICH WEISS DOCH SCHON, WO DAS ENDET!!! Das ist die Sackgasse zur Endstation MEGA-BLAMAGE!!!

AAAAAAAARRRRG!

MEGA-AAAAARRRRRG!

Okay. Ich habe ein bisschen auf mein Kissen eingeschlagen und hier wild rumgekritzelt und jetzt liege ich nur noch kraftlos auf meinem Bett. Eines möchte ich mal wissen: Was ist eigentlich aus meinem Lebensziel »niemals blamieren« (SCHON GAR NICHT AM TAG DER OFFENEN TÜR) geworden? Kann mir das mal bitte einer sagen? Und wieso passiert so was immer nur mir?

Dienstag, 23. September, abends

Na ja. Habe mich ein bisschen beruhigt. Ich meine, immerhin verfolge ich mein wichtigstes Lebensziel (niemals verlieben) immer noch äußerst zielstrebig und es gibt absolut keinen Anlass für Zweifel, dass ich dieses Lebensziel auch erreichen werde.

Und was Punkt zwei (nie mehr blamieren) anbelangt, rede ich mir, dass ja noch gar nichts passiert ist. Also, hier noch mal für alle zum Mitschreiben: ES IST NOCH NICHTS PASSIERT!

Und es *muss* ja auch nicht zwangsläufig etwas Peinliches passieren. Denke ich mal. Es kann ja auch alles gut gehen. Genau! Wir bewegen uns ein bisschen zur Musik und gut ist. Und die Sache mit den Spinnen – du meine Güte. Wir werden schon keine Taranteln und Vogelspinnen mit riesigen Giftzähnen präsentieren, die dann die Leute anfallen und eine Massenpanik auslösen, in deren Folge der Tag der offenen Tür im Chaos versinken könnte und damit die Ära der Projektwochen an der Maria-Sibylla-Merian-Gesamtschule zu Ende ginge. Nein. Wir werden ein niedliches kleines Terrarium mit niedlichen kleinen einheimischen Achtbeinern aufstellen und eine Infotafel, auf der erklärt wird, dass Spinnen entgegen ihres Rufes total harmlos und vor allem total nützlich sind, weil es ohne sie eine weltweite Mückenplage geben würde. Mehr nicht.

Abgesehen davon läuft es in der Mit-Mats-befreundet-bleiben-Sache ziemlich gut. Er und die Jungs haben mich echt akzeptiert und es gibt keine doofen Sprüche mehr. Was auch daran liegt, dass ich ihnen erstens gesagt habe, dass wir bei der Schminkaktion für Halloween geübt hätten, wo wir alle als Vampire gehen wollten. (Also ich zumindest, habe ich schnell beschlossen.) Und *natürlich* habe ich ihnen nicht verraten, dass ich bei dieser Bollywood-Sache mitmache. Und das muss auch unbedingt so bleiben. Erstens verstehen Jungs nicht, was am Tanzen und an bunten Kleidern schön ist, und zweitens: Wenn bei meinem Auftritt was schiefgeht, soll Mats nichts davon mitbekommen, weil es ihm bestimmt megapeinlich ist. (Und eines meiner Lebensziele war ja auch, *ihn* nie wieder zu blamieren.)

Zum Glück haben die Mädels sich darauf eingelassen, dass wir erst einmal niemandem etwas von unserem Auftritt verraten. Ich habe gesagt, wir müssten ja erst mal üben und gucken, ob das gut genug ist für einen öffentlichen Auftritt. Frau Schnabel fand unseren Vorschlag übrigens hervorragend. Sie lobte unsere Eigeninitiative und stellte jedem frei mitzumachen oder nicht, wegen der Kostüme, die jeder selbst besorgen müsste. Spagathe wollte auf jeden Fall, auch Greta und Jule waren begeistert und wollten ihre Eltern fragen. Madison die Streberin hat gesagt, auf keinen Fall, sie mache sich doch nicht lächerlich mit einem Auftritt. (Da habe ich zum ersten Mal gedacht, sie ist ja doch ziemlich schlau. Schlauer als ich jedenfalls. Wieso ist mir das nicht eingefallen, als alle *Wuhuu!* geschrien haben???)

Jedenfalls sind wir jetzt sechs Mädels: Indira, Yvi, Johanna, Nele, Spagathe und ich. Greta und Jule machen doch nicht mit, weil die Saris ja bauchfrei sind und das wollte Jule nicht (obwohl Indira beteuert hat, dass es in Indien völlig egal ist, ob man einen dicken oder dünnen Bauch hat, was Jule aber nicht überzeugte). Und weil Jule nicht wollte, wollte auch Greta nicht. Wir haben beschlossen, dass das egal ist und dass sechs genau die richtige Anzahl ist. (Fünf wäre eigentlich auch eine super Zahl, habe ich argumentiert, und es würde mir nichts ausmachen, beim Auftritt nur als Ersatz parat zu stehen, aber darauf wollten sie sich nicht einlassen. Besonders Indira nicht. Schade.)

Heute Nachmittag haben wir uns bei Yvi zu Hause getroffen. Die haben einen Fitnessraum im Keller, wo man super üben kann. Vor allem, weil an der Wand ein riesiger Bildschirm hängt, auf dem wir Bollywoodtanzszenen angucken können. Da haben wir dann unsere Choreografie einstudiert. Hat natürlich noch nicht soooo super geklappt, weswegen wir beschlossen haben, jetzt jeden Nachmittag zu üben. Indiras Mutter ist so nett und leiht uns tatsächlich die Saris für den Auftritt. Dass sie ein bisschen zu lang sind, macht nichts, hat sie gesagt, man könne den Stoff raffen.

Und sie schlug etwas vor, das mir besonders gefiel: »Wollt ihr auch Schleier tragen? Manche indischen Tänzerinnen haben auch einen dünnen Schleier vorm Gesicht.«

»Super!«, rief ich begeistert. »Das finde ich toll.« Und dann fiel mir noch eine Sache ein. »Unsere Haare! Für die perfekte Tarn... äh ... Kostümierung brauchen wir auch schwarze Perücken.«

Da waren die Mädels verdutzt. »Es gibt weder blonde noch hellbraunhaarige Inderinnen«, erklärte ich. »Und schon gar keine rothaarigen!« (Rothaarige »Inderinnen« können nämlich aus einem Kilometer Entfernung identifiziert werden.)

Aber die Mädels sahen das ein und waren sofort Feuer und Flamme und so haben wir beschlossen, uns schwarze Perücken zuzulegen. Perücke und Schleier! Ich bin total erleichtert. So kann mich keiner erkennen. Inkognito tanzt es sich definitiv leichter auf dem Tag der offenen Tür.

Mittwoch, 24. September

Natürlich ist die Sache mal wieder **KOMPLIZIERTER ALS GEDACHT,** weil ich ja verhindern muss, dass Mats und die Jungs mitkriegen, dass ich bei dieser Tanzvorführung mitmache. Die Mädels kennen aber leider kein anderes Gesprächsthema mehr. Weswegen ich die beiden Gruppen schön sauber getrennt voneinander halten muss. Und da ich sozusagen die Schnittmenge zwischen den beiden Gruppen bin (hach, da habe ich endlich mal was aus dem Matheunterricht behalten), geht das am einfachsten, wenn ich einfach ... nicht da bin.

Deswegen verbringe ich meine Mittagspausen in dieser Woche zum Beispiel in der Bücherei, wo ich Florentina treffe. Ich erzähle ihr mal, wie super ich das Buch fand, und da empfiehlt sie mir vielleicht noch eines, das ich mir ausleihen kann.

Donnerstag, 25. September

Indira hat gesagt, dass sie Fabian jetzt erst einmal in Ruhe lassen möchte. Sie nennt das ihre »neue Taktik«. »Ich habe in der *Bravo Girl* gelesen, dass man Jungs nicht zu sehr bedrängen soll«, hat sie mir erklärt. »Das schreckt sie nämlich manchmal ab, stand da.« Ich bin echt erleichtert (Fabian sicher auch). Jetzt himmelt sie ihn nur noch von Weitem an.

Freitag, 26. September

Ich habe mich in die Büsche geschlagen und einen geheimen Tagebuch-Schreib-Ort gefunden ... denn es gibt viel zu berichten. Natürlich nichts Gutes, typisch halt. Warum wundert mich das eigentlich nicht? Denn: Natürlich war *klar*, dass es irgendwann rauskommt. Mit dem Tanz, meine ich. (Ich hatte mir so was ja schon gedacht, weil wir ja einen AUFTRITT haben werden. Ich meine, ich persönlich hätte nichts dagegen, wenn der Auftritt unter Ausschluss der Öffentlichkeit stattfinden würde. Aber damit stehe ich wohl ziemlich alleine da.)

Jedenfalls sagte Emil, als wir nach Erdkunde in die Pause gingen: »Habt ihr schon gehört? Ein paar von den Mädchen machen eine Bauchtanzvorführung!«

»Ihh!«, schrie Niklas.

»Bauchtanz?«, entfuhr es mir überrascht.

»Ja, in so orientalischen Fummeln«, erklärte Emil. »Da hängen so Plakate an den Türen.«

»Was soll denn der Krampf?«, motzte Mats.

»Ich weiß von nichts«, behauptete ich. Was

ja nicht gelogen war. Von einer *Bauch*tanzvorführung weiß ich wirklich nichts!

Sofort stürmten alle zu dem Plakat am Haupteingang. Die Jungs lachten über das Foto der Bollywoodtänzerin darauf. »Mir wird schlecht«, sagte Fabian.

Niklas kommentierte: »Die sehen ja aus wie eure Kostüme!«

Mats schaute mich fragend an. Ich hob die Hände, als hätte ich mit der ganzen Sache nichts zu tun. Mats stellte fest: »Aber Katinka macht bei so was nicht mit.«

»Nee«, rief ich. »Natürlich nicht. Hey, das ist ja wohl kein Arschbombenwettbewerb!«

Dann sah ich von Weitem die Mädels anrücken. Auweia! Ich musste hier weg! Und die Jungs auch! Schnell stürmte ich durch die Tür nach draußen. Die Jungs kamen mir zum Glück hinterher und wollten zum Freiplatz. Aber ich hatte erstens keine Lust auf Basketball und zweitens Sorge, dass die Mädels hinterherkommen würden – und da merkte ich, dass ich es langsam nicht mehr aushielt. Ich fühlte mich total gestresst! So als würde von allen Seiten an mir gezerrt. Deswegen sagte ich, ich müsse noch mal zum Klo, dann lief ich zum Westeingang und drückte mich in einem unbeobachteten Moment in die Büsche, genau an der Stelle, wo ich Florentina mal hatte rauskommen sehen. Tatsächlich, nach ein paar Metern durchs Unterholz öffnete sich das Buschwerk und dort war tatsächlich ein bisschen Rasen und ein gemütlicher Stein, auf den ich mich fallen ließ. Ich atmete ein paar Mal tief durch. Wie angenehm! Ich hörte die Vögel zwitschern und das übliche Geschrei vom Schulhof nur weit entfernt. Hier kann ich total gut Tagebuch schreiben und ich finde super, dass ich das gleich loswerden kann. Was bin ich froh, wenn diese dämliche Projektwoche endlich vorbei ist! Dann wird mein Leben hoffentlich wieder normal.

Im Moment fühlt es sich nämlich gar nicht gut an. Eher wie einmal im Urlaub bei diesen olympischen Kinderspielen in diesem holländischen Campingpark. Da musste man im Schwimmbad über wacklige kleine Minifloße laufen, was wirklich nur funktioniert hat, wenn man ganz schnell darübergerannt ist. Sobald man einmal zögerte, ist man ins Wasser geplumpst. Und jetzt fühle ich mich auch so: als dürfte ich nicht anhalten und müsste auf jeden Schritt achtgeben, sonst gehe ich ziemlich übel baden. Und ich frage mich auf einmal, ob mein Leben nicht einfacher war, als ich mich noch vor aller Welt (und Mats) blamiert habe. Psst, da raschelt was!

Später

Es war Florentina, die sich auch durch das Gebüsch gezwängt hat. War ich froh, dass es nicht Rocco war oder ein Lehrer oder jemand anders! »Oh, hi«, sagte sie überrascht. »Was machst du denn hier?«

»Ich hatte keinen Bock mehr auf den Pausenstress«, antwortete ich. »Und irgendjemand hat mir verraten, dass man hier gut chillen kann.«

»Das muss jemand ziemlich Schlaues gewesen sein«, sagte sie grinsend. Ich rutschte ein bisschen auf meinem Stein, sodass sie sich neben mich setzen konnte. Das Tagebuch hatte ich vorher schnell in den Rucksack gesteckt. »Wer nicht hören will, muss fühlen«, sagte ich plötzlich.

»Hä?«, machte Florentina.

»Du wolltest doch wissen, was auf Platz eins der doofen Sprüche von Mama ist. Und das ist eindeutig *Wer nicht hören will, muss fühlen.*«

Florentina lachte. »Oh ja. Der ist wirklich mies. Weißt du, welchen ich auch schlimm finde?« Sie machte eine Pause und verkündete: »Der frühe Vogel fängt den Wurm.«

»Ihhh!«, schrie ich. »Der kommt bei mir auch auf Platz zwei!«

Wir kicherten ein bisschen vor uns hin und plötzlich überkam mich das Bedürfnis, einfach mal loszuwerden, in welches Schlamassel ich mich reinmanövriert hatte. Und genau in dem Moment fragte sie: »Was ist denn los, Katinka? Alles okay bei dir?«

Und da brach es richtig aus mir heraus. Dass ich mit Mats befreundet bleiben will, dass es aber total schwierig ist, weil er mit Mädchensachen gar nichts mehr anfangen kann, und ich ihm peinlich bin, wenn ich Mädchensachen mache. Dass ich mich mit den Mädels angefreundet habe und das auch genieße, weil man einfach so viel Quatsch machen kann, dass ich aber einiges auch langweilig oder doof finde und dann trotzdem mitmache, weil die anderen es gut finden. »Schminken und Stars, die ich nicht kenne, und darüber reden, in wen man verliebt ist.« Ich zog eine Grimasse. Und dann gestand ich ihr, dass ich bei dem Bollywoodtanz mitmachte, obwohl ich totale Angst vor dem Auftritt habe, weil mir bestimmt wieder was total Peinliches passieren würde.

»*Da* machst du mit?«, fragte Florentina erstaunt.

»Ja, weil Tanzen macht mir echt Spaß, aber den Auftritt wollte ich eigentlich gar nicht, aber dann konnte ich irgendwie nicht Nein sagen. Doof, was?«

»Ach, das ist doch normal«, kommentierte Florentina achselzuckend. »Gruppenzwang halt.«

Da musste ich einen Moment überlegen. »Stimmt!«, fiel mir auf. »Du hast recht! An Gruppenzwang habe ich noch gar nicht gedacht.« Und nach einer weiteren Denkpause fügte ich hinzu: »Seltsam. Ich habe das gar nicht gemerkt, dass ich irgendwie unter Gruppenzwang stehe.«

»Tja, das schleicht sich so an«, sagte sie, »wie bei einer Erkältung. Da weißt du ja auch nicht, wo du dich angesteckt hast, und dann hast du trotzdem auf einmal Schnupfen.«

»Stimmt«, pflichtete ich ihr bei. Sie kam mir auf einmal richtig weise vor. »Aber ... was soll ich denn jetzt machen?«

»Einfach die Wahrheit sagen«, riet sie und zuckte mit den Schultern. »Einfach so sein, wie du bist. Wem das nicht gefällt, der hat Pech gehabt.« Das leuchtete mir natürlich total ein. Und es klang auch echt gut. Leider ist diejenige, die mir das geraten hat, als Satansanhängerin verschrien und verbringt ihre Pausen immer alleine. Hm. Das ist natürlich die Gefahr. Dann bist du so, wie du bist, aber allein, weil dich alle komisch finden.

Das letzte schöne Wochenende meines Lebens

Nächste Woche ist Projektwoche. Ich habe **TOTALEN BAMMEL,** ist ja klar. Ich habe mir fürs Wochenende verordnet, nur schöne Sachen zu machen. Meine Lieblingssachen. Also gucke ich *Ostwind 1* und *2* und futtere einen Haufen selbst gemachtes Popcorn. Ich ziehe meine hellblaue Lieblingshose an und streite auch (fast) gar nicht mit Tobi, der mich deswegen schon merkwürdig anguckt und fragt, ob alles mit mir in Ordnung ist. Natürlich gehe ich auch zu den Tanztrainings, die jetzt schon echt gut klappen. Und ich freue mich, dass Mama mir eine schwarze Perücke bestellt hat, die am Montag geliefert wird.

Und zwischendurch bete ich immer wieder, dass ich mich auch noch übernächste Woche in der Schule blicken lassen kann. Und ich versuche mich schon mal auf meinen Spinneneinsatz vorzubereiten. Oskar hat so eine Plastikspinne, die er mal geschenkt bekommen und nie aus der Packung genommen hat (weil sie ihm auch unheimlich ist, was er zwar nicht zugibt, aber ich weiß es!). Die habe ich mir geliehen. Und das Bescheuerte ist: Auch wenn ich weiß, dass sie aus Plastik ist und kein bisschen lebt, ist es ein total ekliges Gefühl, sie auf die Hand zu nehmen. Weil sie so echt aussieht! Und auch echt haarige Beine hat! Und ich mir dann immer vorstelle, dass sie sich bewegt und ihre Fangzähne in meine Hand schlägt. (Haben Spinnen Fangzähne? Würde mich jedenfalls nicht wundern!!!) Ich kann nur hoffen, dass niemand erwartet, dass ich wirklich eine LEBENDIGE Spinne anfasse.

Montag, 29. September - Tag 1 der Schicksalswoche!

Es ist so weit. Das Schicksal nimmt seinen Lauf. Ich habe beschlossen, alles so aufzuschreiben, als ob es gerade passiert. Damit ich auch später, wenn ich alt und klapprig bin, es immer noch so lesen kann, als wäre ich live bei meinem Untergang oder meinen Triumph (haha!) dabei.

Mama fragt mich beim Frühstück, was los sei und ob ich mich nicht freuen würde. »Doch«, behaupte ich und bemühe mich, nicht loszuheulen, »ich freue mich total.«

»Das klingt aber gar nicht so«, findet sie. Da mache ich mich schnell vom Acker, weil ich sonst wirklich noch anfange, vor Aufregung zu flennen! Aber geheult wird nicht. Jedenfalls jetzt noch nicht. Als ich Mats vor dem Haus treffe und wir zusammen zur Schule fahren, geht es mir schon besser. Wir albern herum. (Und labern Unsinn, den ich hier nicht wiedergeben kann, weil es sich um Insiderwitze zwischen Mats und mir handelt, die ich später als altes Ich eh niemals mehr kapieren würde. Ich meine: »Ein Yak muss tun, was ein Yak tun muss!« Na, alte Katinka Peters? Wo ist da der Witz?)

Die Ablenkung tut total gut. Als wir vor der Schule ankommen, bin eigentlich sogar ganz fröhlich, dann treffen wir uns mit der Projektgruppe. Unser Projektleiter ist Biolehrer Herr Ott. Er sammelt unsere Vorschläge ein, die wir für die Projektwoche gemacht haben. Kurz habe ich die Hoffnung, dass er die Spinnensache ablehnt, weil Spinnen ja gar nicht zu den Insekten gehören, sondern zur Klasse der Spinnentiere, aber da sagt er auch schon, dass er die Idee, den Leuten die Angst vor Spinnen zu nehmen oder sie zumindest sympathischer zu machen, super findet. Er verspricht, ein Terrarium mitzubringen, wo wir sie ausstellen können. Dann schickt er uns raus, damit wir rund um die Schule Insekten suchen und auflisten. »Um zu verdeutlichen, wie verbreitet Insekten sind.«

Die Mädels sind auch draußen. Sie sind in der Plastik-Gruppe und haben die Aufgabe, Plastikmüll zu suchen. »Wir bauen eine Skulptur aus Plastikmüll!«, ruft Indira aufgeregt und klimpert Fabian mit ihren Wimpern an (der sie tatsächlich von selbst angesprochen und gefragt hat, was sie denn da im Gebüsch sucht). Woraufhin sie mich anstrahlt, weil ihre neue Taktik offensichtlich funktioniert. »Wie spannend!«, sagt

Fabian spöttisch und fängt eine kleine Rauferei mit Emil an.

»Das ist *in der Tat* sehr spannend«, mischt sich die Projektleiterin, Kunstlehrerin Frau Dreyer, ein und erklärt, wie groß die Plastikstatue werden soll. Dabei fuchtelt sie mit den Händen rum und ruft hochtrabend: »Damit veranschaulichen wir, dass Plastik den Menschen verdrängt.«

»Äh«, wende ich. »Ist es nicht eher so, dass Plastikmüll die Tiere verdrängt? Zum Beispiel im Meer?«

Frau Dreyer schaut mich irritiert an. »Ja, *auch.*«

»Genau!«, ruft Johanna. »Wie wäre es, wenn wir ein *Meer* aus Müll machen und dann einen Fisch, der darin erstickt?«

»Nein«, sagt Frau Dreyer bestimmt. »Das hat doch keinen *künstlerischen Wert.«* Das sagt sie so ganz komisch betont. Dann klatscht sie in die Hände und scheucht die Mädels weiter, um nach Müll zu suchen. Wir machen uns auf die Spur der Insekten. Wie sich herausstellt, ist es einfacher, Müll zu finden als Krabbeltiere.

Schicksalswoche, Tag 2

Herr Ott hat heute ein Terrarium mitgebracht. Er grinst, als er es auf sein Pult stellt. »Jetzt müssen wir nur noch Spinnen suchen, die wir ausstellen können.« Er wirft einen prüfenden Blick in die Runde. »Na, wer möchte das freiwillig machen?« Mats nickt mir aufmunternd zu. Ich muss schlucken, aber dann hebe ich die Hand. »Die Spinnenbeauftragte meldet sich zum Dienst«, sage ich tapfer.

»Wer geht mit?«

»Ich«, meldet sich Mats und ich bin total froh, dass er mich nicht im Stich lässt. Auch Joshua hebt die Hand.

Irgendwie hatte ich gehofft, dass er sich auch meldet, weil er schon so viel über Insekten zu wissen scheint.

»Ich schlage vor, dass ihr im Keller anfangt«, sagt Herr Ott. »Ich habe schon mit dem Hausmeister geklärt, dass ihr in den Abstellraum dürft.« Dann werden wir mit leeren Marmeladengläsern ausgestattet und dürfen gehen. Der Hausmeister, ein Mann in Papas Alter, der niemals eine Miene verzieht, führt uns in den Keller.

Spannend ist das! Hier unten waren wir noch nie, weil hier natürlich keine Klassen- oder sonstige Unterrichtsräume sind. Es ist ein merkwürdiges Gefühl, an den nackten Betonwänden vorbeizulaufen, an der Decke große, mit Metallfolie eingewickelte Rohre. Unsere Schritte hallen von den Wänden wider. Mats heult dazu gespenstermäßig: »Buuuuhh.« Vor einer Eisentür bleibt der Hausmeister stehen und schließt sie mit einem Schlüssel aus seinem dicken Bund auf.

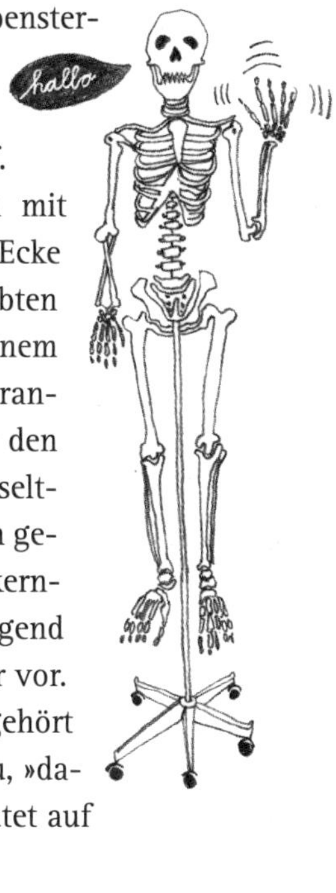

Dahinter verbirgt sich ein großer Raum mit aufgestapelten Stühlen und Tischen, in der Ecke aufgerollte Karten und Kisten mit verstaubten Büchern. Ein Skelett hängt auch noch an einem Ständer in der Ecke, als bewache es die ausrangierten Schulmöbel. »Fasst nichts an. Außer den Spinnen natürlich.« Der Hausmeister lacht seltsam keuchend. »Davon dürfte es hier reichlich geben. Viel Spaß.« Dann lächelt er und im flackernden Licht der Neonröhre sieht das furchterregend aus. Wie in einer Geisterbahn komme ich mir vor. »Wenn ich in einer Stunde nichts von euch gehört habe, komme ich euch suchen«, fügt er hinzu, »damit es euch nicht ergeht wie dem da!« Er deutet auf das Skelett, lässt noch ein keuchendes Lachen hören und dann geht er und lässt uns alleine in dem großen Raum mit den toten Gegenständen. Ich bin echt froh, dass die Jungs mitgekommen sind.

»Krass, Alter«, sagt Mats und deutet auf das Skelett.

»Dann wollen wir mal«, sage ich, um mir selbst Mut zu machen. In der Mitte an der Decke hängt eine Lampe, die es aber nicht schafft, alle Ecken auszuleuchten, wie ich schnell merke, als ich unter einen Tisch spähe. Plötzlich flammt neben mir ein Licht auf. »Ich hab mal meine Taschenlampe mitgebracht«, sagt Joshua und ich bin einfach nur froh, dass er dabei ist. Also, wegen der Taschenlampe natürlich.

»Hey«, sage ich. »Da hast du ja richtig mitgedacht. Erstaunlich.« Und dann füge ich noch grinsend hinzu: »Für einen Jungen.«

»Haha«, sagt Joshua. »Und du bist ganz schön witzig. Für ein Mädchen.« Er grinst mich frech an.

»Da!«, rufe ich, weil es mir auf einmal peinlich ist, und hocke mich hin und zeige auf die Wand.

»Hast du eine entdeckt?«, fragt er, kauert sich neben mich und strahlt mit seiner Lampe an die Wand.

»Nee«, gebe ich zu. Aber dann gleitet das Licht in die Ecke. Und **DA IST SIE!** Eine fette Spinne sitzt über der Fußleiste. »Die hat aber viele Beine«, sage ich. »Das sind ja mindestens …«

»Acht?«, wirft Joshua spöttisch ein.

»Ja«, sage ich. Und nach einer Pause: »Sieht aber aus wie viel mehr.«

»Zähl doch mal, damit wir sicher sind, ob es sich um eine Spinne handelt.« Ich werfe ihm einen Blick zu und sehe, dass er schon wieder grinst.

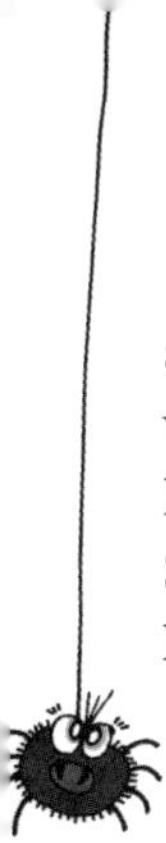

»Verarschen kann ich mich selbst«, sage ich, muss aber auch grinsen, und dann robbe ich auf allen vieren nach vorne, was gar nicht so einfach ist, weil ich das Marmeladenglas in der Hand halte. »Zum Glück habe ich keine Stauballergie«, keuche ich. Dann bin ich nah genug dran. Für meinen Geschmack jedenfalls.

»Und?«, fragt Joshua, der sich auf seine Aufgabe als Leuchtmeister konzentriert und nicht mal Anstalten gemacht hat, mir kriechend zu helfen. Jungs halt: Wenn es keinen Ball gibt, wissen sie nicht, was sie tun sollen! (Außer blöde Sprüche klopfen! Das können sie auch immer!)

»Ja«, bestätige ich. »Das ist eine Spinne.«

»Jetzt weiß ich, warum wir dich zum Spinnenchef gemacht haben. Weil du dich einfach fantastisch auskennst.«

Ich gehe auf Joshuas spöttische Bemerkung nicht ein, sondern strecke meine Hand mit dem Glas probehalber Richtung Spinne aus. Es reicht noch nicht. »Sie läuft gar nicht weg«, sage ich.

»Dann schnapp sie dir, Kobra«, feuert Joshua mich an. Ich überwinde mich und robbe noch ein Stück näher und dann stülpe ich das Glas über die Spinne und sie fällt in sich zusammengekrümmt hinein, und ich drehe schnell den Deckel drauf. Brr. Ich bin voll verstaubt. Aber eine siegreiche Spinnenfängerin! Yeah! Ich halte das Glas hoch. »Hab sie!«, rufe ich stolz. Mats, der gerade hinter einem Schrank gesucht hatte, kommt zu uns. Wir schauen auf die Spinne, die immer noch zusammengekrümmt auf der faulen Haut liegt und sich nicht rührt.

»Tja«, sagt Mats. »Ich würde mal sagen, die ist tot.«

»Nee«, sage ich. »Die ruht sich nur ein bisschen aus.«

Joshua legt kurz seine Hand auf meine und schüttelt das

Glas. Die Spinne kullert leblos herum und bleibt starr liegen, auch noch als ich das Glas wieder ruhig halte. »Okay«, sage ich. »Okay. Einverstanden. Die hier wird nicht der Star unserer Ausstellung.« Ich schütte den Spinnenkadaver aus und auf flinken Beinen rennt sie unter einen Schrank. »Hey! Habt ihr das gesehen! Die hat uns voll verarscht!« Joshua und Mats prusten los.

»Was?«, zische ich.

»Dein Gesicht!!«, ruft Mats. »Du hast gerade so was von sauer geguckt!«

»Da kann man doch wohl auch sauer werden, wenn man hier so an der Nase herumgeführt wird«, brumme ich.

Vier verschiedene Spinnen finden wir dann doch noch in dem Keller, zwei davon sind Weberknechte mit langen dünnen Beinen. Danach suchen wir noch auf dem Schulhof, was eine Erleichterung ist nach dem düsteren Keller. Und mehr Spaß, als im Klassenzimmer zu sitzen, macht es sowieso. Mit Mats ist es ja sowieso immer nett, aber auch Joshua gehört zu den Jungs, ~~die ich am meisten mag von Mats Freunden~~ … die nicht ganz so bescheuert sind wie die anderen.

Auf dem Schulhof treffen wir auch Florentina. Wie sich herausstellt, ist sie in der Dokumentationsgruppe, die beauftragt ist, mit der Kamera die Projektwoche zu begleiten und dann anschließend einen Film zusammenzuschneiden. »Ach«, rufe ich erstaunt. »Mein Bruder Oskar ist auch in dieser Gruppe! Mit seiner Freundin Finnja.«

»Ich weiß«, sagt Florentina, »aber die machen die Doku über die Projekte der älteren Jahrgänge.« Dann zwinkert sie mir zu, hebt wieder die Kamera und filmt uns, wie wir in der Hecke neben dem Schulhof herumsuchen.

Schicksalswoche, Tag 5

Die Schicksalswoche verläuft zu meiner Erleichterung ziemlich unspektakulär, daher auch keine Einträge. Jetzt ist schon Freitag und bisher ist noch nichts Dramatisches passiert = keine Katastrophen. Ich habe allerdings die Befürchtung, dass das Schicksal nur Kraft sammelt, um mir am Tag der offenen Tür so richtig eine reinzuhauen. Und das ist nicht nur wieder reine Panikmache, sondern hat einen handfesten Grund: Herr Ott hat für unseren Stand eine **GIGANTISCHE** Spinne mitgebracht. Es ist eine Winkelspinne, die größte einheimische Spinnenart. Er hat sie in seinem Gartenschuppen »aufgespürt«, prahlt er. Wobei das keine große Kunst ist, so riesig ist das Vieh!

Der Körper ist so groß wie ein Minisnickers und ihre Beine sind mindestens einen halben Meter lang! (Okay, vielleicht sind es auch nur sechs Zentimeter. *Pro* Bein. Aber acht mal sechs ist? Na! Genau achtundvierzig! Ha! Alles eine Frage der richtigen Formel!) Als Herr Ott sie in das Terrarium setzt (zu Mats', Joshuas und meinen Fundstücken, die dagegen so harmlos aussehen wie

Ameisen!), erklärt er, dass ihre Mundwerkzeuge nicht ausreichen, um die menschliche Haut zu durchdringen. Es könne also gar nichts passieren. Man mag es kaum glauben bei dem Anblick der monströsen Spinne, die jetzt mitten in dem Terrarium sitzt und feindselige Atmosphäre verbreitet. »Die stammt bestimmt aus dem Verbotenen Wald«, sagt Joshua. Ich muss schlucken. Im Verbotenen Wald in den *Harry Potter*-Büchern wimmelt es nur so von Riesenspinnen, die … nun ja … auf Menschen nicht besonders gut zu sprechen sind, um es mal nett zu formulieren. Dann

sagt Fabian, dieser alte Besserwisser: »Aber wenn es wirklich eine Anti-Spinnenphobie-Sache sein soll, nutzt es doch nichts, wenn die nur hinter Glas sind.«

»Das stimmt«, sagt Herr Ott. »Deswegen kann man den Deckel des Terrariums auch aufklappen und hineingreifen.« Er führt vor, wie leicht das geht. »Das ist cool«, sagt Niklas. »Dann können wir am Tag der offenen Tür also die Leute *zwingen,* da reinzufassen?«

»Niemand wird zu irgendwas gezwungen«, korrigiert ihn Herr Ott. »Nur wer möchte, darf freiwillig da reinfassen.«

»Welcher Idiot packt denn freiwillig da rein?«, ruft Emil.

»Na, Tinka macht es den anderen doch vor, du Hirni!«, sagt Vincent.

»Ach so, ja, stimmt«, fällt Emil ein.

Mir wird schwummrig, denn das hatte ich beim Suchen fast vergessen. Oder besser gesagt, ich hatte gehofft, die Jungs hätten es vergessen. »Ich weiß nicht, ob das wirklich notwendig ist«, beeile ich mich zu sagen. »Schließlich legen wir ja eine Süßigkeit in die Mitte auf den Boden. Als Anreiz. Wer möchte, kann sie sich nehmen.« Das war Mats' und meine Idee, um die Leute zu motivieren, ihre Spinnenangst zu überwinden. Was den schönen Nebeneffekt hätte, dass ich dann nicht selbst reinfassen muss, um den Leuten die Angst zu nehmen. Ihre Gier auf Hanutas und Bountys soll dafür sorgen, dass sie es aus freien Stücken tun! Genial, finde ich.

»Und wenn da eine Million Euro drin liegen würden, ich pack da nicht rein!«, verkündet Niklas. Auch Emil, Paul und Vincent schütteln den Kopf.

»Krass, dass du das machst«, sagt Joshua. »Echt krass.«

Ich zucke lässig mit den Schultern, dabei würde ich am

liebsten schreien: *Ich mach das auf gar keinen Fall!* Aber die Jungs schauen mich jetzt schon so ehrfürchtig an, dass ich es nicht über die Lippen bringe. Den Rest des Tages sitze ich neben dem Terrarium und starre die fette Winkelspinne an, um ein Band des Vertrauens zwischen uns aufzubauen. Joshua hat sie **DOLORES** getauft, nach der hinterhältigen Hexe aus Harry Potter. Ich ertappe mich sogar dabei, dass ich mit Dolores spreche, damit sie sich an mich gewöhnt. Keine Ahnung, ob es funktioniert. (Wobei ich ehrlich gesagt, überhaupt nicht weiß, ob Spinnen Ohren haben. Haben Spinnen Ohren?) Schade, dass es keine Spinnenleckerlis gibt, mit denen man sie bestechen kann. Ich weiß immer noch nicht, ob ich Dolores wirklich anfassen soll. Vielleicht kann ich morgen krank sein und zu Hause bleiben?

Schicksalswoche, am Tag der Heimsuchung, allgemein bekannt als Tag der offenen Tür – morgens

Es geht los! Und gleich vorweg: Also, ich mag alle möglichen seltsamen Angewohnheiten und Eigenschaften haben, aber ein Drückeberger bin ich nicht. (Leider!) Wenn ich heute kneife, würde ich mir das nie verzeihen (was aber noch schlimmer ist: Ich glaube, die anderen würden mir auch nicht verzeihen!). Also gibt es nur ein Motto für heute: Augen zu und durch. Dabei klammere ich mich an fünf Hoffnungen:

1. Der Schulleiter verbietet aus pädagogischen Gründen, dass ein Kind eine Spinne anfasst.
2. Falls er es doch erlaubt, wird auf einmal einer der Jungs übermütig und drängt sich nach vorne, um irgendjemandem zu imponieren.

3. Dolores ist heute Nacht eines grausamen Todes gestorben, weil die kleineren Spinnen sich zusammengetan, sie überfallen und aufgefressen haben.
4. Ein Feueralarm sorgt für die Evakuierung des Gebäudes und beendet frühzeitig den Tag der offenen Tür.
5. Mir wächst ein zweites Paar Hände, bevorzugt aus Eisen, auf denen ich Dolores rumspazieren lassen kann.

Fünf Möglichkeiten, wie ich noch mal davonkomme. Eine davon muss ja wohl eintreten!

Was unseren Tanzauftritt angeht, mache ich mir dagegen keine Sorgen. Die Perücke mit den langen schwarzen Haaren, die mir Mama gekauft hat, ist wirklich super. Ich erkenne mich damit selbst nicht! Und dazu habe ich noch festgestellt, dass dieser Sari etwas Komisches mit mir macht. Ich habe es niemandem erzählt, weil ich es so seltsam finde. Und ich erst mal rauskriegen musste, was da los ist. Auf jeden Fall habe ich gemerkt, dass ich mich mit dem Sari anders fühle als mit meinen normalen Klamotten. Irgendwie ... hübscher. Ja, nicht nur das. Auch ein bisschen, als wäre ich ein anderer Mensch. Ein anderes *Mädchen.* Ein *hübsches* Mädchen, das elegante Bewegungen macht und dem es gar nicht so viel ausmacht, dabei angeschaut zu werden. Und im Mittelpunkt zu stehen. (Oder zumindest in der Nähe des Mittelpunkts.) Und ich fühle mich damit auch ... erwachsener. Was auch ziemlich seltsam ist, oder? Na ja. Auf jeden Fall bewirkt der Sari nicht nur eine äußerliche, sondern auch eine innere Verwandlung (ein bisschen jedenfalls).

Hm. Klingt völlig verrückt, finde ich. Aber ist so! Ich finde es jedenfalls ziemlich toll, im Sari zu tanzen. Was mich selbst, glaube ich, am meisten erstaunt! (Und trotzdem bin

ich total happy, dass die Jungs davon nichts mitkriegen werden, weil ich ja mit Schleier und Perücke super getarnt bin.)

So. Trotz meiner heimlichen Begeisterung für unseren Bollywoodtanz ist mir ziemlich flau, als wir an diesem Samstag frühstücken. Oskar ist erstaunlicherweise auch erschienen. (Sonst schläft er immer bis drei Minuten, bevor er aus dem Haus muss.) Um mich von meiner Panik abzulenken, frage ich ihn nach seiner Projektgruppe, in der ja auch Florentina ist. Ich will wissen, wie er sie findet. »Oh«, sagt er. »Die ist nett. Und clever.«

»Endlich mal jemand, der sie auch nett findet«, sage ich und seufze erleichtert. »Bei uns in der Klasse mag sie keiner. Dabei kennen die anderen sie gar nicht richtig.«

Oskar zuckt mit den Schultern und trinkt seinen Milchkaffee. Aber mehr Unterhaltung erwarte ich auch gar nicht von ihm. Mit den paar Worten hat er seinen durchschnittlichen morgendlichen Redebeitrag schon weit übertroffen. Im Gegensatz zu Oskar ist Tobi morgens gerne in Quassellaune. Besonders gerne redet er natürlich über seine Erfolge. Auch heute plappert er nur davon, wie genial seine Umwelt-Projektgruppe gearbeitet hat, weil sie Lego-Roboter zum Müllsammeln programmiert haben.

(Ich habe schon vor zwei Tagen gesehen, wie »genial« das wirklich ist. Nämlich als ich ihn in seiner Projektgruppe besucht habe, um ihn zu fragen, ob er mir eine Armprothese bauen kann. Jedenfalls ist sein Müllroboter ein Witz, weil er nur ganz bestimmten Müll, wie zerknülltes Papier, greifen kann, und auch nur, wenn er richtig liegt, und dann dauert es eine Ewigkeit, bis der Roboter das Papier in den Mülleimer gebracht hat.) »Also echt«, entfährt es mir deshalb, »so toll ist eure Erfindung auch nicht. Wenn man sich selbst bücken würde, wäre man tausendmal schneller.«

»Na und?«, gibt Tobi zurück. »Darum geht es doch gar nicht! Aber das kapierst du ja sowieso nicht!«

»Nein, *du* kapierst es nicht«, fauche ich. »Ein Müllroboter ist Quatsch. Eine Armprothese, das wäre eine gute Sache. Aber ein Müllroboter ... pfhhh!«

Er runzelt die Stirn. »Wozu brauchst du die eigentlich?«

»Hättest du mich das gefragt, bevor du *›Wieso sollte ich für dich überhaupt was tun?‹* gesagt hättest, würde ich dir das vielleicht beantworten.«

»Jetzt hört schon auf«, mahnt Mama und Tobi sagt: »Ist mir sowieso egal, weil es mich eh nicht interessiert, was du machst.«

»Natürlich nicht, weil du an anderen Menschen nicht interessiert bist, nur an Robotern«, gebe ich zurück und Mama droht mit Süßigkeitenverbot, wenn wir nicht augenblicklich aufhören zu streiten. Und dann ist es sowieso Zeit zu gehen. Und mir wird fast schlecht vor Angst, als ich an die Katastrophen denke, die heute passieren **KÖNNTEN.**

Katinka Peters' Liste der wahrscheinlichsten Katastrophen am Tag der offenen Tür

1. Dolores, diese fiese Riesenspinne beißt mich.
2. Ich zucke vor Schreck zusammen, das Terrarium kippt um und eine Massenpanik entsteht.
3. ~~Ein Spinnenmonster kriecht aus dem Keller, es ist die Mutter aller Spinnen: Sie verschlingt uns~~ alle~~, weil wir ihre Kinder entführt haben.~~
4. Ich knalle beim Tanzen der Länge nach hin und blamiere die SUPERBOLLYWOODGIRLS.

KATASTROPHE

5. Keiner von den Mädchen will mehr etwas mit mir zu tun haben.
6. Mats kriegt raus, dass ich eine Bollywood-Tänzerin bin.
7. Keiner von den Jungs will mehr etwas mit mir zu tun haben. Schon gar nicht Mats.
8. Ich werde jede Pause von jetzt bis zum Schulabschluss einsam und allein verbringen und eine verbitterte alte Frau werden (die dieses Tagebuch dann garantiert nie mehr freiwillig lesen wird!).

Ich habe mir die Liste noch mal durchgelesen und mich hat da so eine dunkle Vorahnung beschlichen, dass ich noch irgendwas vergessen habe auf meiner Katastrophenliste ...

Der Tag der offenen Tür, auch bekannt als Tag der Heimsuchung – vormittags

Als ich vorhin mit Mats vor der Schule angekommen bin, ist es mir wieder eingefallen. *Rocco Schmitz!!*

Deswegen hier noch der Nachtrag:
9. Ich knalle beim Tanzen der Länge nach hin und falle auf Rocco Schmitz und der dreht mir endlich den Hals rum.

Der einzige Vorteil davon wäre, dass ich dann mein Ende als verbitterte alte Frau gar nicht mehr miterleben müsste.

Aber die Ereignisse des Vormittags überschlagen sich und hier also schnell weitererzählt: Um neun Uhr begrüßt Direktor von Grünfeld die Eltern in der Aula und erzählt wieder davon, wie kreativ wir Schüler sind und was wir für eine wahnsinnstolle Schule sind, was ja hauptsächlich an ihm selbst liegt, der so wahnsinnstolle Ideen für die Projektwoche hat (okay, das sagt er nicht so direkt, aber man hat den Eindruck, dass er das meint).

Der Chor singt das Schullied (ein auf Schule umgedichteter WM-Song, der das Gemeinschaftsgefühl beschwören soll, der aber bei den meisten Schülern entweder Gleichgültigkeit oder – natürlich besonders bei den Jungs – kindisches Gezappel hervorruft, als ob Chorgesang epileptische Anfälle auslösen würde). Dann ist der Tag der offenen Tür eröffnet, von dem die Eltern hoffentlich »zahlreiche interessante Begegnungen« und »bleibende Eindrücke« mit nach Hause nehmen.

Ich persönlich hoffe ja (und sage es auch laut zu Mats), dass den Eltern bleibende Eindrücke erspart bleiben. »Jedenfalls von mir. Ich habe ja wohl schon genug davon hinterlassen.« Dummerweise kommt in dem Moment Miss Hattonfield um die Ecke – und hat wahrscheinlich ALLES mit gehört!! Sie wirft mir einen strengen Blick zu und biegt dann schnell in eine andere Richtung ab. »Meinst du, das hat sie gehört?«, frage ich Mats.

»Aber hundertpro«, sagt er grinsend.

Ich stöhne. »Na ja. Wenn das das Schlimmste bleibt, was mir heute passiert, dann ist alles in Butter.«

Wir gehen zu unserem Stand. Joshua ist schon vor uns gekommen. »Und, ist sie noch da?«, frage ich und deute auf das Terrarium.

»Wer? Dolores? Ja, die ist noch da.«

Mist. »Und hat wenigstens eine von den faulen Biestern ein Netz gebaut, um sich was zu essen zu fangen?«

»Nee. Die sparen sich ihren Hunger auf, um nachher Finger zu knabbern«, sagt Joshua und grinst.

»Haha«, mache ich. »Ich hoffe, du stellst deinen zur Verfügung.«

»Trauben?«, fragt er zur Antwort und hält Mats und mir eine Tupperdose mit Trauben hin. Dann sitzen wir einfach mal da und warten ab. (Das heißt, ich *tue* so, als ob ich einfach abwarte, dabei läuft es mir heiß und kalt den Rücken runter. Ich weiß immer noch nicht, was ich tun soll, wenn gleich einer sagt, ich soll ins Terrarium reinfassen!)

Die Eltern verteilen sich in der ganzen Schule. So früh am Morgen ist noch nicht besonders viel los. Ist ja klar. Wer kann, schläft aus am Samstag. Mats' Eltern kommen ziemlich früh, damit sie gleich auf den Golfplatz gehen können, und nicken andauernd, als sie an unserem Stand vorbeigehen und sagen dabei »Ja toll, das ist ja interessant, wirklich klasse, ganz toll gemacht«. Aber zum Glück düsen sie schon wieder ab, bevor Mats ihnen von meiner Anti-Spinnenphobie-Vorführung erzählen kann. Meine Eltern haben versprochen, zur Tanzaufführung vorbeizuschauen. (»Müsst ihr nicht«, habe ich ihnen gesagt, »wirklich. Ist kein Problem für mich, wenn ihr nicht kommt.« Aber sie haben es überhaupt nicht kapiert und gesagt, dass sie *natürlich* meinen Auftritt nicht verpassen und dass sie mich *natürlich* »unterstützen«. Eltern! Wissen nie, wann sie sich mal zurückhalten müssen. Die Unterstützung, die ich mir wünsche, ist, dass sie bloß **NIEMANDEM VON DEM AUFTRITT ERZÄHLEN!)**

Vincent, Niklas, Fabian und Paul haben eine Infotafel über Schmetterlinge und Bienen erstellt, um zu zeigen, wie wichtig die sind. Dazu haben sie von einem örtlichen Imker eine Honigwabe bekommen. Und ein paar Schmetterlinge mit prächtig schillernden Flügeln, aufgespießt auf Nadeln in einem Rahmen. (Hat Fabian von seinem Opa geliehen.) Ein bisschen neidisch schaue ich mir die toten Flattermänner an. Ich wünschte, für unsere Anti-Spinnenphobie-Sache hätten wir auch *aufgespießte* Spinnen.

Neben unserem Stand ist die »Plastikgruppe« der Mädels. Die Skulptur ist wirklich beeindruckend geworden. Sie besteht komplett aus Tetrapaks und Joghurtbechern und Plastikfolien und Pommesschalen und Pizzaschachteln. Frau Dreyer sieht man an, dass sie unheimlich stolz darauf ist und sich für so was wie eine Bildhauerin hält. Indira meint, sie würde allen ziemlich auf die Nerven gehen mit ihrem **»PASS AUF DIE SKULPTUR AUF!«** und »Wer sagt denn, dass ein Mahnmal nicht aus Abfall bestehen kann!« und »Bin gespannt, was die Presse dazu sagt!«. Dabei ist sie ziemlich angespannt und bewacht diese dämliche Skulptur, als bestünde sie aus Gold (zur Erinnerung, sie ist aus Müll!), nur weil sie angeblich ein bisschen wackelig steht. Außerdem beäugt sie jeden kritisch, der achtlos daran vorbeigeht und nicht in laute Jubelschreie ausbricht. Weil – und hier beglückwünsche ich unsere Gruppe doch für die grandiose Idee – ihre beknackte Skulptur viel weniger Aufsehen erregt als unser Spinnenterrarium.

Das ist nämlich der Hingucker schlechthin! Zwar funktioniert das mit dem »Sympathischmachen von Spinnen« nur bedingt. Besonders die Mädchen schreien andauernd »Igitt!« und klammern sich aneinander, als würden die Spinnen gleich ausbrechen und die Apokalypse auslösen. Das Gekreische scheint den Jungs unserer Gruppe allerdings besonders zu gefallen, vor allem als ein paar hübsche Mädchen aus der Siebten auftauchen und abwechselnd uns und die Spinnen fassungslos anstarren.

Vincent, Niklas, Emil und Paul, die sich ja vor der Spinnensuche gedrückt haben, sind auf einmal total stolz und tun so, als wäre die Idee auf ihrem Mist gewachsen. »Da kann man reinfassen«, prahlt Vincent und zeigt einer hübschen Schwarzhaarigen, wie der Deckel des Terrariums aufgeht. »Na, hast du nicht Lust auf was Süßes?«, fragt er sie und deutet auf das Hanuta, das am Boden des Terrariums liegt. »Du traust dich doch selbst nicht reinzufassen«, erwidert das Mädchen und wirft ihre langen Haare nach hinten. Ihre Freundinnen kichern.

»Brauch ich auch nicht«, sagt Vincent großspurig, »dafür haben wir Katinka.« Und damit deutet er auf mich.

Die Siebtklässlerinnen starren mich an. Ja, fast schon ehrfürchtig. »Nicht dein Ernst«, haucht die Schwarzhaarige.

»Ich dachte, du kannst nur mit Keulen werfen«, mischt sich ein vorlautes Mädchen mit Zahnspange ein und grinst mich herausfordernd an.

»Los, Katinka, dein Einsatz«, sagt Niklas, der sich neben Vincent aufbaut und die Mädchen mustert. »Los, Tinka«, raunt auch Mats. »Zeig ihnen, was ein *cooles* Mädchen ist.« Alle starren mich an. Plötzlich habe ich das Gefühl, neben mir zu stehen. »Na klar«, höre ich mich sagen und spule dann das ab, was ich mir in den letzten Tagen eingeprägt habe: »Spinnen tun nichts. Zumindest einheimische Spinnen sind nicht in der Lage, einen Menschen zu beißen. Die Angst vor Spinnen ist also total unbegründet.«

Mein Blick fällt auf Dolores, die auf ihrem Thron in der Ecke des Terrariums hockt. Sie kommt mir auf einmal noch größer vor als gestern. Und auch viel **FEINDSELIGER.** Ich atme tief durch. »Na komm, Dolores«, sage ich und hoffe, dass meine Stimme nicht so zittert wie meine Hand, die ich jetzt durch die Öffnung des Terrariums strecke. Aus dem Publikum erklingt angespanntes Raunen. »Ich fass es nicht«, stammelt das schwarzhaarige Mädchen atemlos.

»Sie tut es wirklich«, sagt die Zahnspange.

»Na klar tut sie es«, sagt Mats und er klingt so von mir überzeugt, dass ich ihn nicht hängen lassen kann. Und dann schiebe ich den Finger unter Dolores und hebe sie hoch und dann hockt sie da auf meinem Finger und ich starre sie an und warte auf den Schmerz, aber der kommt nicht. »Wahnsinn«, sagt Fabian. »Irre«, kommentiert Niklas.

»Da seht ihr es!«, ruft Vincent. »Man braucht keine Angst zu haben!« Behutsam setze ich Dolores ab, die bei der ganzen Sache erstaunlich teilnahmslos mitgemacht hat. Vielleicht habe ich doch ein Band des Vertrauens zwischen uns geknüpft. Das Publikum applaudiert. Die Jungs klopfen mir auf die Schulter. Und ein paar von den älteren Jungs trauen sich plötzlich auch, sich eine der Süßigkeiten vom Boden des Terrariums zu nehmen. Und ich, ich habe auf einmal

richtig Spaß an der Sache und führe noch ein paar Mal vor, dass man keine Angst vor Spinnen haben muss. Ich meine, wann kriegt man schon mal so viel Bewunderung auf einmal! Meine Angst ist komplett verflogen, weil Dolores sich bisher ziemlich kooperativ verhält. Einmal streckt sie eines ihrer Beine nach meinem Finger aus, als wollte sie überprüfen, wer ich bin. Ich glaube, wir werden noch Freunde.

~~Der Tag der Heimsuchung~~ Tag der offenen Tür, Mittagspause

Habe gerade den Bericht bis hierher fertig gemacht. Ich bin begeistert! Der Tag der Heimsuchung wird seinem Namen bisher kein bisschen gerecht. Sodass ich beschlossen habe, ihn auch nicht mehr so zu nennen. Denn das wird einfach ein schöner Tag der offenen Tür. Ich *spüre* es. Das Schwierigste habe ich hinter mir. Und alles hat bis hierher so gut geklappt, da wird das mit dem Tanzauftritt auch gut gehen.

Am Abend der Heimsuchung

»Du sollst den Tag nicht vor dem Abend loben« (oder umtaufen!). Auch so ein Mama-Spruch – und leider soo wahr! Das mache ich NIE, NIE, NIE WIEDER!!!

Ich meine, eines ist ja wohl klar: Wenn ich *aus freien Stücken* Sprichwörter von Mama preise, dann muss mindestens eine megaschwere Katastrophe eingetreten sein.

Und das ist sie ja auch. Meine Erleichterung von heute Vormittag war etwas voreilig. Um nicht zu sagen: **VÖLLIG HIRNRISSIG!!!!** Und ich bin kurz davor, diesen Tag wieder aus meinem Kalender zu streichen. Mach ich aber nicht. Dafür ist einfach viel zu viel passiert! Ich muss mich erst noch was erholen, bevor ich alles aufschreiben kann. Um dann nach England auszuwandern, im Erdboden verschwinden und meinen Namen zu ändern, damit mich nie mehr irgendjemand, den ich kenne, finden kann.

Später am Abend der Heimsuchung

Okay. Ich habe drei Toasts mit Erdnussbutter gegessen und fühle mich gestärkt genug, um alles aufzuschreiben. Den Anfang macht das Kapitel *Wie eine Spinne mein Leben ruinierte.*

Es war so: Dolores und ich waren ein super Team. Alles lief bestens. Mit unserem Stand waren wir die Stars in der Schule und die Jungs wurden langsam übermütig (und ich vielleicht auch ein bisschen). Besonders als die Doku-Gruppe mit ihrer Kamera anrückte, genauer gesagt, Florentina und zwei Jungs aus der Siebten. Einer von ihnen trug eine Kamera, der andere ein Mikro. Florentina hatte einen Block dabei und notierte sich Beobachtungen. »Hier, die Spinnendompteurin Katinka Peters!«, rief Joshua, als die drei gerade die Kamera auf die Müllskulptur gerichtet hatten. Sie schwenkten sofort um, was Frau Dreyer mit einer genervten Grimasse bedachte. Joshua deutete auf mich: »Kommt näher und bestaunt Katinka Peters, die Spinnendompteurin!« Für mich sah es aus, als ob Frau Dreyer uns lautlos verfluchte, aber ich konnte ja nichts dafür. Die Kamera kam näher.

»Los«, raunte Joshua mir zu. »Nimm die Spinne gleich auf mein Zeichen auf die Hand!« Der Schülerreporter fing an, seine Frage zu stellen, und hielt Joshua sein Mikro unter die Nase. Florentina stand daneben und schrieb mit. Joshua erklärte den Zweck unseres Terrariums. Aus dem Augenwinkel sah ich, dass sich Rocco Schmitz näherte. Er schlenderte heran, mit seinen beiden Muskelfreunden. In sicherer Entfernung blieben sie stehen und beglotzten unseren Stand, als wäre zur Entschlüsselung der Informationen ein Supercode notwendig.

Ich fühlte mich sicher, umringt von meinen Freunden. »Jetzt«, sagte Joshua und ich griff in das Terrarium, was die Kamera natürlich aufnahm. Dolores hockte immer noch auf ihrem Platz. Ich klaubte sie auf. Es kitzelte in meiner Handfläche. Und ich hatte wieder das erhebende Gefühl, dass alle um mich herum vor Bewunderung den Atem anhielten. Dabei balancierte ich ja nicht auf einem Drahtseil. Oder hatte Keulen in der Hand. Es war nur eine kleine Spinne, die mir die Anerkennung einbrachte. Ich öffnete die Hand, da hockte Dolores tatsächlich. Schon wieder kreischten ein paar Mädchen.

»Applaus für Katinka Peters, die mit den Spinnen tanzt«, rief Mats, was mich kurz irritierte. Wieso **TANZEN?** Wie kam er darauf? Ahnte er etwas? Ich warf ihm einen Seitenblick zu, aber er deutete einfach auf mich, als wäre ich eine Magierin und er mein Assistent.

»Seht ihr, man braucht keine Angst vor Spinnen haben«, rief Joshua. »Setz sie wieder rein!«, raunte er dann. Ich hielt Dolores noch mal hoch und jubelte: »Spinnen tun überhaupt nichts!«

Dann setzte ich Dolores wieder in ihr Terrarium. Sie wollte erst gar nicht von meiner Hand runter, also schüttelte ich sie ab. Der Kameramann wanderte weiter zu den Schmetterlingen, wo jetzt Vincent und Niklas was erzählten. Als ich den Deckel vom Terrarium schloss, hatte sich Dolores unter einen der Äste verkrochen, die wir dort hineingelegt hatten. Jedenfalls sah ich sie nicht mehr. Ich war erleichtert. Damit hatten wir unsere Projektpräsentation ohne Zwischenfälle hinter uns gebracht. Nichts war passiert. »Super gemacht«, lobte Joshua. »Echt cool.«

Er legte den Arm und meine Schultern und drückte mich einmal an sich. Was ich erst seltsam fand, aber worüber ich mich auch freute. Denn ich war ziemlich stolz auf mich. Rocco Schmitz starrte mich auch noch so fragend an, bevor er sich dem nächsten Stand zuwandte. Ich meinte, einen Hauch Bewunderung in seinem Blick zu erkennen. Ha!

In meinem Hochgefühl beschloss ich, die Sache mit ihm zu klären. Ich hatte keine Lust mehr, Angst vor ihm zu haben. Ich würde mich *jetzt* bei ihm entschuldigen und die Sache aus dem Weg räumen, sodass ich dienstags nicht mehr so ein mulmiges Gefühl haben bräuchte. Wenn ich es schaffte, meine Angst Spinnen gegenüber zu überwinden, konnte ich auch so einem Affen wie Rocco Schmitz gegenübertreten! Er ging gerade rüber zum Plastikstand, und wenn ich mich beeilte, könnte ich ihn noch erwischen.

Am Plastikstand war gerade der Reporter vom Stadtanzeiger angekommen, einen großen Fotoapparat um den Hals, und Frau Dreyer war total glücklich, dass sie und ihre Skulptur endlich Beachtung fanden. Während sie auf den Reporter einredete und ihm den ganzen Stand erklärte, betrachteten Rocco und seine Muskelkumpel das Plastikmännchen. Der künstlerische Aspekt schien sie allerdings nicht wirklich zu beschäftigen, sondern ganz etwas *anderes*. Etwas typisch *Jungsmäßiges*. Worüber sich Mädchen *auf gar keinen Fall* unterhalten würden.

Okay.

Hier kommen sie, die weiteren Geschehnisse am Tag der offenen Tür in allen **SCHMUTZIGEN DETAILS.**

»Ey, wo hat der denn seinen Dödel?«, fragte Rocco laut und seine Muskelkumpel lachten, als wäre das irgendwie ein Superwitz. »Ich seh gar keine Pissrakete«, rief Muskelkumpel 1. Lach, lach, haha. »Und Kronjuwelen hat der auch nicht!«, bemerkte Muskelkumpel 2, und wieder prusteten die anderen beiden los. Auweia! Intelligenzbestien unter sich. Na ja. Immerhin war Rocco also guter Laune. Ich nahm all meinen Mut zusammen und tippte ihm auf die Schulter. Er drehte sich um und knurrte: »Was?«

Ich erschrak. Erstens hatte ich vergessen, was für eine Fratze er hatte, und zweitens, wie aufbrausend er sein konnte. »Ach du«, sagte er und es klang fast, als wolle er auf den Boden spucken. »Was willst du, Rostkeule?«

»Ich, ähem, also, ich wollte mich ... entschuldigen. Für das, was letztes Jahr passiert ist. Es tut mir echt leid, dass ich dich da mit reingezogen habe.«

Er schaute mich von oben herab an. Seine dämlichen Muskelkumpel hatten sich jetzt auch zu mir herumgedreht und beglotzten mich wie etwas, das sie sonst zum Frühstück verputzten. Rocco schien zu überlegen, was er tun sollte. Um ihm auf die Sprünge zu helfen, streckte ich ihm meine Hand hin. »Entschuldigung«, sagte ich noch einmal und da senkte er seinen Blick auf meine Hand und da spazierte Dolores aus meinem Ärmel und krabbelte auf meinen Zeigefinger, selbstbewusst wie ein Arschbombenkönig auf dem Dreimeterbrett.

Und dann ging alles sehr schnell. Aus irgendeinem Grund schien Dolores Rocco Schmitz besonders anziehend zu finden, vielleicht dachte sie auch nur, dass sie jetzt endlich in die Freiheit hüpfen könnte, jedenfalls noch bevor ich »Upps« sagen konnte, sprang Dolores von meiner Hand irgendwie in Richtung von Rocco Schmitz. Der kreischte los wie ein Kindergartenkind, das seinen Schnuller verloren hat, und stolperte, mit den Armen rudernd, rückwärts.

Leider, leider stand die Plastikskulptur in seinem Weg. Er knallte mit Karacho hinein und für einen Moment sah es aus, als ob sie ihn mit ihren Tetrapak-Pizzaschachtel-Armen umarmen würde, aber dann zerfiel sie in ziemlich viele Einzelteile. Was auch daran lag, dass Rocco Schmitz immer noch wie eine Windmühle um sich schlug.

Dann war auf einmal alles still.

Alle glotzten Rocco an, der inmitten des Müllhaufens lag, der einmal eine Skulptur gewesen war. Indira, die am anderen Ende des Stands irgendwelche Papiere geordnet hatte, schaute mich erschrocken an. Auch Yvi, Johanna und Nele waren wie eingefroren vor Schreck. Frau Dreyer hatte im stummen Schrei die Hand vor den Mund geschlagen. Dann brach das Gelächter los. Es rollte wie eine Riesenwelle durch die Schule und sofort drängelten sich die Schüler, die nicht mitbekommen hatten, was passiert war, heran.

Mitten hinein in das Gejohle der Schüler stammelte Frau Dreyer fassungslos: »Aber Rocco. Warum ... warum hast du das gemacht?« Rocco fegte eine leere Zigarettenschachtel, die noch an seiner Lederjacke klebte, herunter, ließ sich von seinen Muskelkumpeln hochziehen, zeigte anklagend auf mich und brüllte: »Die da hat mich geschubst. Die ist schuld!«

»Ja, ich habe genau gesehen, wie sie ihn geschubst hat«, meldete sich Muskelkumpel 1 zu Wort. Muskelkumpel 2 nickte bestätigend. Sofort wendete sich Frau Dreyer an mich, ihre Augen nur noch Schlitze. »Katinka Peters. *Natürlich.*«

Ich stöhnte. Das durfte doch echt nicht wahr sein!!!

WIESO IMMER ICH?????

»Wir sprechen uns noch«, drohte Frau Dreyer, dann drehte sie sich schnell zu dem Reporter um und versicherte ihm, dass sie selbst tolle Fotos von der Skulptur gemacht hätte, die sie ihm zur Verfügung stellen konnte. Die Mädels von der Projektgruppe begannen unter Leitung von Madison der Streberin, die Überreste ihrer Skulptur einzusammeln.

Jetzt ist ja wohl klar, warum dieser Tag der offenen Tür

noch viel schlimmer war als der letztes Jahr. Grauenhaft und mies und warum er aus dem Kalender gestrichen werden muss. Bis dahin war er schon der vielleicht schlimmste Tag meines Lebens! Und nach dem Zusammenprall von Dolores, Rocco und der Müllskulptur immer noch nicht vorbei:

Ich fing den Blick von Rocco auf und mich überkam eine Gänsehaut. Ich wollte nur noch verschwinden, so schnell wie möglich. Ich drehte mich zu Mats und den Jungs um, die sich kaum noch einkriegten vor Lachen und gar nicht mitbekamen, dass sich Rocco bereit machte, sich auf mich zu stürzen. Danke auch, Jungs. Zum Glück konnte ich den Trubel nutzen, um schnell abzuhauen, bevor Rocco Schmitz mich in die Finger kriegen würde.

»Tinka, warte!«, rief Mats, aber ich spurtete los. Als ich mich noch einmal umdrehte, um zu checken, ob Rocco und seine Muskelkumpel die Verfolgung aufnehmen würden, sah ich noch, wie Florentina zu Mats und Joshua ging. Dann schob sich eine Gruppe älterer Schüler dazwischen und ich konnte ungesehen abhauen. Ich rannte flink zwischen den Besucherströmen im Foyer hindurch nach draußen, einmal um die Schule rum und verkrümelte mich dahin, wo mich hoffentlich niemand suchen würde. (Mit niemand meine ich natürlich Rocco Schmitz.)

Die anderen Mädchen würden gleich hierherkommen, weil wir uns hier für unseren Auftritt umziehen mussten: In die Umkleidekabine der Turnhalle. Dort hockte ich mich auf eine Bank, zog die Knie an die Brust und legte den Kopf zwischen die Arme. Im Geist formulierte ich den Brief an Großcousine Roberta, in dem ich sie bat, mir eines der Zimmer in ihrem Haus in Bristol zur Verfügung zu stellen, bis Gras über die Sache gewachsen war. Oder wahlweise ein Erdloch in ihrem Mini-Garten, in dem ich verschwinden könnte.

Da hörte ich Stimmen, die sich näherten. Ein Blick auf meine Uhr zeigte mir, dass ich mein Selbstmitleid auf später verschieben musste. Denn nun stand ja auch noch dieser dämliche Bollywood-Auftritt an! Die Mädels kamen hereingeschossen. »Da bist du ja, wir haben dich schon überall gesucht!«, rief Indira.

»Mann, das war aber ein Auftritt!« Yvi lachte. »Rocco Schmitz hat ausgesehen, als wollte er dir an die Gurgel springen.« Johanna und Nele lachten auch. »Mal wieder. Und dann ist auch noch diese seltsame Florentina zu Rocco gegangen und hat ihn interviewt für die Doku«, fing Johanna an und kicherte weiter.

»Hört bitte auf«, jammerte ich. »Wenn wir da jetzt weiter drüber sprechen, trete ich nicht auf.«

»Aber diese seltsame Florentina und Mats und Joshua ...«, wollte Nele sagen. Ich schlug die Hände vors Gesicht.

»Pschschscht!«, machte Indira streng zu Nele und da schwieg sie endlich.

»Worum geht es denn?«, fragte Spagathe, die mal wieder nichts mitgekriegt hatte.

»Um nichts«, sagte Indira knapp. »Jetzt geht es nur darum, die Zuschauer mit unserem Auftritt zu betören.«

»Genau«, bekräftigte Yvi. Und da kam auch schon Indiras Mama Tanja mit den Saris und half uns, uns fertig zu machen.

Ich war seltsam kraftlos und konnte mir gar nicht vorstellen, gleich auf der Bühne zu stehen. Es würde sowieso wieder ein Desaster werden. Wenn man sich bei mir auf eine

Sache verlassen konnte, dann darauf, dass es schiefging.

Das Einzige, an das ich meine letzte Hoffnung klammerte, war, dass ich meine Tarnung hatte: Schleier und Perücke.

Natürlich immer noch dieser elende Tag der Heimsuchung

Meine Eltern hatten mich gerade gerufen, deswegen musste ich eine kurze Pause machen. Sie wollten wissen, ob alles in Ordnung wäre.

Aber natürlich ist gar nichts in Ordnung.

Weil ich jetzt weiß, dass ich meine Lebensziele NIEMALS erreichen werde! NIEMALS!!!!

(Ihnen gegenüber habe ich natürlich so getan, als wäre alles bestens. Sie sollen sich nicht damit belasten, dass ihre Tochter auf die schiefe Bahn geraten ist. *Noch* nicht. Ich werde es ihnen zu gegebenem Zeitpunkt erklären. Ungefähr in fünfhundert Jahren.)

Hier nun also der Rest des furchtbaren Tags der offenen Tür.

4 Minuten 53 Sekunden. Das sagte ich mir immer wieder, als wir uns die Saris anzogen. Das sagte ich mir erneut, als wir uns hinter der Wand aufstellten, die uns von der Aula mit der Bühne trennte. Und das sagte ich mir noch ein letztes Mal, als wir Aufstellung nahmen: 4 Minuten 53 Sekunden. So lang war das Musikstück. So lang war unser Auftritt. Vor uns war noch eine Gruppe Fechter dran, die in der Fecht-AG gelernt hatten, mit Degen zu kämpfen, und das jetzt vorführten. Davor war auch noch eine Akrobatiktruppe dran gewesen, die Saltos machten und Pyramiden bauten. (Ja, es gibt Schüler, die so was freiwillig machen!) Jetzt also wir.

»Wir sehen Hammer aus«, sagte Yvi, während Frau Schnabel uns ankündigte. »Jetzt rocken wir die Aula.«

»Eher bollywooden wir die Aula«, korrigierte Indira und erwiderte auf Yvis Grimasse: »Was denn? Stimmt doch!«

»Auf jeden Fall«, sagte Yvi, »seid alle schön dramatisch!«

»Lieber nicht«, murmelte ich so leise, dass es die anderen nicht verstehen konnten. Wenn ich eines hoffte, dann mal ausnahmsweise *nicht* dramatisch zu sein. Wir stellten uns hintereinander auf, sodass wir von vorne so aussahen wie eine Person mit vielen Armen. Das hatten wir ziemlich lange im Spiegel geübt und es sah klasse aus. Dann hob sich der Vorhang langsam. Mein Herz klopfte bis zum Hals. Die Perücke juckte. Der Schleier war so dünn, dass ich ihn beim Einatmen mit einatmete und er mir die Nasenlöcher verklebte. **BITTE LASS DIE JUNGS NICHT ZUGUCKEN**, war das Letzte, was ich dachte, bevor die Musik losging. Das Letzte, was ich *hörte*, bevor die Musik losging, war: »Bauchtanz, Alter, klar gucken wir uns den Scheiß an.«

Es war die Stimme von Emil. Und wo Emil war, waren mit Sicherheit auch Vincent, Niklas, Paul, Fabian, Joshua – und Mats. Fast hätte ich vor Schreck meinen Einsatz verpasst. Eine halbe Sekunde zu spät fing ich an, meine Arme zum Intro der Musik zu bewegen. Wir klimperten alle wie ein Beutel Kleingeld, weil Indiras Mama uns noch mit glöckchenbehangenen Armreifen und Fußkettchen ausgestattet hatte (was die anderen mit begeistertem Gekreische begrüßt hatten!). Indira stand ganz vorne in unserer Reihe. (Oha, das war eine lange Diskussion gewesen! Erst als Indira gedroht hatte, *niemandem* Saris zu leihen, hatte Yvi ihren Besitzanspruch aufgegeben!) Ich war zum Glück ganz hinten. Bis wir nach etwa dreißig Sekunden auseinanderliefen, um nebeneinander zu tanzen. Zum ersten Mal konnte ich in den Zuschauerraum sehen. Die Aula war zu meinem Entsetzen ziemlich voll. Weil ich mich natürlich auf die Bewegungen konzentrierte, konnte ich nicht genauer gucken, wer wo saß. Nur das Dokuteam nahm ich aus dem Augenwinkel wahr. Aber, so beruhigte ich mich, mich würde eh niemand erkennen, hinter meinem Schleier war ich gut getarnt.

Also tanzte ich einfach. Zum Glück ist Bollywoodtanz nicht so zackig wie Hiphop oder so. Man dreht sich und wedelt mit den Armen, wiegt den Oberkörper und wedelt wieder mit den Armen, dann schaut man in den Himmel, als ob man Ausschau nach einem Vogel hält, wippt ein bisschen in den Knien und wedelt wieder mit den Armen, als ob man die Luft umrührt. Ich orientierte mich die ganze Zeit an Spagathe, die sich die Choreografie blitzschnell gemerkt hatte und leichtfüßig tanzte, als hätte sie nie etwas anderes gemacht. Ich dagegen schnaufte ziemlich, was aber auch daran lag, dass ich wegen dieses blöden Schleiers nicht richtig atmen konnte.

Trotzdem lief es ganz gut. Und eigentlich machte es auch Spaß, weil die Musik zwar orientalisch war, aber auch einen guten Rhythmus hatte. Dann kam der schwierigste Teil mit einer schnellen Abfolge von Drehsprüngen (und Armwedeln natürlich). Und irgendwie kam ich Johanna, die

neben mir tanzte, zu nah, und da blieb sie mit ihrem Glöckchen-Armreifen an meinem Schleier hängen und riss ihn herunter und ich, ich versuchte noch, ihn zu packen und festzuhalten, wobei ich mich aber mit *meinem Handschmuck* in einer Strähne meiner Perücke verfing. Und zack, dann war es passiert: Schleier und Perücke gingen mit einem Rutsch flöten – und damit natürlich auch meine Tarnung, auf die ich mich so verlassen hatte. Mir rutschte das Herz in die Hose – und für einen Moment erstarrte

ich in meiner seltsamen Pose, beide Arme gehoben, in der einen Hand noch die Perücke, die andere elegant abgeklappt, als hätte ich gerade einen Ball weggeworfen.

Ich merkte richtig, wie meine roten Haare befreit auflebten und sich rund um meinen Kopf aufbauschten. Und wahrscheinlich deswegen noch mehr leuchteten als sonst.

Dann fiel mein Blick auf Mats. Und Joshua. Sie starrten mich mit runtergeklappten Kinnladen an. Für einen Moment überkam mich das Bedürfnis abzuhauen (schon das zweite Mal an diesem Tag!). **WEGZURENNEN UND NIE WIEDER ZURÜCKZUKEHREN.** Doch dann dachte ich auf einmal an Dolores auf meiner Hand. Wenn ich eine *verdammte Spinne* anfassen konnte, dann konnte ich doch wohl hier auf der Bühne diesen Tanz vorführen – völlig egal, ob Mats das mitbekam oder nicht! Denn eines war klar – in einem Sari zu tanzen, machte *viel mehr Spaß,* als Spinnendompteurin zu sein. Und da merkte ich, wie ich mich aus meiner Pose weiterbewegte, im Takt der Musik und wieder in die Choreografie einstieg. Und dabei die Perücke lässig ins Publikum schleuderte, als gehörte das alles zum Plan. Sie landete genau da, wo ich sie hingeworfen hatte. Bei Joshua. Und ich, ich tanzte einfach weiter.

Plötzlich wusste ich, dass das hier genau das war, was ich machen wollte. Ich musste fast lachen bei dem Gedanken: Wenn ich schon den Rest meiner Schullaufbahn alleine in der Pause rumhängen müsste, dann wenigstens so, wie ich bin! Ich fühlte mich plötzlich total frei und gut. Was auch daran lag, dass ich nicht mehr diesen blöden Schleier einatmete und mein Kopf nicht unter der Perücke heißlief und juckte. Wir drehten richtig auf. *Ich* drehte richtig auf. Wir wirbelten herum, klimperten mit unseren Kettchen und

Armreifen, die Musik war furios und wir tanzten wie im Rausch.

Leider kam ich dabei zu nah an den Bühnenrand und dann bekam ich auch plötzlich noch einen Stoß und geriet ins Taumeln. Ich sah gerade noch, dass es Yvi war, die mir zu nahe gekommen war und mich aus Versehen angerempelt hatte. Fast wäre ich gestolpert und von der Bühne geflogen. Doch ich konnte mich im letzten Moment abfangen. Puh!

Es ist tatsächlich alles gut gegangen! Bis auf die Tatsache, dass meine Tarnung aufgeflogen war. Aber das war mir jetzt auch egal. Dann war Schluss. Das Publikum klatschte wie verrückt. Indiras Mutter rief: »Bravo!« Ich sah auch meine Eltern, die wie wild applaudierten. Und wir verbeugten uns, die Arme umeinandergelegt. Dann eilten wir von der Bühne, und sobald uns keiner mehr sah, hüpften wir vor lauter Begeisterung über unseren Erfolg auf der Stelle und fielen uns um den Hals und kreischten: »Ahhh, das war cool!« und »Hammer!«, und mir kam das schon gar nicht mehr so seltsam vor. Im Gegenteil: Es fühlte sich schon ziemlich normal an. Und gut!

Bis auf einmal die Jungs vor uns standen.

»Hi«, sagte ich, immer noch außer Atem.

»Das war ... äh ...«, fing Mats an und warf einen schnellen Blick zu Niklas rüber.

Der nickte zustimmend. »Das war echt krass!«

»Megakrass«, sagte Vincent.

»Ja«, rief Mats erleichtert. »Das war krass.«

Ich kapierte, dass »krass« in Jungensprache offensichtlich ein Lob war. »Nur schade, dass du keine Arschbombe von der Bühne gemacht hast«, meinte Emil.

»Haha«, machte ich, und dann schaute ich Joshua an und plötzlich breitete sich ein seltsames kribbeliges Gefühl in meinem Magen aus. »Hier«, sagte er grinsend und wirkte aber irgendwie etwas verlegen und gab mir die Perücke zurück. Ich wollte irgendwas erwidern, irgendwas Schlaues oder Lustiges, aber mir fiel auf einmal nichts ein, denn in meinem Kopf schwirrte plötzlich ein merkwürdiges Echo herum, das nur aus einem Wort bestand, das von einer Kopfseite zur anderen geworfen wurde. Joshua. Joshua. Joshua. (Echt! Es war total komisch.)

»Ähhh«, machte ich deswegen nur, aber zum Glück fiel gar nicht auf, dass ich gerade sprachlos geworden war, denn auf einmal hörte ich jemanden rufen: »Da ist sie!« Madison die Streberin kam angelaufen. Sie hatte ein strenges Gesicht aufgesetzt, fuchtelte wichtig mit ihrem Zeigefinger herum und verkündete: »Katinka. Du sollst zum Direktor kommen.«

»Wie?«, sagte ich perplex. »Jetzt?«

Sie lächelte boshaft. »Ja. *Jetzt.*«

»Aber ... warum?!«

Madison zuckte mit den Schultern und sagte zufrieden: »Ich würde sagen, du hast mal wieder was ausgefressen.«

Und da fiel es mir wieder ein, was mir wie ewig her vorkam: die dämliche Plastikskulptur! Frau Dreyer und dieser doofe Rocco Schmitz. Ich musste den Kloß in meinem Hals runterschlucken.

Ich seufzte. »Na gut, Jungs und Mädels. Wir sehen uns später!«

Aber da sagte Mats zu meiner Überraschung: »Nee, wir kommen mit.«

Joshua nickte. »Wir lassen dich nicht alleine dahin gehen.«

Ich war soooo erleichtert!! Und auf dem Weg zum Direktorzimmer erzählten sie mir alles, was nach meiner Flucht vorhin passiert war. Zusammen mit Florentina hatten die Jungs mit Rocco Schmitz gesprochen und die Sache mit ihm ein für alle Mal geklärt. Florentina hat es nämlich live und in Farbe auf Band, dass ich Rocco natürlich nicht geschubst hab. Sondern dass er sich wegen einer Spinne so erschreckt hat. Einer kleinen Spinne, die eine Sechstklässlerin locker auf der Hand sitzen hatte. Und ein Muskelberg wie er kriegt so eine Panik, dass er in die Skulptur reinknallt! Florentina und die Jungs haben Rocco gegenüber angedeutet, dass sie das veröffentlichen würden, wenn er weiter behauptet, ich wäre schuld an der Zerstörung der Skulptur. Und da hat Rocco dann schnell versprochen, bei Frau Dreyer die Sache geradezurücken. Ist das nicht der Hammer!!?? Also war einerseits eigentlich alles geklärt. Andererseits wuchs meine Unruhe und ich fragte: »Aber ... wenn es nicht um die Skulptur geht – worum geht es dann?«

So, und damit kommen wir also zurück zu der Boxer-Weisheit meines Dads: Die Schläge, die man nicht kommen sieht, sind am schlimmsten. (Was eben genauso für Fettnäpfchen und andere Katastrophen gilt!) Und was jetzt kam, hatte ich wirklich nicht kommen sehen!

Die Jungs warteten auf dem Gang, während ich am Direktorzimmer klopfte. Herr von Grünfeld saß hinter seinem Schreibtisch und hatte die Hände vor dem Gesicht gefaltet. Auf seiner Stirn war eine Sorgenfalte, wie ich sie bisher bei ihm noch nie gesehen hatte.

»Katinka Peters«, sagte er nur und deutete mit seiner Hand auf den Stuhl vor seinem Schreibtisch. Und dann sagte er wieder nichts, was mich bekanntlich verrückt macht. Und ich merkte, wie ich was sagen *musste*. Da ich aber keinen blassen Schimmer hatte, worum es hier ging, sagte ich auf gut Glück: »Das mit der Skulptur tut mir leid.«

Sein Gesichtsausdruck veränderte sich nur minimal.

»Es war ein Unfall«, fügte ich hinzu. »Ich hatte keine Ahnung, dass sich die Spinne so an mich gewöhnt hatte, dass sie noch auf meinem Arm saß. Und dann auf diesen Schüler sprang, der dann ...«

»In die Sache mit der Skulptur bist du also auch verwickelt?«, unterbrach mich Herr von Grünfeld drohend.

»Äh ...«, machte ich. »Ich dachte, deswegen bin ich hier.«

»Nein. Du bist hier wegen einer anderen Angelegenheit. Einer viel schlimmeren Angelegenheit. Einer *kriminellen* Angelegenheit.«

Jetzt musste ich so richtig schlucken. »Wie, *kriminell*? Was meinen Sie?«

»Katinka Peters, es wurde an mich der Verdacht herangetragen, du hättest die Englischklassenarbeitshefte von Miss Hattonfield gestohlen.«

Mein Herz setzte sechs Schläge aus. Mindestens! Die Englischarbeiten hatte ich nämlich ganz vergessen! Und jetzt würde es doch passieren: Ich würde ins **GEFÄNGNIS** kommen für etwas, das ich **NICHT MAL GETAN** hatte! Panik breitete sich heiß und mit voller Wucht – alles gleichzeitig – in meinem Magen aus, wie ein Topf mit überkochender Milch fühlte sich das an (oder so stelle ich mir das zumindest vor). Auf meinem Rücken dagegen kalte Schauer, die mich zittern ließen. Da platzte es aus mir raus: »Nein! Das war ich nicht.«

»Aber sie sind doch gestohlen worden.«

»Ja«, sagte ich und zuckte mit den Schultern. »Aber ich war es nicht! Ehrlich!«

Der Direktor funkelte mich böse an. »Es heißt, dass jeder weiß, dass du es warst!«

»Ich war es aber nicht!«, rief ich verzweifelt und auf einmal musste ich gegen die Tränen kämpfen.

»Das musst du mir erklären, Katinka«, fuhr Herr von Grünfeld fort. »Du hast doch mit dem Sonnenmilchüberfall auf Miss Hattonfield schon das Schreiben der Klassenarbeit sabotiert, da liegt es doch nahe, dass du auch hier ...«

»Das liegt überhaupt nicht nahe!!«, rief ich heftig und unterdrückte ein Schluchzen.

Herr von Grünfeld seufzte, als hätte er es mit einer besonders hoffnungslosen Verbrecherin zu tun. Er holte gerade Luft, um mit seinen wüsten Anschuldigungen weiterzumachen, da klopfte es an die Tür.

Es war ...

... Miss Hattonfield!! Sie war ein bisschen rot im Gesicht und klimperte noch mehr mit den Augen als sonst. Aus irgendeinem Grund war ich froh, sie zu sehen. »Ich habe gehört, dass ...«, sie räusperte sich, bevor sie weitersprach, »dass es hier um die Angelegenheit meiner Englischklassenarbeiten geht.«

»Genau«, sagte Herr von Grünfeld. »Katinka sträubt sich, zuzugeben, dass sie die Hefte gestohlen hat.«

»Also«, fing Miss Hattonfield an und machte auf einmal einen sehr nervösen Eindruck. Sie schaute mich sanft von der Seite an. Dann sagte sie: »Es ist so. Ich habe die Hefte inzwischen ... wiedergefunden. Ich *dachte* nur, sie wären mir gestohlen worden.«

Jetzt glotzte Herr von Grünfeld aber mal verdutzt. Genau

wie ich. »Also sind sie doch da?«, fragte er verständnislos. Ich hielt vor Aufregung die Luft an.

Miss Hattonfield nickte heftig. »Ich habe sie verbummelt und da habe ich gedacht ...«, an dieser Stelle lachte sie auf einmal ziemlich laut, »sie wären mir gestohlen worden. Es tut mir leid, wenn es hier deswegen zu ... äh ... Missverständnissen gekommen ist.«

»Hm«, machte Herr von Grünfeld. »Das ist ja alles ... *sehr* merkwürdig.« Er musterte mich so durchdringend, dass ich unruhig auf meinem Stuhl herumrutschte.

»Aber warum haben Sie nichts davon gesagt?«, donnerte Herr von Grünfeld Miss Hattonfield an. Die schien sich auch unwohl zu fühlen. »Weil die Sache lange geklärt ist. Es ist so, dass ich die Klassenarbeit ja schon habe nachholen lassen«, erklärte sie hastig. »Deswegen erkläre ich den ersten Test zu einer Lernkontrolle, aber nicht zu einer Klassenarbeit. Die Noten, die die Schüler darin haben, sind damit ungültig und werden nicht gewertet. Ich habe die neuen Hefte für die Klasse bezahlt, sodass die Kosten nicht an den Eltern hängen bleiben. Die Ersatzarbeit ist geschrieben und benotet und viel besser ausgefallen als die erste. Was den Schülern ...« Hier warf sie mir einen Seitenblick zu. »Was den Schülern ja sicher recht ist. Und so ist ja eigentlich gar nichts ... passiert.« Sie atmete einmal tief durch und sagte: »Von meiner Seite aus würde ich die Angelegenheit als erledigt betrachten. Und ... es tut mir leid, dass hier ein ... Missverständnis entstanden ist und eine Schülerin, die gar nichts damit zu tun hatte, darin verwickelt worden ist.«

Jetzt endlich wagte ich, erleichtert aufzuatmen. Ich würde nicht ins Gefängnis gehen!!!! **WEIL ES GAR KEIN**

VERBRECHEN GAB!!! Was mich aber echt wunderte. Ich meine, wieso erzählte Miss Hattonfield, die Klassenarbeiten wären gestohlen worden, wenn sie sie doch nur verbummelt hatte? Ich musterte Miss Hattonfield, die mir einen Seitenblick zuwarf und ziemlich zerknirscht guckte.

Herr von Grünfeld hingegen schaute immer noch ziemlich verdutzt aus der Wäsche – wie ich, wahrscheinlich. Aber dann nickte er langsam. »Nun«, sagte er, »dann ... also entschuldige ich mich bei dir, Katinka. Und ... tja. Dann bleibt nur eine Frage offen.« Er stand auf und ging nach nebenan ins Sekretariat.

Miss Hattonfield sagte leise: »Es tut mir leid, Katinka. Ich wollte nicht, dass du Schwierigkeiten bekommst. Ich wollte nur, dass ... na ja ... *niemand* Schwierigkeiten bekommt. Oder schlechte Noten.«

In meinem Kopf bekam ich das alles gar nicht mehr zusammen: Was redete sie denn da? Ich wurde gar nicht schlau daraus, konnte dann aber nicht weiter drüber nachdenken, denn da sagte der Direktor: »Komm rein.« Und da betrat tatsächlich Rocco Schmitz das Direktorzimmer. Er guckte ziemlich überheblich auf mich hinunter und zog nur kurz eine Augenbraue hoch, wahrscheinlich wegen meines indischen Aufzugs.

Sein zufriedenes Grinsen verflog aber schnell, als der Direktor ihn ziemlich streng fragte: »Warum hast du Katinka Peters beschuldigt, die Klassenarbeitshefte gestohlen zu haben?«

Rocco wurde knallrot. »Aber ... aber ... das war ... das stimmt doch!« Er machte eine Pause und fügte unsicher hinzu: »Oder?«

»Nein«, sagte Herr von Grünfeld. »Es stimmt nicht. Und

ich finde es unerhört von dir, falsche Beschuldigungen auszusprechen, gerade ein Schüler wie du, der sowieso ...«

Aber da fiel *ich* dem Direktor ins Wort. »Er kann nichts dafür!«, rief ich schnell. Herr von Grünfeld hielt in seiner Schimpftirade inne. Rocco Schmitz schaute mich mit glühenden Wangen an.

Und dann erklärte ich alles: »Irgendeiner aus meiner Klasse hat aus Spaß das Gerücht in die Welt gesetzt«, fing ich an zu erklären, »und Sie wissen ja, wie das heutzutage ist mit den Gerüchten. Schwupps, wird so was weitergetratscht und dann denken auf einmal alle, das stimmt. Also hat Rocco nur gesagt, was viele gesagt haben.« Rocco durchbohrte mich mit seinem Blick.

Herr von Grünfeld schaute ihn an. »Was sagst du dazu?«

»Ja, so war das«, stammelte er. Er wirkte auf einmal gar nicht mehr wie ein Muskelberg, sondern ziemlich kleinlaut.

»Also«, seufzte Herr von Grünfeld und wandte sich wieder an mich, »bist du damit einverstanden, dass wir die ganze Angelegenheit abhaken?«

»Ja, absolut«, sagte ich mit fester Stimme. Und ich meine, auf Miss Hattonfields Gesicht ein erleichtertes Lächeln gesehen zu haben.

»Miss Hattonfield, Sie bleiben bitte noch da, aber ihr beiden«, Herr von Grünfeld deutete auf Rocco und mich, »seid entlassen. Und ich will euch beide so schnell nicht mehr in meinem Büro sehen.« Das ließ ich mir nicht zweimal sagen und sprang auf. Genau wie Rocco. Bevor ich rausging, sagte der Direktor noch: »Ach, übrigens, Katinka. Schöner Aufsatz.«

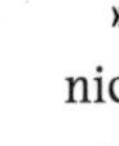

Dann waren wir draußen. Mats und Joshua warteten auf mich. Misstrauisch beäugten sie Rocco, der mit hängenden

Schultern neben mir stand und auf die Vitrine mit den Pokalen starrte. Dann sagte er zu mir: »Äh ... das war ... äh ...«

»Sind wir quitt?«, fragte ich, um die Sache abzukürzen. Ich streckte ihm die Hand hin. Diesmal überprüfte ich selbst, dass keine Spinne oder Ähnliches darauf saß. Auch Rocco musterte die Hand, als ob er doch noch eine üble Überraschung erwartete, aber dann ergriff er sie und nickte: »Wir sind quitt.« Damit zog er ab.

»Ich habe das Gefühl, dass ich vor dem keine Angst mehr zu haben brauche«, sagte ich zu den Jungs. Dann erklärte ich ihnen, was vorgefallen war. Dass er behauptet hätte, ich hätte die Klassenarbeiten von Miss Hattonfield gestohlen. »Aber das stimmte gar nicht«, erklärte ich. »Die Klassenarbeiten sind nämlich gar nicht gestohlen worden.«

Da guckten die beiden überrascht. »Hä?«, machte Mats. »Das kapier ich nicht.« Ich erzählte, dass Miss Hattonfield ein Versehen unterlaufen war. (Wobei ich jetzt, wo ich eine Zeit lang darüber nachgedacht habe, gar nicht mehr glaube, dass es ein Versehen war. Vielleicht hatte sie ja doch eingesehen, dass die Klassenarbeit viel zu schwer gewesen ist, und hatte eine Möglichkeit gesucht, sie zu wiederholen? Das ist natürlich nur eine Vermutung. Aber es könnte doch sein, dass auch Erwachsene – und sogar Lehrer – manchmal einsehen, wenn sie einen Fehler gemacht haben. Klingt zwar *total* unwahrscheinlich. Aber vielleicht stimmt das ja mal ausnahmsweise!)

Jedenfalls waren Mats und Joshua genauso verblüfft wie ich darüber, dass Miss Hattonfield die Klassenarbeiten wiedergefunden hatte. »Aber warum hast du denn gesagt, dass du sie gestohlen hättest?«, fragte Mats.

»Hab ich doch gar nicht«, gab ich zurück. »Ihr habt mir

das alle unterstellt und dann ... habt ihr das auch noch alle geglaubt!« An dieser Stelle schaute ich Mats an und schüttelte den Kopf. »Ich meine ... Du weißt doch, dass ich so was nie machen würde!«

Mats warf einen Seitenblick auf Joshua und sagte: »Na ja. Irgendwie ... fand ich das schon komisch. Und eigentlich hätte ich dir das nicht zugetraut.«

»Ich auch nicht wirklich«, warf Joshua ein.

»Aber die anderen haben so darauf beharrt, dass ich da mitgemacht habe«, gab Mats zu. Joshua nickte.

Und ich wurde wieder ein bisschen rot. »Und ich, ich habe das nicht geradegerückt, weil ihr das alle so toll fandet.« Ich zuckte mit den Schultern.

»Was soll's«, sagte Joshua. »So was passiert eben.« Und da lächelten wir uns alle erleichtert an.

Auf der Rückfahrt von der Schule nach Hause, als Mats und ich alleine waren, gestand ich ihm, dass ich nicht die Wahrheit über die Englischarbeiten gesagt hatte, weil ich *ihn* hatte beeindrucken wollen. »Blöd, was?«

»Ach«, sagte Mats spöttisch. »Ich finde es schon okay, wenn du mich beeindrucken willst.«

»Haha«, machte ich, aber nach Lachen war uns nicht zumute. Wir mussten immer noch einiges klären. Und das taten wir dann auch.

»Aber warum hast du mir nicht gesagt, dass du bei dem Tanz mitmachst?«, fragte Mats.

»Sollte eine Überraschung werden«, sagte ich. Aber dann schob ich hinterher: »Nee, falsch. Ich habe mich einfach nicht getraut, es zu sagen. Weil ich dachte, dass du das total bescheuert findest. Ich hab gedacht, vielleicht bin ich dir wieder peinlich.« Jetzt wurde Mats ein bisschen rot.

»Früher war ich dir nie peinlich«, fügte ich hinzu. »Aber jetzt manchmal schon …« Ich war froh, dass ich so ehrlich war mit Mats. Ich wollte nicht schon wieder den gleichen Fehler machen und ihm wichtige Dinge verschweigen. Dinge, die unsere Freundschaft gefährden könnten.

»Ja«, druckste er. »Manchmal. Weißt du, die Jungs haben immer so gelacht und blöde Sprüche gemacht. Und dann haben sie mich damit aufgezogen, dass ich am Weibertisch sitze und … das hat mir was ausgemacht. Ich weiß, dass das blöd ist. Tut mir leid.«

Ich nickte. »Und mir tut es auch leid, wenn ich dich blamiert habe.«

»Na ja, das war ja gar nicht so …« Er machte eine Pause, sodass ich neugierig fragte: »So *was?*«

»So schlimm. Du bist halt ein *Mädchen.*«

Und erst fand ich, das klang irgendwie nicht sehr nett, da schob er hinterher: »Mädchen machen viele Sachen, die Jungs niemals machen würden.« Ich riss die Augen auf und wollte schon protestieren und ihm die Jungssachen aufzählen, die Mädchen aus *guten* und *vernünftigen* Gründen niemals machen würden. Aber ich kam nicht dazu, denn Mats fügte schnell hinzu: »Aber eigentlich sind die meisten Sachen schon okay. Solange *ich* sie nicht machen muss, jedenfalls.«

Jetzt musste ich grinsen. »Obwohl dir so ein Sari bestimmt auch gut stehen würde«, neckte ich ihn.

Mats lachte. »Ach, Tinka, mit dir wird es echt nie langweilig, weißt du das?«

»Also bleiben wir Freunde?«

»Na klar bleiben wir Freunde!«

»Auch wenn ich gerne tanze und meine Kuscheltiere immer noch mag und Freundschaftsarmbänder gut finde und all den anderen Mädchenkram?«

Er nickte. »Solange *ich* kein Freundschaftsarmband tragen oder tanzen muss, ist alles bestens.«

»Und wir sagen uns ab jetzt die Wahrheit über gestohlene Klassenarbeiten und so?«

»Unbedingt.« Darauf gaben wir uns die Hand.

Ich lächelte erleichtert. »Also muss ich doch nicht für den Rest meiner Schullaufbahn alleine in die Pause gehen.«

»Wie kommst du denn auf diese hirnrissige Idee?«

»Nur so«, sagte ich. Und dann meinte er: »Du wärst sowieso nie lange allein geblieben. Allein schon wegen Joshua.«

»Wieso wegen Joshua?«, fragte ich verwundert.

Und dann sagte Mats schulterzuckend den Satz, über den ich erst mal noch ordentlich nachdenken muss: »Na, er mag dich. Ist dir das noch nicht aufgefallen?«

Sonntag, 5. Oktober

Ich liege auf meinem Bett. Ich bin so was von erleichtert! Kurze Bilanz: Mit Mats ist alles klar. Ich habe den Tag der offenen Tür überlebt. Ich habe keinen neuen Spitznamen bekommen. Klingt gut!

In der SUPERGRLS-Gruppe sind schon reichlich Fotos rumgeschickt worden von unserem Auftritt, den Mama eben beim Frühstück »sensationell« nannte, Dad »wirklich klasse« und Oskar »akzeptabel für einen Tanz« (was mir als Lob am besten gefiel). Natürlich hatte Tobi ihn nicht gesehen (»Wieso sollte ich mit so was meine Zeit verschwenden?«) und beharrte darauf,

dass sein Lego-Roboter der beste Beitrag bei der ganzen Projektwoche war. »Kannst du nicht ein Mal anerkennen, dass deine Schwester auch einen Erfolg gehabt hat?«, fragte ihn Dad. Da war Tobi natürlich eingeschnappt. Dann sagte Mama, dass sie wirklich die Luft angehalten hatte, als dieses Mädchen mit dem grün-goldenen Sari mich gestoßen hatte, sodass ich fast die Bühne runtergefallen wäre. »Das war aber keine Absicht«, sagte ich schnell.

Mama sah mich nachdenklich an und zuckte mit den Schultern. »Na ja, wahrscheinlich hast du recht.«

Und das hatte ich ja wohl, oder? Ich meine, ich konnte mir nicht vorstellen, dass Yvi mich absichtlich angerempelt haben soll. Andererseits ... wenn ich so nachdenke, fällt mir die Sache mit dem »Fußsprung« wieder ein. Da hatte Yvi auch hinter mir gestanden. Hm. Aber wieso sollte sie das tun? Nur weil ich Kopfsprung kann – und mit den Jungs befreundet bin? Oder wegen ... Mats? Oder Joshua? Weil sie auch mit ihnen befreundet sein will ... oder verliebt ist in einen der beiden?! Bei dem Gedanken wird mir auf einmal ganz anders, und überhaupt, wenn ich an Joshua denke, wird mir jetzt dauernd so komisch warm. Und ich fühle mich aufgekratzt.

Ich habe mir eben noch mal seinen Eintrag in meinem Freundebuch angeschaut, besonders das Foto. Er sieht wirklich ziemlich ... cool aus.

Sonntag, 5. Oktober, nachmittags

Ich beschließe, dass das Projekt *Jungs verstehen das nicht* damit fürs Erste abgeschlossen ist. Ich habe versucht, eine neue Liste zu schreiben von Dingen, die Jungs nicht verstehen. Doch irgendwie ist die Luft raus. (Obwohl es natürlich noch viel mehr gibt, was Jungs nicht verstehen, als die 33 Sachen, die schon auf meiner Liste stehen!!) Aber irgendwie finde ich das nicht mehr so schlimm. Jungs und Mädchen sind nun mal verschieden. Andererseits sind auch längst nicht alle Jungs und alle Mädchen gleich. (Ist das logisch? Egal.)

Nur weil ich ein Mädchen bin, heißt das ja noch lange nicht, dass ich nur Mädchensachen mag. Und für Jungs gilt das Ganze genauso! Es gibt auf beiden Seiten total tolle und interessante (und genauso auch dämliche Sachen). Und ich finde gut, dass ich mich gar nicht festlegen muss! Ich kann tanzen *und* Basketball spielen (wenn ich will). Ich kann mich schminken (irgendwann mal jedenfalls) *und* auf Bäume klettern. Und ich kann einen Mädelsabend genauso toll finden wie einen *James Bond*-Filmabend (wenn ich jemals wieder zu einem eingeladen werde). Ich kann einfach machen, was ich möchte! Und das bin dann halt ICH.

Und nachdem ich mich mit Mats ausgesprochen habe, brauche ich mich auch nicht mehr verstecken. Oder dafür schämen. Und das ist das Allerbeste daran.

Sonntag, 5. Oktober, abends

Ich finde, wenn man sich Lebensziele setzt, sollte man nicht übertreiben und irgendwas Idiotisches sagen. Wie zum Beispiel: Ich möchte mich niemals verlieben. Ich meine, ich bin noch keine zwölf Jahre alt. Was weiß ich denn, was noch alles passiert? Und da so viele Leute so einen Trubel um die Sache machen, muss da ja irgendwas dran sein. Und dann ist da ja auch noch Joshua, der mich mag. Was mich irgendwie ... ziemlich ~~freut~~ nervös macht.

Und weil ich wirklich ein ~~schlaues scharfsinniges~~ weil ich einfach ein Mädchen bin, ist mir klar geworden, dass ich meine Lebensziele, die ich mir damals (also am Anfang des Tagebuchs) gesetzt habe, NIEMALS umsetzen kann. Also werde ich mir neue suchen. Und zwar realistische und erreichbare Lebensziele. Dem Alter eines fast zwölfjährigen Mädchens angemessen. Und deswegen hier ganz offiziell die total NEUEN Lebensziele von Katinka Peters:

1. Wenn ich mich jemals verlieben sollte (was hoffentlich erst in ein paar Jahren passiert), drehe ich nicht durch und kichere hirnamputiert und renne meinem Schwarm wie ein anhänglicher Welpe hinterher.
2. Wenn ich mich jemals wieder blamieren sollte (was durchaus möglich ist), werde ich einfach so tun, als wäre das Absicht gewesen, weil ich so ein interessantes und ausdrucksstarkes Mädchen bin. HA!
3. Ich werde ab jetzt die Wahrheit sagen und so sein, wie ich bin. Und einfach darauf vertrauen, dass es trotzdem Leute gibt, die mich mögen.
4. Und irgendwann finde ich heraus, warum ich die Einzige mit roten Haaren in der Familie bin. Und auch, wie man ein Essstäbchen auf der Nase balanciert und wie ich Dad im Schokokusswettessen besiegen kann.

Montag, 6. Oktober

Es sind Herbstferien. Ich habe Mama gefragt, ob ich heute die Küche in Beschlag nehmen kann. Als ich ihr erklärt hatte, wozu, war sie einverstanden. Und jetzt habe ich zum großen Erdnuss-Snickerdoodles-Backen eingeladen. Und zwar: Mats. Joshua. Indira. Und Florentina. Indira hatte erst seltsam geguckt, als ich ihr sagte, dass Florentina auch kommt. Aber dann habe ich ihr gesagt, dass sie sie erst kennenlernen muss, bevor sie sie ablehnt. Und siehe da! Die beiden verstehen sich richtig gut. (Abgesehen davon, dass sie sich dauernd gegenseitig wegen ihrer Klamotten aufziehen. Aber auf eine lustige Art, sodass wir dauernd lachen müssen.)

Joshua hat noch nie gebacken, was auch ziemlich lustig ist, weil er zum Beispiel keine Ahnung hat, wie man ein Ei aufschlägt. Aber ich zeige es ihm. Und stehe dabei so nah neben ihm, dass ich sein Shampoo riechen kann. Es riecht irgendwie nach Holz. Und Sommer. Er nimmt ein Ei und schlägt es auf. »So?«, fragt er.

Ich gucke in die Schüssel, in der neben dem Eigelb noch eine Menge Schalenstücke schwimmen. »Ja«, sage ich. »Das ist genau richtig für Eierschalen-Snickerdoodles.« Er grinst mich an. Und ich grinse ihn an. Und plötzlich wird es in meinem Bauch so ganz angenehm warm.

Das werden die besten Snickerdoodles, die ich je gebacken habe!

Danke

Ein herzliches Dankeschön an Sally Böhm fürs Testlesen und ehrliche Kritisieren! Das war mir eine große Hilfe. Natürlich danke ich auch meiner Agentin Christiane Düring für ihre allzeit inspirierende Unterstützung und ihre messerscharfen Analysen, sowie meiner wunderbaren Lektorin Antonia Thiel, die nicht nur am Schluss mit akribischen Verbesserungen das Beste aus dem Text herausgeholt hat, sondern auch während des Schreibens immer für kreativen Austausch zur Verfügung stand – was das Arbeiten einfach so viel einfacher und vergnüglicher macht!

Emma Flint

Mein Leben voller Feenstaub und Konfetti (schön wär's!)

Lenis Plan an der neuen Schule: Bloß. Nicht. Auffallen. Schließlich ist dort ihre ältere Schwester Fiona der unangefochtene Star und Leni will sie auf keinen Fall blamieren. Leichter gesagt als getan, wenn man eine große Klappe hat: Erst wird Leni zur Klassensprecherin gewählt, dann muss sie vor der gesamten Schule einen gewagten Wetteinsatz einlösen. Ein Leben voller Feenstaub und Konfetti? Schön wär's! Stattdessen Schwesternzoff ohne Ende. Um sich mit Fiona zu versöhnen, beschließt Leni, sie mit ihrem Schwarm zu verkuppeln. Doch Lenis Chaos-Magnet lässt einfach nicht locker ...

Arena

Auch als E-Book erhältlich

256 Seiten
Gebunden
ISBN 978-3-401-60490-9
www.arena-verlag.de